SARAH MALLORY

Une lady en fuite

Traduction française de
FLORENCE BELLOT

Les Historiques

HARLEQUIN

Collection : LES HISTORIQUES

Titre original :
THE HIGHBORN HOUSEKEEPER

HARPERCOLLINS FRANCE
83-85, boulevard Vincent-Auriol, 75646 PARIS CEDEX 13
Service Lectrices — Tél. : 01 45 82 47 47 - www.harlequin.fr
ISBN 978-2-2804-4345-6 — ISSN 1159-5981

Composé et édité par HarperCollins France. Achevé d'imprimer en décembre 2020.
par CPI Black Print - Barcelone - Espagne
Dépôt légal : janvier 2021.

FSC
www.fsc.org
MIXTE
Papier issu de sources responsables
FSC® C108412

Pour limiter l'empreinte environnementale de ses livres, HarperCollins France s'engage à n'utiliser que du papier fabriqué à partir de bois provenant de forêts gérées durablement et de manière responsable.

Pour Willow, mon compagnon à quatre pattes
qui me tient compagnie quand j'écris,
et me permet de rester en forme
grâce à nos promenades quotidiennes !

Chapitre 1

La neige avait commencé à tomber au crépuscule. Quelques flocons épars tout d'abord, bien vite devenus plus gros et réguliers, qui recouvraient à présent le sol gelé.

Nancy avait suffisamment chaud dans la voiture, vêtue de sa tenue de voyage en velours prune avec un chapeau à bord relevé assorti, et enveloppée d'une ample cape en tissu épais. Sa compagne aussi, grâce à son manteau en bon lainage par-dessus lequel elle avait drapé son châle. Leurs pieds reposaient sur des briques chaudes, recouvertes d'une peau de mouton. Cependant elle éprouvait de la compassion envers les serviteurs juchés sur leur siège à l'extérieur.

Malgré cela, quand ils s'arrêtèrent pour changer de chevaux à l'auberge de la Couronne, à Tuxford, et que William, le cocher, suggéra qu'ils devraient s'arrêter là et y passer la nuit, elle fut inflexible et exigea de continuer le voyage. L'homme, qui était venu lui donner ce conseil à la portière, repoussa son chapeau en arrière et la dévisagea, perplexe. Son souffle formait de petits nuages glacés devant lui, tandis qu'il s'exprimait avec toute l'assurance d'un serviteur expérimenté et de confiance.

— Ça ne me plaît pas, madame, voilà tout. La neige semble vouloir continuer à tomber. Nous devrions faire étape ici.

— Mais c'est de la neige toute fine, répliqua-t-elle. Elle ne s'accumule pas, et il n'y a pas de vent qui pourrait former des congères. Nous allons donc continuer notre route.

Face à son expression contrariée, elle se radoucit.

— Vous pouvez commander des boissons chaudes pour vous et mon valet, si vous le désirez, et demander que l'on apporte du café pour Mrs Yelland et moi. Et peut-être demander aussi qu'on nous fournisse de nouvelles briques chaudes pour nos pieds.

— Vous n'allez pas entrer, madame, ne serait-ce que pour quelques minutes ? lui demanda la femme assise à côté d'elle, prenant la parole pour la première fois. Nous pourrions nous réchauffer auprès du feu.

— Non, Hester, nous continuons, dit Nancy avec un signe de tête de dénégation.

Pour elle, il s'agissait non seulement de ne pas être confrontée aux souvenirs que cet endroit raviverait immanquablement, mais aussi de ne pas prendre le risque d'être reconnue.

Percevant sa détermination, sa compagne soupira en se laissant aller contre le dossier de la banquette.

— Très bien, madame, comme vous voudrez…

Nancy entendit parfaitement la déception dans la voix d'Hester Yelland, mais n'envisagea pas pour autant de revenir sur sa décision.

Elle était particulièrement grande pour une femme, et cela attirerait l'attention. Quelqu'un pourrait la reconnaître. Après tout, elle-même avait immédiatement reconnu l'aubergiste quand il s'était campé sur le pas de la porte, mains sur les hanches pour observer l'arrivée de la voiture dans sa cour. Il avait évalué s'il devait se donner la peine de sortir dans le froid, et elle fut soulagée que son œil expérimenté ait remarqué qu'il s'agissait d'une voiture plutôt miteuse.

Il avait donc envoyé un simple serviteur s'entretenir avec le cocher William, qui demandait aux valets d'écurie des chevaux frais, et de faire vite.

En douze ans, depuis la dernière fois qu'elle l'avait vu, l'aubergiste avait à peine changé si ce n'était qu'il arborait un peu plus d'embonpoint. En ce qui la concernait, même si elle se sentait très différente intérieurement, elle savait qu'avec sa haute taille et ses abondants cheveux bruns elle ressemblait beaucoup à ce qu'elle était toutes ces années plus tôt, quand elle s'était enfuie par la diligence, avec en tout et pour tout un sac rempli à la va-vite et le peu d'argent qu'elle avait réussi à économiser.

Quand elle y repensait, c'était un véritable miracle qu'elle ait traversé ces douze années relativement sans encombre. Elle avait cependant survécu, et avec très peu de regrets.

Ils purent rapidement reprendre leur voyage. La neige avait cessé de tomber, pour le moment du moins, et un faible croissant de lune apparaissait par intermittence entre les nuages. Mais il faisait sensiblement plus froid.

Nancy resserra sa cape autour d'elle et tenta de dormir, ce qui s'avéra impossible dans la voiture bringuebalante. Elle se rendit compte peu après qu'ils ralentissaient de nouveau, et se redressa.

Quand ils s'arrêtèrent complètement, elle baissa la vitre.

— Que se passe-t-il ? appela-t-elle. Qu'est-il arrivé ?

Le cocher était descendu de son siège, et était allé examiner l'attelage.

— L'un des chevaux a perdu un fer, madame, répondit-il en tapant dans ses mains pour les réchauffer. Il faut faire demi-tour…

— Non, coupa Nancy en scrutant le paysage éclairé par la lune. Non, il est plus avisé d'avancer que de faire demi-tour. Poussons jusqu'à l'auberge du Taureau noir.

— Mais nous sommes à peine à deux miles de Tuxford…

— Donc nous sommes plus proches du Taureau noir, assura-t-elle. Il y a un maréchal-ferrant juste à côté.

Ou du moins, il y en avait un, se dit-elle.

— Allons, dépêchons-nous ! ajouta-t-elle.

Ils reprirent leur route à une allure bien plus réduite, et elle poussa un soupir de soulagement quand ils atteignirent les cottages qui constituaient le village de Little Markham. Bien plus petite que celle de la Couronne à Tuxford, le Taureau noir était une auberge essentiellement fréquentée par les hobereaux locaux et les fermiers des environs. Nancy était souvent passée devant dans sa jeunesse, mais sans s'y être jamais arrêtée.

Malgré tout, elle garda sa capuche relevée afin que son visage reste dans l'ombre quand l'aubergiste les conduisit, Hester et elle, dans un petit salon privé.

— Dieu soit loué, ils ont un bon feu, grommela Hester en s'approchant de la cheminée. J'espère de tout mon cœur que le maréchal-ferrant ne prendra pas trop de temps pour remettre un fer.

— Je l'espère aussi, dit Nancy en retirant ses gants. Mais la situation n'est pas si grave que cela. Nous allons accepter la proposition de la femme de l'aubergiste de souper ici, puis nous pourrons encore voyager de nuit comme prévu et rattraper le temps perdu. Par chance, la lune éclaire quand même un peu la route.

Hester se tourna vers elle.

— Vous ne vouliez pas vous arrêter à Tuxford, et vous voilà encore très pressée de poursuivre notre chemin. Qu'y a-t-il, madame ? Connaissez-vous cette région ?

— Je la connais très bien. J'ai grandi tout près d'ici.

Nancy lui fut reconnaissante de ne pas poser davantage de questions, mais ne fut pas surprise, car elles se comprenaient. Hester Yelland était une veuve qu'elle avait engagée en tant que dame de compagnie pendant son séjour à Londres. Elles étaient devenues amies, et quand Nancy lui avait proposé de l'accompagner dans le nord, où elle résidait, Hester avait saisi l'occasion.

« Finalement, avait-elle répondu avec l'un de ses rares sourires, personne à Londres ne se souciera de savoir si je suis là ou pas. »

Acceptant la réticence de Nancy à s'expliquer, elle se contenta d'un vague haussement d'épaules, avant de conclure d'un ton bourru.

— Très bien, madame. Installez-vous confortablement, je vais aller presser la femme de l'aubergiste pour qu'elle nous apporte notre repas le plus vite possible.

Leur souper terminé, les deux femmes s'installèrent dans les fauteuils près du feu. Hester somnola bien vite, mais Nancy était trop tourmentée pour en faire autant. Elle était impatiente de repartir, mais le cocher n'était toujours pas revenu de chez le maréchal-ferrant, et n'avait donc pas encore soupé. Bien sûr, elle pourrait insister pour qu'ils repartent immédiatement – après tout, elle rétribuait généreusement les services de ces hommes —, mais elle ne le ferait pas, par considération pour leur dévouement. Elle ne savait que trop bien ce que cela représentait d'obéir au doigt et à l'œil à un employeur égoïste et exigeant.

Elle alla à la fenêtre et regarda au dehors. Le ciel s'était dégagé, et les champs couverts de neige luisaient d'un bleu argenté à la lueur pâle de la lune. Le givre scintillait sur les ardoises des toits.

Soudain, elle se sentit oppressée dans cette petite pièce et éprouva le besoin irrépressible de respirer à l'extérieur.

Elle jeta un coup d'œil vers Hester qui ronflait doucement, puis quitta le salon sur la pointe des pieds, prenant au passage sa cape qu'elle jeta sur ses épaules.

L'air de la nuit était si clair et froid qu'elle en eut le souffle coupé. Elle s'immobilisa quelques instants, réfléchissant à la direction qu'elle prendrait. D'après ses souvenirs, la majorité des cottages se trouvaient en bordure de route au sud de l'auberge. Au nord, la route s'enfonçait vite au cœur des bruyères, avec une vue dégagée, à peine interrompue par un petit bosquet au loin.

Après avoir relevé sa capuche, elle prit cette direction d'un pas décidé, heureuse d'être active après tant d'heures passées dans la voiture. Tout était très calme, rien ne bougeait, et elle laissa très vite derrière elle les brouhahas divers de l'auberge.

Elle songea vaguement qu'elle aurait dû prendre ses gants, mais en retournant les chercher, elle risquait de réveiller Hester, ce qu'elle aurait déploré, car sa compagne était visiblement épuisée par le voyage. De plus, Hester tenterait sans doute aussi de la dissuader d'aller se promener seule dans la nuit, même si cela ne présentait aucun danger : elle avait une vue dégagée sur les bruyères enneigées, et il n'y avait pas âme qui vive.

Pas un bruit non plus, si ce n'était le crissement de ses semelles sur la fine couche de neige qui recouvrait le sol gelé dur comme de la pierre.

Elle observa l'horizon vers l'est où s'amassaient des nuages noirs, annonciateurs de nouvelles chutes de neige. Cela pourrait bien retarder plus encore leur retour à Compton Parva et auprès de tous ses amis à Prospect House, le foyer refuge pour jeunes filles dont elle était à la fois l'intendante et la cuisinière.

Voilà plusieurs mois qu'elle en était partie, et elle se demandait comment les pensionnaires avaient réussi à se débrouiller sans qu'elle soit là pour les asticoter et les dorloter. Elle s'en voulut presque immédiatement de nourrir de telles pensées. Personne n'était indispensable et elle ne doutait pas qu'elles y soient arrivées parfaitement sans elle. Elle espérait leur avoir manqué, puis fut aussitôt choquée de réaliser à quel point elles lui avaient peu manqué pendant qu'elle séjournait à Londres.

Sa seule excuse était qu'elle avait été très occupée et qu'il ne s'était pas agi exactement d'un voyage d'agrément. Elle s'était rendue à Londres pour se faire passer pour la riche veuve d'un commerçant, afin d'aider une amie très chère à se sortir d'une situation impossible. Son rôle consistait à détourner de son amie les attentions importunes et menaçantes d'un admirateur peu scrupuleux qui faisait fi des conventions, et à lui faire croire qu'elle s'était éprise de lui. Mariée et heureuse en ménage, son amie était désespérée de l'insistance grossière et des assiduités de cet homme qui devenaient intolérables, et dont elle ne savait comment se débarrasser. Un service certes étrange, mais qu'elle avait accepté de rendre à la fois par amitié et, sans se l'avouer vraiment, par goût de l'aventure et de la nouveauté.

En vérité, elle ne pouvait nier qu'elle avait passé de bons moments à Londres, vêtue de jolies robes, à faire du lèche-vitrines dans Bond Street, aller au théâtre et assister à des soirées. À danser, badiner…

Tout avait été feint, bien sûr. Une mascarade, nécessaire pour incarner son personnage, mais cela lui avait donné un aperçu de ce qu'aurait pu être sa vie si elle ne s'était pas coupée de son monde.

Sans cela, elle aurait même pu être mariée et heureuse en ménage, avec des enfants peut-être.

Elle secoua la tête. Elle avait fait son choix, et il était désormais trop tard pour en changer. Elle ne regrettait pas sa décision de rester célibataire et indépendante. Pas le moins du monde.

Pourtant, un léger doute commençait à la ronger, tel

un vague sentiment d'insatisfaction, comme si quelque chose manquait à sa vie.

Pas quelque chose, en fait, comprit-elle.

Mais quelqu'un.

Allons, voilà que tu deviens sentimentale ! se morigéna-t-elle alors que son souffle faisait s'envoler de petits nuages dans l'air glacé. *Parce que tu passes à côté de la demeure de ton enfance. Tout cela appartient désormais au passé, tu as aujourd'hui une belle vie paisible avec tes amis à Prospect House. Et tu n'es pas complètement privée de famille.*

Elle avait sa sœur, Lady Mary Aspern, mais elles entretenaient une relation épistolaire uniquement, et de plus en secret. L'époux de Mary réprouvait le comportement des filles ingrates qui désobéissaient à leur père et s'enfuyaient, comme Nancy l'avait fait.

En pensant à Aspern, elle ne put réprimer une grimace de dégoût. C'était bien là le genre de gentlemen qu'elle méprisait.

Elle préférait de loin son indépendance à un mariage avec un homme de cette sorte.

Cependant, le sentiment d'insatisfaction était toujours là, et elle fut bien obligée d'admettre que la perspective de retrouver son mode de vie ne l'enthousiasmait pas autant qu'elle l'aurait cru.

L'avenir qui s'offrait à elle était stable, prévisible. Et ennuyeux.

Elle était tellement plongée dans ses pensées qu'elle fut surprise de se retrouver déjà à l'orée du petit bois. Les maigres troncs aux branches nues formaient une vague palissade sombre se découpant sur le ciel nocturne. Dieu du ciel, était-elle donc allée aussi loin ?

Elle s'apprêtait à faire demi-tour lorsque quelque chose dans les taillis attira son attention. Il y avait à peine un faible rayon de lune qui filtrait entre les arbres, mais il éclairait cependant une masse blanche qui se détachait sur la fine couche de neige couvrant le sol.

Incapable de résister à sa curiosité, elle s'avança dans le bosquet. Les feuilles crissaient sous ses pieds tandis qu'elle progressait. En approchant, elle découvrit avec stupéfaction que c'était une chemise d'homme qu'elle voyait, une chemise faite d'une étoffe de qualité.

Et que son propriétaire la portait encore.

Son cœur se mit à battre la chamade. L'homme était étendu face contre terre, vêtu seulement de cette chemise, d'un pantalon et de bottes. Elle s'agenouilla près de lui et posa les doigts sur son cou. Sa peau était glacée, mais elle sentit néanmoins de faibles pulsations. Elle perçut au même moment une puissante odeur d'alcool, et découvrit une bouteille vide à côté du corps. Elle eut un rictus méprisant. Un ivrogne, sorti sans manteau.

Cependant c'était toujours le fils de quelqu'un. Un mari, ou un père. Elle ne pouvait se résoudre à le laisser périr là. Elle lui saisit l'épaule et le secoua rudement.

— Allons, monsieur, réveillez-vous ! Si vous restez ici, vous allez mourir de froid avant que le jour se lève !

Aucune réponse. Elle le tira par le bras et tenta de le retourner. Elle n'était pas frêle et ne se considérait pas comme une faible femme, mais cet homme-là était grand et lourd. Il lui fallut bien des efforts pour parvenir enfin à le mettre sur le dos.

Le plastron de sa chemise était couvert de brindilles et de feuilles pourries. Elle scruta son visage, s'attendant à un faciès ravagé, gonflé et détruit par la boisson. Malgré la quasi-obscurité, elle put voir que c'était un homme séduisant, en dépit d'un vilain hématome qui marquait l'une de ses joues. Il était rasé de près, ses cheveux bruns emmêlés tombant sur son front. Elle les dégagea machinalement et sentit quelque chose de chaud et visqueux sous ses doigts. Du sang !

Sa première pensée fut qu'il avait été attaqué, et elle se redressa vivement, sur le qui-vive, scrutant les alentours avec inquiétude. Tout était calme, silencieux. Elle prit une profonde inspiration dans l'intention de calmer ses nerfs ébranlés. Elle se faisait sans doute des idées, car qui s'aventurerait dehors par une nuit pareille ? Il était plus que probable que cet homme s'était blessé à la tête en s'écroulant, ivre mort.

— Et il n'a que ce qu'il mérite, marmonna-t-elle en s'essuyant les doigts dans son mouchoir. Réveillez-vous ! cria-t-elle en lui donnant des tapes sur les joues. Réveillez-vous, bon sang, ou je vous laisse mourir ici !

Enfin, elle obtint une réponse. À peine plus qu'un léger grognement, mais elle soupira de soulagement. Elle se remit à lui tapoter les joues. Cette fois, il grimaça et bougea la tête.

— Allez au diable, maudite femme ! Arrêtez de me frapper !

Il avait une voix grave, sans trace de l'accent local. C'était donc sans doute un gentleman, avec une bonne éducation, supposa-t-elle.

Quelqu'un qui aurait dû savoir mieux que faire de son temps que s'enivrer.

Ces constatations n'atténuèrent pas son courroux pour autant.

— J'essaye de vous sauver la vie, espèce d'idiot !

Elle le secoua vigoureusement par l'épaule puis l'aida alors qu'il tentait de s'asseoir.

— Vous êtes peut-être incroyablement ivre et ne sentez rien, mais vous ne pouvez pas rester plus longtemps dehors en chemise par ce froid glacial.

— Je ne suis pas « incroyablement ivre », comme vous dites, grogna-t-il. Je ne suis pas ivre du tout.

— Non, bien sûr, répliqua-t-elle en se relevant. Seul un homme parfaitement sobre sortirait sans manteau.

En le voyant trembler, elle défit le lien de sa cape.

— Tenez, dit-elle.

Il n'émit aucune objection quand elle l'enroula dans l'étoffe de laine épaisse.

— Bien. Pouvez-vous vous lever ?

Il grimaça en se tenant les côtes tandis qu'il se redressait.

— Madame, j'ignore d'où vous venez, mais je pense que vous devriez partir. Tout de suite.

Nancy eut un hoquet d'indignation.

— Eh bien, de toutes les personnes ingrates que j'ai…

Il l'interrompit vivement.

— Être auprès de moi vous met en danger. Quelqu'un a tenté de me tuer ce soir.

Chapitre 2

Nancy dévisagea l'homme avec attention.

— Si vous n'êtes pas ivre, vous devez être complètement fou.

— Ni l'un ni l'autre, pauvre sotte ! s'exclama-t-il en se palpant la tête avec précaution. J'ai été agressé en sortant d'une taverne à Darlton…

— Darlton ! Mais c'est à près de cinq miles d'ici !

— Quoi ? fit-il, visiblement secoué, en regardant autour de lui. Alors, où sommes-nous ?

— Nous sommes juste au nord de Little Markham.

— Bon Dieu ! J'ai du mal à y croire ! marmonna-t-il. J'ignore par combien d'hommes j'ai été attaqué, mais j'ai l'impression d'avoir servi de sac d'entraînement dans une salle de boxe. S'ils ont pris ma redingote et ma veste en plus, c'est qu'ils avaient clairement l'intention de me faire mourir de froid. Comme ce bois est trop petit pour intéresser les braconniers, ils étaient donc certains que personne ne s'aventurerait ici par une nuit si froide.

Il semblait se parler à lui-même et avoir oublié sa présence, jusqu'à ce qu'il lève les yeux pour ajouter :

— Ils ne s'attendaient évidemment pas non plus à ce qu'une excentrique décide de se promener en pleine nuit.

Nancy ne garda son calme qu'au prix d'un effort.

— Ce genre de propos ne sert à rien, répliqua-t-elle.

Discutons-en si vous voulez, mais pas ici. Nous sommes à moins d'un demi-mile du Taureau noir. Je vais vous y conduire.

Il parvint à se mettre debout en prenant appui sur l'arbre le plus proche contre lequel il s'adossa.

— Ma chère dame, je ne parviendrais même pas à couvrir la moitié de cette distance, dit-il en respirant avec peine tandis qu'il la détaillait de la tête aux pieds. Vous êtes une grande perche, certes, mais je ne crois pas que vous pourriez me soutenir tout le long du chemin.

— Très bien. Je vais retourner à l'auberge et demander de l'aide.

— Non ! C'est trop dangereux. Pour nous deux, ajouta-t-il d'un ton sinistre.

— Alors que vais-je faire de vous ? lança-t-elle, exaspérée.

— Eh bien, rien. Je vous remercie de votre aide, mais la meilleure chose que vous puissiez faire est de vous en aller.

Grimaçant de douleur, il se cramponna au tronc d'arbre.

— Si vous me permettez de garder votre cape, je pense survivre au froid et dans un moment je devrais être assez remis pour retourner à Darlton.

Cet homme était de loin le plus entêté, le plus…

Nancy cherchait des mots pour exprimer sa frustration. N'en trouvant pas, elle le foudroya du regard.

— Pas question, sacré bon sang !

Il ne cilla même pas à cette façon de parler, fort inhabituelle de la part d'une dame, mais haussa les sourcils, comme si le fait d'être contredit le surprenait. Elle reprit la parole entre ses dents serrées.

— Vous avez déjà admis que vous ne pourriez pas arriver jusqu'au Taureau noir. Vous allez vous effondrer bien avant d'avoir parcouru la moitié du trajet jusqu'à Darlton. Je vais vous emmener.

— Non. Je vous l'ai déjà dit, c'est trop dangereux.

Elle continua, comme s'il n'avait rien dit.

— Ma voiture est à l'auberge, prête à repartir. Vous allez m'attendre ici. Je vais venir vous chercher et vous reconduire chez vous.

Alors qu'il s'apprêtait manifestement à refuser, une bourrasque glacée agita les branches dénudées.

— Vous ne tiendrez pas longtemps dehors par ce temps, reprit-elle avec brusquerie. Alors vous feriez mieux d'accepter mon aide. Il n'y a pas d'autre solution.

— Tant que vous ne le direz à personne, c'est d'accord, marmonna-t-il.

— Si c'est ce que vous voulez, répliqua-t-elle avec une pointe d'impatience. De toute évidence, vous délirez, et il ne sert à rien de discuter davantage. Une fois que nous vous aurons déposé chez vous, nous reprendrons notre route. Mes serviteurs me sont dévoués, et ils sont engagés pour me conduire jusque dans le Yorkshire. Personne ici n'a donc besoin d'en savoir plus.

— Dieu du ciel, vous êtes une femme obstinée !

— Mais avec l'esprit pratique. Bien, maintenant laissez-moi aller chercher ma voiture, avant que je commence moi aussi à geler sur place !

Elle se retourna pour s'en aller, mais il la héla et elle fit volte-face, haussant les sourcils.

— À qui suis-je redevable de cet insigne service ?

— Je ne pense pas qu'il soit nécessaire que vous le sachiez, puisque nous ne serons pas en relation très longtemps.

— Mais j'aimerais quand même le savoir, dit-il. Je m'appelle Gabriel Shaw, si cela peut être utile.

Son ton soudain chaleureux et enjôleur la prit par surprise.

— Je m'appelle Nancy.

Dieu du ciel, elle se comportait comme une jeune fille effarouchée confrontée à un charmant badinage ! Elle se reprit aussitôt.

— Mme Hopwood, plus précisément, ajouta-t-elle avec une froideur calculée.

Aiguillonnée à la fois par une soudaine excitation et par le froid mordant, Nancy retourna à l'auberge en toute hâte.

Il ne lui fallut que quelques minutes pour ordonner que sa voiture soit amenée devant la porte et pour y faire monter prestement Hester sans lui fournir la moindre explication.

— Pourquoi cette précipitation ? demanda Hester en tentant de s'installer confortablement dans un coin tandis que l'attelage se mettait en marche. Et pour l'amour du ciel, remontez cette vitre !

Nancy l'ignora. Il neigeait de nouveau, de gros flocons qui s'accrochaient partout avec ténacité. Quelques-uns entrèrent dans la voiture, mais elle ne remonta pas la vitre et continua à scruter les ténèbres.

Quand ils arrivèrent à proximité du bosquet, elle se pencha au dehors et cria à William de s'arrêter. Alors que la voiture commençait tout juste à ralentir, elle ouvrit la portière et sauta à terre sans se soucier de l'exclamation horrifiée de sa compagne qui tenta de la retenir par la manche.

— Dieu du ciel ! Mais que faites-vous donc ? Miss Nancy ! Madame !

— Calmez-vous, Hester. Je vous expliquerai tout dans un instant.

Elle fouilla les taillis du regard. Tout d'abord elle ne vit que des troncs noirs ainsi que des ombres et, pendant un moment, elle douta d'elle-même. Peut-être avait-elle rêvé tout cet épisode. Pire, peut-être l'homme était-il parti et s'était-il effondré quelque part.

Finalement, elle discerna un mouvement entre les arbres, et une silhouette enveloppée dans une cape sortit lentement du bosquet.

— Ah ! Vous voilà ! s'exclama-t-elle en courant vers lui. Mais vous boitez... Je n'avais pas pensé à cela... Êtes-vous gravement blessé ? Laissez-moi vous aider.

Elle passa le bras de l'homme autour de ses épaules. Ce n'est qu'alors qu'elle se rendit compte à quel point il était grand car elle n'eut pas à se baisser pour le soutenir. Il s'appuya lourdement sur elle.

— Des contusions, marmonna-t-il. Rien de cassé.

— Dites-moi où nous devons vous conduire.

Elle avança lentement avec lui jusqu'à la voiture, tandis que les flocons, désormais aussi gros que du duvet d'oie, les recouvraient peu à peu.

— À Dell House, dit-il avec une grimace, et elle comprit que chaque pas le faisait souffrir. À quelques miles d'ici, en direction de Darlton, précisa-t-il.

— Sur la route de Lincoln, donc. Je connais cette propriété.

Devant la voiture, elle appela Hester pour qu'elle l'aide à le faire monter, puis donna rapidement ses instructions au cocher. Les valets brûlaient visiblement de curiosité, mais le ton de Nancy leur fit comprendre qu'elle ne voulait pas entendre la moindre réflexion et ils se bornèrent à accepter ses instructions avec un simple hochement de tête.

Il lui fut plus difficile de calmer Hester, qui s'était écartée autant qu'elle le pouvait de cet étranger et le dévisageait, horrifiée.

— Oh ! Nancy ! Mais enfin, Nancy, qu'avez-vous donc dans la tête ? Vous avez fait monter avec nous un étranger pris de boisson. C'est peut-être un malfaiteur dangereux, qu'en savons-nous ?

Elle accompagna d'un petit cri effrayé la voiture qui s'ébranlait.

— Dieu nous garde ! Avez-vous perdu l'esprit ? continua-t-elle.

— Absolument pas, répliqua Nancy en s'installant à côté de Gabriel pour le soutenir.

Des flocons de neige restaient accrochés à sa veste et à la cape qu'elle lui avait prêtée. Elle les brossa de la main avant qu'ils ne fondent et mouillent l'étoffe.

— Je ne suis simplement qu'un Bon Samaritain, poursuivit-elle. Nous allons raccompagner ce pauvre homme chez lui.

Comme il tremblait, elle reprit vivement :

— Je vous en prie, placez votre brique chaude sous ses pieds, Hester. Et donnez-moi votre châle. Je vais envelopper l'autre brique et la plaquer contre lui.

Hester s'exécuta tout en grommelant.

— Je ne comprends rien à tout ceci. Connaissez-vous même cet homme ?

— Pas le moins du monde, mais il m'a assuré qu'il n'était pas pris de boisson. Il m'a expliqué qu'il avait été molesté dans un guet-apens. Seigneur ! Quelle aventure ! ajouta-t-elle sans pouvoir retenir un léger éclat de rire.

Le reniflement qu'émit Hester voulait tout dire, mais Nancy s'inquiétait avant tout du blessé, qui avait sombré dans l'inconscience. Elle l'installa doucement pour l'allonger sur la banquette, ses longues jambes traînant sur le plancher de la voiture. Sa blessure à la tête ne saignait plus, et quand elle appliqua les doigts sur son cou, elle eut l'impression que son pouls était plus fort. Mais peut-être était-ce parce qu'elle désirait le croire.

— J'ai fait tout ce que je pouvais pour lui, murmura-t-elle en s'agenouillant près de lui et en posant la main sur son torse.

Le mouvement de sa poitrine qui se soulevait et s'abaissait régulièrement la rassura quelque peu.

Tandis que la voiture cahotait sur la route, elle resta près de lui afin de le maintenir sur la banquette. Un sourire désabusé se dessina sur ses lèvres. Quelle aventure, en effet, de ramasser un étranger sur la route et de le conduire en sûreté ! Dell House n'était qu'à quelques miles de son ancienne demeure, ce lieu qu'elle avait soigneusement évité depuis plus de dix ans.

L'excitation enivrante qui l'avait troublée s'estompait peu à peu. Elle regarda à l'extérieur.

La neige tombait avec régularité, et le peu de vent qui soufflait ne suffirait pas à créer de congères. Elle savait cependant que la situation pourrait changer en un instant. Elle avait été inconsciente au plus haut point de quitter la grande route et de se mettre ainsi en péril pour un étranger.

Leur conversation succincte lui revint en mémoire, tout comme le bref sourire éblouissant qui avait aussitôt balayé son courroux. Elle ne s'en était pas rendu compte sur le moment, mais ce sourire avait fait accélérer son pouls. Le charme, sans doute, se dit-elle après réflexion.

Cet homme était bourré de charme.

Elle jeta un coup d'œil à son visage. Il était contusionné, couvert de bleus et dangereusement glacé. Il lui faudrait des soins attentifs et des repas bien nourrissants pour recouvrer la santé.

Elle pouvait faire cela. C'était son point fort, et ce qu'elle aimait : s'occuper de pauvres créatures abîmées par la vie et les choyer.

Avec un sursaut, elle se releva. À quoi pensait-elle donc ? Ce qui arrivait à cet homme n'était pas son affaire ! Elle ne devait pas céder à ses impulsions. Dieu du ciel, n'avait-elle rien appris au cours des douze dernières années ?

Elle soupira et s'installa à côté d'Hester, qui lui tapota le genou.

— Vous avez trop bon cœur, Miss Nancy, c'est votre problème. Nous aurions dû demander à l'aubergiste de le récupérer et le ramener à l'auberge. Ils auraient très bien pu s'occuper de lui.

— Peut-être, mais il a été catégorique sur le fait que je ne devais parler de lui à personne, répondit Nancy en soupirant de nouveau. J'avoue que je serai heureuse de le laisser entre les mains de ses gens, et de pouvoir reprendre la route.

Cependant, quand ils finirent par atteindre Dell House, aucun domestique ne se précipita hors de la demeure ou des dépendances pour les accueillir.

Le ciel s'était éclairci et Nancy pouvait voir distinctement la maison dans son décor enneigé. C'était une gentilhommière plutôt simple et discrète, une bâtisse carrée solidement plantée qui avait visiblement défié le temps. À part une vague lueur filtrant par l'imposte au-dessus de la porte d'entrée, elle était plongée dans l'obscurité.

Sans attendre que Robert, son valet, descende de son siège à l'extérieur, Nancy sortit de la voiture et alla à la porte où elle actionna vivement le heurtoir.

Silence.

Robert la rejoignit, son chapeau et ses épaules couverts de neige.

— On dirait qu'il n'y a personne, madame.

— Mais il devrait y avoir quelqu'un, répliqua-t-elle en cognant de nouveau à la porte. Sommes-nous sûrs que c'est la bonne maison ?

— Oui, madame, c'est bien Dell House. C'est gravé sur un des piliers de la grille d'entrée. Je l'ai vu quand on est passés.

Au même moment, ils entendirent des bruits de verrous que l'on tirait, et Nancy soupira de soulagement.

— Enfin !

Elle s'efforça de prendre un air avenant, mais un éternuement sonore de l'autre côté de la porte la fit bondir en arrière sous l'effet de la surprise.

Un homme brandissant une lanterne ouvrit la porte. Il semblait en bien piètre état, en chaussettes, une couverture visiblement posée à la hâte sur ses épaules voûtées. Il avait les cheveux en désordre comme s'il sortait tout juste du lit, peinait à garder les yeux grands ouverts, et arborait une barbe naissante.

— Bonsoir, je...

Elle fut interrompue par un autre éternuement tonitruant. L'homme plongea le visage dans un grand mouchoir.

— Je vous debande pardon, dit-il, de toute évidence mortifié. Un bauvais rhube ! réussit-il à ajouter avant d'être de nouveau terrassé par un éternuement explosif.

— Euh... Eh bien, nous transportons un homme blessé dans notre voiture, expliqua Nancy. Un Mr Gabriel Shaw, qui nous a dit habiter ici.

— Bon baître !

— Oui, votre maître, dit Nancy, soulagée de voir ce point confirmé. Il faut le mettre dans un lit bien chaud aussi vite que possible. Pouvez-vous...

Elle dut s'interrompre car une quinte de toux phénoménale secoua l'homme.

— Y a-t-il quelqu'un d'autre dans cette maison qui pourrait aider ?

— Bersonne, gargouilla-t-il. Il d'y a que boi et je suis aussi faible qu'un chaton.

Nancy pinça les lèvres.

— Eh bien, nous n'allons pas rester sur le seuil à discuter de cela. Si vous ne pouvez être d'aucune aide, alors c'est nous qui allons devoir nous occuper de votre maître. Tout ce qu'il vous suffit de faire, c'est de nous montrer le chemin.

Elle regarda, derrière lui, le hall plongé dans la pénombre.

— Robert, allez avec lui et allumez quelques bougies, pour l'amour du ciel ! ordonna-t-elle avant de retourner vers la voiture.

— Qu'y a-t-il, madame ? demanda Hester qui se tenait près de la portière ouverte. Sommes-nous au bon endroit ?

— Oui, cet homme habite bien ici. Mais l'unique domestique est atteint d'un terrible rhume et ne nous sera d'aucune utilité. Il va falloir que nous installions Mr Shaw chez lui par nous-mêmes.

Hester hocha la tête.

— Je suis certaine que nous y arriverons. Plus vite il sera dans son lit, mieux cela vaudra.

Elles réajustèrent la cape sur lui tant bien que mal, puis William et Robert le portèrent jusqu'à ce qui était de toute évidence la chambre du maître de maison. Tout était bien rangé et Nancy remarqua que le lit était soigneusement fait. Mais le feu n'avait pas été entretenu et la pièce était glaciale.

— Ce n'est pas possible ainsi, dit-elle tandis que les hommes déposaient leur fardeau sur le lit. William, allez avec Robert. Cherchez ce qu'il faut pour allumer un feu. Et s'il y a du feu dans la cuisine, réchauffez les briques et rapportez-les ici au plus vite. Cet homme a besoin d'autant de chaleur que possible.

Elle lui indiqua le domestique qui les avait fait entrer.

— Allez-y avec lui. Il vous montrera où trouver tout

ce qu'il vous faut. Il ne peut rien faire d'utile pour le moment, il est trop malade.

Quand les hommes se furent retirés, elle se tourna vers sa compagne.

— Hester, vous devez m'aider à lui ôter ses vêtements mouillés. Allez, venez !

— Ce n'est pas à vous de faire cela, madame ! Laissez-moi m'en occuper, protesta Hester, scandalisée.

Nancy fut inflexible.

— Vous n'y arriverez jamais seule, il pèse une tonne ! Elle entreprit de déboutonner sa chemise maculée. Puis, ensemble, elles le dévêtirent et Nancy le frictionna avec l'une des serviettes posées sur la table de toilette pour ramener un peu de chaleur dans ses membres.

Il était loin d'être frêle, se dit-elle alors qu'elle lui frottait vigoureusement les bras. Un duvet sombre recouvrait sa poitrine et descendait jusqu'à son ventre, caché par le drap qu'Hester avait tenu à tirer jusque-là par pudeur.

Elle essaya de ne pas appuyer trop fort sur les hématomes qui commençaient à apparaître sur son torse et ses jambes. Il n'était pas surprenant qu'il ait eu du mal à marcher.

Avec l'aide d'Hester, elle lui fit revêtir sa chemise de nuit, et le recouvrit de toutes les couvertures qu'elle put avant de commencer à nettoyer son visage.

Hester lui proposa de s'en charger, mais elle refusa. Cet homme était son patient, et elle s'en sentait responsable.

— Peut-être devriez-vous aller chercher l'eau de lavande dans mes bagages, suggéra-t-elle. Nous pourrions en vaporiser sur son oreiller. Et si vous allez aux cuisines, rapportez donc les briques si elles sont réchauffées.

— Très bien, j'y vais. Et si les briques ne sont pas prêtes, j'arriverai bien à improviser quelques bouillottes avec des bouteilles de vin vides, dit Hester en allant vers la porte.

— Oui ! N'importe quoi pour le réchauffer !

Laissée seule avec l'inconnu, Nancy s'affaira avec une autre serviette qu'elle humidifia pour nettoyer la blessure sur sa tête. Elle dégagea doucement les cheveux noirs de son front et ôta le sang, puis entreprit de lui nettoyer le visage.

Alors qu'il était resté inconscient jusque-là, il commença soudain à remuer et ouvrit les yeux. Des yeux d'un bleu profond, remarqua-t-elle.

— Calmez-vous, murmura-t-elle en s'asseyant sur le bord du lit tout en posant la main sur son torse pour l'obliger à rester allongé. Vous êtes en sécurité.

De plus en plus agité, il se mit à marmonner des paroles inintelligibles.

Elle lui sécha le visage en lui murmurant des mots apaisants comme on le ferait avec un enfant irritable. Il finit par se calmer. Son regard bleu se posa sur elle, mais il semblait la traverser sans la voir.

Quelque chose se serra en elle et l'oppressa. Tout à coup, elle désira infiniment qu'il soit conscient de sa présence.

Il avait sorti une main de sous les couvertures, et elle la prit dans les siennes.

— Vous êtes en sécurité, répéta-t-elle en lui souriant.

Il se figea, les yeux toujours dans le vide, mais ses longs doigts enveloppèrent les siens avec une force surprenante. Lorsqu'il sombra de nouveau dans l'inconscience, elle ne bougea pas. Même quand Hester revint et plaça les briques chaudes enveloppées dans de la flanelle sous les couvertures, elle resta penchée sur son patient.

— Allons, venez, Miss Nancy. Ce n'est pas convenable pour vous de rester assise ainsi sur le lit d'un homme !

— Pourquoi ? Il ne se rend même pas compte de ma présence.

Elle vit qu'Hester paraissait inquiète et lui sourit.

— Très bien, vous pouvez m'apporter un siège. Mais je dois rester à ses côtés. Je crois que tenir ma main le réconforte, et ça me donne le sentiment d'être utile.

— Vous en avez déjà trop fait pour cet individu, grommela Hester tout en s'exécutant.

Elle n'eut pas l'occasion de discuter davantage, car les serviteurs venaient d'entrer pour allumer le feu, qui flamba rapidement dans l'âtre.

— Eh bien voilà ! s'exclama alors Hester. Je crois que nous pouvons maintenant en toute confiance laisser Mr Shaw avec son domestique, Miss Nancy, et reprendre notre route. Venez donc.

Nancy ne se leva pas. Elle détacha ses yeux de l'homme inconscient dans son lit pour les tourner vers le serviteur qui, adossé au mur, toussait et éternuait tant et plus dans son grand mouchoir.

— Oh non, je ne crois pas, répliqua-t-elle en adressant un sourire désolé à Hester. Je ne vois vraiment pas comment nous pourrions laisser ces deux pauvres hommes se débrouiller tout seuls, n'est-ce pas votre avis ? Ce serviteur aussi doit vite retrouver son lit.

Sortant d'un grand trou noir, Gabriel refaisait surface peu à peu. Il cligna des yeux mais ne les ouvrit pas complètement. La lumière lui faisait mal, et le plus infime mouvement de sa tête l'élançait d'une façon atroce. En fait, au fur et à mesure qu'il reprenait conscience, il se rendait compte que son corps entier lui faisait éprouver toutes les douleurs de l'enfer.

Il resta sans bouger, sans tenter de faire l'effort de se remémorer ce qui s'était passé. Il laissa plutôt ses souvenirs revenir d'eux-mêmes.

Une nuit calme et glaciale, un froid qui vous transperçait

les os. La route déserte vers Darlton, des ombres noires et la soudaine apparition de ses assaillants. Il avait cru tout d'abord à des détrousseurs, mais ces deux hommes n'étaient qu'une diversion, pour permettre à un troisième d'arriver par-derrière et de l'assommer violemment.

Ensuite il s'était retrouvé allongé sur le sol dans un bosquet, et une femme le houspillait pour qu'il se relève.

Il ouvrit les yeux avec précaution. Il était à Dell House, dans sa chambre. Elle avait donc dû l'y ramener, comme elle l'avait dit.

Un autre souvenir lui revint. Quelqu'un lui essuyant le front avec un tissu humide et tiède, l'odeur apaisante de la lavande. La voix de cette femme, plus douce cette fois, qui le priait de se tenir tranquille. Il fit un effort pour se rappeler et referma les yeux pour se concentrer. Oui, il l'avait vue. Elle était venue à son chevet, près de la lampe.

Une silhouette très féminine, les yeux sombres, les lèvres rouges, avec une abondante chevelure foncée et brillante. Elle s'était penchée vers lui, et son visage trahissait une vive inquiétude. C'était cette femme qui l'avait trouvé dans le bosquet.

Ou avait-il rêvé toutes ces scènes ?

Il entendit la porte s'ouvrir, puis des pas feutrés, et Thoresby apparut à côté du lit, portant un plateau. Cet homme était pour lui bien plus qu'un simple serviteur. Gabriel le considérait comme un ami loyal, et fut soulagé de le voir.

— John !

— Bonjour, monsieur. Je suis heureux de vous voir enfin réveillé.

— Vous étiez alité, j'ai craint que vous ayez été atteint par la grippe, dit Gabriel en fronçant les sourcils.

— Dieu merci, ce n'était rien de plus qu'un mauvais rhume, monsieur, et je vais bien mieux maintenant.

John Thoresby déposa le plateau sur une table qui avait été placée à côté du lit. En tournant à peine la tête, Gabriel put voir un bol qui ne contenait malheureusement que du porridge.

Cependant ce n'était pas là son principal souci.

— Mais vous étiez trop souffrant pour quitter votre lit, reprit-il.

— C'était il y a cinq jours, monsieur.

— Tant que ça ! s'exclama-t-il en essayant de s'asseoir.

Une vague de douleur lui vrilla le corps et il grimaça.

Thoresby vint l'aider en le prenant doucement par les épaules, puis il arrangea ses oreillers. Gabriel marmonna un remerciement et s'adossa, fermant les yeux jusqu'à ce que la douleur s'atténue et ne soit plus qu'une simple gêne.

— Il y a du laudanum, monsieur, si vous voulez.

— Non. Juste un peu d'eau, s'il vous plaît.

Il insista pour tenir le verre lui-même et parvint à boire quelques gorgées, malgré le tremblement de ses mains. Il fut heureux de s'en débarrasser quand il eut fini, et se renfonça dans les oreillers, les yeux clos.

— John, il y avait une femme.

— Ah oui, en effet ! Mrs Hopwood.

Ce nom lui sembla vaguement familier.

— Elle m'a ramené ici ?

— Oui. Et j'ai été extrêmement soulagé de vous voir, même si j'ai eu toutes les peines du monde à me traîner jusqu'à la porte quand elle a frappé. Oh ! je savais pourtant bien qu'il ne fallait pas vous laisser sortir seul !

— Bon sang, John, vous étiez trop malade pour être utile ! Et vous étiez fiévreux. C'est pour cette raison que je vous ai laissé dormir. Mais cela n'a plus d'importance, maintenant. Cette femme, est-elle restée ici ?

— Oh oui, monsieur, elle est restée, répondit Thoresby. Elle est même encore là.

— Quoi ?

Thoresby ouvrit les mains dans un geste d'apaisement.

— Il a été impossible de l'en empêcher, monsieur. Elle a pris possession des lieux sans me demander mon avis. Je toussais et éternuais en essayant vaille que vaille de retrouver mes esprits et, dans le même temps, ses domestiques vous mettaient au lit sous sa supervision. Et à peine avait-elle veillé à votre confort qu'elle entreprit de préparer des chambres pour elle et sa femme de chambre, tandis que son valet et son cocher s'installaient de leur côté.

Thoresby fit une pause.

— Je dois reconnaître, monsieur, que je n'aurais jamais pu m'occuper de vous sans elle, c'est indéniable. Elle m'a fait regagner mon lit, et a dit qu'elle s'occuperait de tout. Elle a ajouté qu'un bon repos était sans doute tout ce qu'il me fallait et que dans deux jours je serais de nouveau sur pied. Avant que vous ne disiez que j'aurais dû protester, sachez que je l'ai fait. J'ai essayé, monsieur, je vous l'assure. Elle s'est contentée de dire qu'il fallait que je me tienne loin de vous, au cas où je serais contagieux. C'était contraire à ma volonté, soyez en certain, mais à la vérité j'étais trop faible pour être utile à quoi que ce soit les deux premiers jours.

Gabriel dut se rendre à l'évidence et ne s'emporta pas, mais il était loin d'être apaisé. Il jeta un nouveau coup d'œil sur le plateau.

— J'imagine que c'est ce qu'elle croit être le petit déjeuner qui convient à un invalide.

Pour la première fois, Thoresby ne le regarda pas dans les yeux.

— Oui monsieur, du porridge. C'est la seule chose que nous avons réussi à vous faire ingurgiter ces jours-ci. Ainsi qu'un peu de bouillon de volaille qu'elle avait préparé.

— Mrs Hopwood semble être une femme pleine de ressources, dit sèchement Gabriel.

Thoresby s'autorisa un petit sourire timide.

— Elle nous a aidés à nous sortir d'un bien mauvais pas, monsieur, c'est sûr. Si elle n'était pas tombée sur vous dans ce bois, vous auriez péri avant l'aube. Sa compagne et elle se sont occupées de vous pendant les trois premiers jours car je ne faisais que dormir.

— Et il n'y a eu aucun visiteur indésirable, personne ne rôdant ici pendant la nuit ?

— Aucun indice que vous ayez été suivi jusqu'ici, monsieur. Avec la neige, c'était facile de constater que les seules traces autour de la demeure étaient les miennes ou celles des serviteurs de Mrs Hopwood. Il a tellement neigé ces derniers jours que les routes sont bloquées, alors personne ne circule.

— Alors espérons que mes agresseurs ne soient pas au fait de nos allées et venues. S'ils comprenaient que je suis vivant, ils pourraient partir à ma recherche.

Il resta silencieux un moment, réfléchissant, puis reprit :

— Il est trop dangereux pour quiconque de rester ici, si ce n'est nous-mêmes. Vous pouvez donc informer Mrs Hopwood que nous n'avons plus besoin de son aide.

— Je peux essayer, monsieur, mais je doute qu'elle parte avant d'avoir constaté par elle-même que vous êtes rétabli. Si vous vouliez bien avaler quelques cuillerées de ce porridge…

Gabriel le rabroua sans ménagement.

— Débarrassez-moi de cette bouillie infâme et apportez-moi mon petit déjeuner habituel. Eh bien, qu'y a-t-il encore ? ajouta-t-il en le voyant hésiter.

— Les dames ont la haute main sur la cuisine, monsieur. Elles ont préparé tous les repas depuis leur arrivée. Je ne sais pas si…

Le regard furibond de Gabriel le poussa à terminer.

— Je vais m'en occuper sur-le-champ. Je suis certain que cela ne posera pas de problème.

— Cela vaudrait mieux, répliqua Gabriel. Ensuite vous pourrez m'aider à me lever. Si vous ne dites pas à cette satanée femme de s'en aller, Dieu sait que je le ferai !

Chapitre 3

Nancy parait une pièce de bœuf quand Thoresby revint avec le plateau. Elle lança un coup d'œil au bol de porridge intact.

— Votre maître dort-il encore ?

— Non, madame, il est plus que réveillé. Il insiste pour qu'on lui serve son petit déjeuner habituel composé d'œufs et de jambon.

Il avait dit cela avec une telle résignation et avec le ton du malheureux qui savait qu'il serait exécuté pour avoir été porteur de nouvelles funestes que Nancy dut se mordre la lèvre pour ne pas éclater de rire. Elle éprouvait une certaine sympathie pour Mr Thoresby, car elle savait fort bien qu'elle s'était comportée comme un tyran ces derniers jours.

Mais les cuisines et la préparation de repas avaient été son domaine depuis plus de dix ans, et elle s'était aussitôt sentie chez elle dans cette demeure. Elle avait pris les commandes de la maisonnée et préparé des collations convenant à un blessé dès qu'il avait été capable d'avaler quelque chose. Ses amies se moquaient souvent d'elle la traitant de mère poule qui voulait prendre tout le monde sous son aile.

Une chaleur soudaine lui traversa le corps. Loin d'elle l'envie que Gabriel Shaw voie en elle une figure maternelle !

— Je suis heureuse d'apprendre qu'il se sent mieux. Voulez-vous lui préparer quelque chose ? Je le ferais avec plaisir, mais vous êtes le mieux placé pour savoir ce qu'il aime.

Thoresby lui assura aussitôt qu'il serait plus qu'heureux de préparer le petit déjeuner de son maître et alla sortir des œufs et un gros jambon du cellier.

Un peu plus tard, après avoir apporté un nouveau plateau à son maître et l'avoir aidé à s'habiller, il retourna à la cuisine pour transmettre une invitation à Nancy.

— Mon maître vous prie de se joindre à lui pour le souper ce soir, madame. Dans sa chambre. À son grand regret, il ne se sent pas en état de descendre au rez-de-chaussée pour se rendre dans la salle à manger.

Il fit une petite courbette, puis se redressa et ajouta :

— À la vérité, madame, il est encore très faible, au point qu'il peut à peine rester assis dans son fauteuil près du feu. Il espère donc que vous ne verrez pas d'objection à un dîner informel dans sa chambre.

Nancy ne fut pas dupe. Quelle que soit la politesse de cette invitation formulée avec tact par Mr Thoresby, il s'agissait de toute évidence d'une convocation.

Peu importait. Elle n'avait aucune objection à dîner avec Mr Gabriel Shaw, car elle avait bon nombre de questions à lui poser.

Avant le dîner, laissant à Hester et Thoresby le soin de mettre la touche finale au repas, Nancy monta à sa chambre et fit un brin de toilette pour se rafraîchir et se débarrasser des odeurs de cuisine. Comme elle n'avait pas le temps de se laver les cheveux, elle les brossa puis les rassembla en chignon avant de se concentrer sur sa tenue.

Ses malles contenaient de coûteuses robes de couleurs vives, sa boîte à bijoux regorgeait de joyaux tous destinés à attirer l'attention, mais elle n'avait pas la moindre intention de faire étalage de ses charmes ce soir.

Bien au contraire, se dit-elle, en repensant au sourire de Mr Shaw et à son effet sur son pouls.

Elle décida de mettre la plus sobre de ses robes du soir, un fourreau en soie d'un bleu saphir profond, à taille haute et manches longues qu'elle jugea convenir parfaitement au froid glacial qui semblait s'infiltrer par le moindre interstice de cette demeure. Elle glissa un fichu en mousseline dans le décolleté, à la fois pour avoir plus chaud et pour l'agrémenter. Cela lui permettait aussi de ne pas avoir besoin de compléter sa tenue par un collier. Elle mit des escarpins en chevreau assortis puis s'étudia un moment dans le miroir. Satisfaite, elle s'adressa un petit signe de tête, certaine de passer ainsi pour une veuve respectable traversant des temps difficiles, ce qui était exactement ce qu'elle voulait que croie le maître des lieux. Elle compléta sa tenue par un châle en laine fine puis sortit dans le couloir sans chauffage.

— Madame Hopwood, bonsoir.

Gabriel Shaw la salua poliment.

Elle s'était attendue à ce qu'il la reçoive en veste d'intérieur chamarrée comme le voulaient les usages, mais il s'était habillé – pantalon beige et redingote de soirée sombre qui tombait impeccablement sans un pli. Même à la lueur des bougies, elle put constater qu'elle était parfaitement coupée. Il la portait sur un gilet en soie crème et une chemise blanche immaculée ornée d'une cravate nouée avec sophistication.

Son visage était dépourvu de cicatrices, si ce n'était le vilain bleu qui marquait sa joue. Elle l'avait vu apparaître le soir de leur arrivée, quand elle lui avait nettoyé le visage. Cette nuit où elle était restée assise sur son lit, à lui tenir la main. Ce souvenir fit battre son cœur un peu plus vite, mais elle l'ignora. Elle l'avait soigné comme elle aurait soigné n'importe quel blessé.

Elle le scruta. Il avait des cernes sombres sous les yeux, mais elle le trouva extrêmement bien rétabli. Sa blessure à la tête s'était refermée, et était presque complètement dissimulée par ses cheveux noirs épais ramenés en arrière.

Il n'arborait ni chaîne de montre, ni armoiries sur les boutons de ses vêtements, ni chevalière au doigt. Mais elle avait la certitude qu'il n'était pas un modeste hobereau campagnard. Il était vêtu avec autant de recherche que les hommes de la haute société qu'elle avait récemment fréquentés lors de son séjour à Londres.

Ce qui lui donnait encore plus de raisons de l'interroger.

Il était assis à la petite table dressée pour le souper devant la cheminée, et peina pour tenter de se lever afin de la saluer. Elle lui fit vivement signe de ne pas bouger.

— Je vous en prie, ne vous fatiguez pas, monsieur Shaw ! Vous n'êtes pas encore complètement remis.

Elle se souvint des traces de coups qu'elle avait vues partout sur son corps. Un corps puissant et musclé, se dit-elle avant de refouler hâtivement ces pensées, en espérant que la soudaine rougeur montée à ses joues n'avait pas été remarquée.

— J'en suis fort conscient, dit-il avec dépit en se renfonçant dans sa chaise. Je devrai laisser à John le soin de vous conduire à votre place.

Il leva la main pour faire signe à son domestique

qui se tenait en retrait dans l'ombre. Nancy sourit à Mr Thoresby pour le remercier, et tandis qu'il remplissait son verre de vin, elle ôta son châle et le déposa sur le dossier de sa chaise.

Elle fut surprise de constater à quel point elle était nerveuse à l'idée de dîner en tête à tête avec un homme, et avait besoin d'un peu de temps pour retrouver sa contenance.

Thoresby recula et s'inclina.

— Si vous êtes prête, madame, Mrs Yelland et moi-même servirons le dîner sur-le-champ.

Lorsque l'homme fut parti, Gabriel prit son verre et le leva.

— Je vous suis terriblement redevable, madame Hopwood.

— Je n'ai fait que mon devoir de bonne chrétienne, monsieur Shaw. Je ne pouvais pas vous laisser périr dans le froid.

— Allons, madame, vous avez fait bien plus que cela. Vous m'avez non seulement sauvé la vie, mais aussi soigné ces derniers jours. Et, comme me l'a rapporté Thoresby, vous ne l'avez jamais harcelé pour obtenir la moindre explication.

Il la dévisagea, une lueur amusée dans ses yeux bleus.

— Peu de femmes auraient eu une telle patience, ajouta-t-il.

Elle esquissa un sourire.

— Le pauvre homme a vécu dans la terreur de mes questions, je l'ai bien remarqué. Mais j'ai pensé qu'il valait mieux attendre le récit de votre propre bouche.

Un courant d'air annonça l'ouverture de la porte. Hester et Thoresby firent leur apparition. Nancy éprouva un sentiment de fierté, quand elle vit le repas qu'elle avait composé et préparé disposé sur la table. Gabriel contemplait également les différents plats avec une satisfaction évidente.

— Je crains de vous avoir causé grand tort, madame, dit-il. Vous avez dû interrompre votre voyage. Certaines personnes ne vont-elles pas s'inquiéter ? Des amis, de la famille ?

— Robert, mon valet, est parti leur porter un message. C'est un homme plein de ressources, et avec une bourse pleine il ne fait aucun doute qu'il pourra arriver à bon port. Mes amis sauront que je suis parfaitement en sécurité avec mon cocher William. Ainsi qu'avec Hester, ma dame de compagnie.

Elle sourit à celle-ci, qui était en train d'installer d'autres plats sur une petite desserte.

Hester lui lança en retour un regard peu amène.

— Voudriez-vous que je reste, madame ? demanda-t-elle d'un ton incisif.

— Non, nous nous servirons nous-mêmes. Merci, Hester. Vous pouvez vous retirer et profiter de votre dîner tranquillement.

Remarquant l'hésitation de son amie, elle s'empressa d'ajouter :

— Soyez sûre que je vous appellerai si j'ai besoin de quelque chose.

Une fois qu'ils se retrouvèrent seuls, Gabriel haussa un sourcil.

— Craint-elle pour votre réputation ? Son ton le laissait entendre, m'a-t-il semblé.

— C'est très probable, répondit Nancy en s'esclaffant. Mais je suis certaine de ne rien avoir à craindre de vous dans l'état où vous êtes actuellement. Vous pouvez à peine tenir debout.

La lueur d'amusement traversa de nouveau ses yeux.

— Je pourrais vous séduire avec mon charme et mon esprit.

— Vous pourriez essayer, concéda-t-elle avec un léger sourire, tout en acceptant le nouveau verre de vin qu'il lui proposait. Mais vous ne me détournerez pas de la raison pour laquelle j'ai accepté de souper avec vous.

— Et quelle est-elle ?

— Je veux des explications, bien sûr. Pour quelle raison vous avez été agressé, pourquoi vous vivez ici avec Mr Thoresby pour unique serviteur. Il prétend être votre valet, mais il est extrêmement capable, bien plus qu'un simple valet.

— En effet, il m'est indispensable. Mais avant de discuter plus avant, nous devrions souper, suggéra-t-il, son regard courant sur les différents plats. Tout cela a l'air fort appétissant, et le fumet qui s'en dégage fait monter l'eau à la bouche. J'imagine que vous avez tout préparé vous-même ?

— Avec l'aide d'Hester.

— Alors, je vous en prie, dites-moi ce que nous avons là.

— Il y a de la poitrine de bœuf mijotée au vin, et des champignons étuvés. J'en ai trouvé un bocal dans le cellier, parfaitement étiqueté et daté. Je remercie la personne qui l'a laissé là, d'ailleurs ! Ainsi qu'une tarte aux pommes et un hachis de canard sauvage, une belle volaille que mon cocher s'est procurée quand il est allé acheter des légumes.

Elle remarqua sa mine soudain rembrunie et reprit très vite.

— Je vous en prie, rassurez-vous, monsieur Shaw. William a été très discret. Je l'ai envoyé au marché à East Markham plutôt qu'à Darlton.

— Qu'est-ce qui vous amène à penser que nous avons besoin de discrétion ?

Son air innocent ne la trompa pas.

— Tout ce qui vous concerne !

Il éclata franchement de rire.

— Très bien, nous en discuterons plus tard. Pour l'instant, mangeons !

C'était étonnamment agréable de dîner en tête à tête avec Gabriel Shaw. Alors qu'elle était arrivée avec la ferme intention de garder ses distances et s'attendant à se sentir mal à l'aise, il ne lui fallut que quelques minutes en sa compagnie pour se détendre. Très vite, elle se retrouva en train de converser avec lui comme elle l'aurait fait avec un vieil ami. Non qu'elle lui fît entièrement confiance, bien sûr. Elle ne savait rien de lui, mais il était d'une compagnie plaisante, s'exprimait comme un homme intelligent et ne fit aucune tentative pour badiner avec elle, pas plus qu'il ne se montra condescendant.

Il goûta la plupart des plats, ce qui était gratifiant, sans cependant manger de grand appétit. Ce n'était pas surprenant, songea-t-elle, puisqu'il n'avait quitté le lit que ce matin. Quand il eut terminé, il repoussa son assiette vide devant lui.

— Mes compliments, madame. Tout cela est excellent. Où avez-vous appris à cuisiner ainsi ?

— Auprès d'un chef français. J'ai passé d'innombrables heures dans sa cuisine étant enfant, et il estimait qu'il valait mieux me faire travailler que m'avoir sans cesse dans ses jambes.

Il leva son verre devant elle.

— Alors vous vous êtes montrée une élève talentueuse.

Elle fut flattée du compliment, mais une sonnette d'alarme résonna dans sa tête. Elle ne devait pas s'autoriser à succomber à l'indéniable charme de cet homme.

Le moment était venu de lui faire part de son statut social inférieur.

— C'était un excellent professeur. C'est ainsi que je gagne ma vie aujourd'hui, en faisant la cuisine.

L'air surpris, il se laissa aller contre le dossier de son siège.

— Cependant vous avez votre propre voiture et vos serviteurs...

— Mes employeurs ont insisté pour cela.

— Ils doivent avoir une très haute opinion de vous pour vous permettre de voyager dans pareil luxe.

— Il est difficile de trouver de bonnes cuisinières, et encore plus difficile de les garder, assura-t-elle.

— Mais vous n'avez pas toujours été une domestique, madame Hopwood.

Elle hésita.

— Non.

Elle se leva, rassembla les assiettes vides et alla les poser sur la desserte.

— Je suis veuve, et dois assurer ma subsistance là où je le puis.

Il lui saisit la main lorsqu'elle revint à la table.

— C'est là une alliance coûteuse. Votre mari ne vous a sûrement pas laissée sans rien ?

Nancy jeta un coup d'œil au large anneau d'or qui faisait partie de la panoplie nécessaire à la veuve d'un homme fortuné. Mais accessoire bien plus difficile à expliquer au doigt d'une modeste cuisinière.

— Sa mort a été... soudaine. C'est tout ce qu'il me reste de lui. Je n'ai pu me résoudre à m'en séparer.

Elle sentait le poids de sa culpabilité s'alourdir à chaque enjolivure de son histoire. Lui mentir la gênait, elle n'avait jamais eu l'intention de faire cela,

Sa seule consolation était que dès que la route serait dégagée elle quitterait Dell House et l'énigmatique Gabriel Shaw.

Mrs Hopwood disparaîtrait pour toujours, et elle redeviendrait tout simplement Miss Nancy.

Elle fut stupéfaite de se sentir aussi peu réconfortée à cette perspective. Pourtant, elle aimait sa vie à Prospect House, non ? Elle y avait ses amies, et plus qu'assez de travail pour remplir ses journées. Se trouver devant cet homme, cet étranger qui lui tenait la main lui fit soudain comprendre pourquoi elle s'étourdissait de travail chaque jour. C'était pour s'épuiser, pour pouvoir dormir pendant toutes ces nuits solitaires.

Elle retira sa main et retourna s'asseoir.

— Mais je ne suis pas venue dîner ici pour parler de moi, dit-elle.

— Ah ! fit-il en remplissant de nouveau leurs verres de vin. Nous y voilà.

— Oui. Je veux en savoir plus sur vous, monsieur Gabriel Shaw.

— Comme c'est flatteur ! s'exclama-t-il en se calant contre le dossier de sa chaise.

Il sourit puis poursuivit.

— Très bien. Je ne suis pas marié, et n'ai pas non plus l'intention de prendre épouse. Pourquoi me limiter à une seule femme alors que je peux avoir une douzaine de maîtresses ? ironisa-t-il d'un ton salace. Je suis donc tout à fait libre en ce moment, madame Hopwood, si c'est ce que vous vous demandiez.

— Ce n'est pas du tout ce que je voulais dire ! se récria Nancy, cramoisie.

Il la taquinait pour essayer de détourner la conversation, mais elle ne le permettrait pas. Pourtant, alors que le moment était venu, elle hésitait à lui demander quelles affaires il menait ici. Elle redoutait soudain de ne pas aimer les réponses. Quoi qu'il en soit, il fallait le faire.

Redressant les épaules, elle le regarda droit dans les yeux.

— Qui êtes-vous, monsieur Shaw ? Comment se fait-il que vous en soyez venu à vivre ici ?

— Je suis venu de Londres pour, euh… vivre à la campagne.

— Vous fuyez peut-être un scandale ?

Sans doute une femme, se dit-elle, se souvenant du frémissement qui l'avait parcourue quand il avait pris sa main dans la sienne avec fermeté. Avec son visage séduisant et son charme, il était presque irrésistible.

Une autre pensée à réprimer fermement.

— Quelque chose comme ça, marmonna-t-il.

Il fixa son regard sur son verre qu'il fit tourner entre ses doigts.

— Je n'ai pris qu'un seul serviteur avec moi. Comme vous l'avez remarqué, John Thoresby est bien plus pour moi qu'un valet. Nous sommes ensemble depuis des années. Il est doté de nombreux talents et je n'ai besoin de personne d'autre pour s'occuper de moi lorsque je suis ici.

Il reporta ensuite son attention sur elle et la regarda avec insistance.

— Voilà toute l'histoire, madame Hopwood. Je suis un gentleman célibataire tout ce qu'il y a d'ordinaire, qui loue une maison à un tarif avantageux contre entretien et menues réparations.

Il lui souriait, ses yeux bleus très chaleureux, et elle dut refréner son attirance. Il essayait de l'embobiner, mais elle n'était pas dupe.

— Je ne crois pas que vous soyez ce que vous prétendez être, monsieur Shaw. Des gentlemen ordinaires, comme vous dites, peuvent certes se faire attaquer, détrousser et être ensuite laissés pour morts. Mais les maraudeurs ne se donnent en général pas la peine d'ôter son manteau à leur victime puis de la transporter sur plusieurs miles jusqu'à un endroit isolé où elle agoniserait. Quand William est revenu d'East Markham, il m'a dit que la neige était tombée bien plus dru là-bas. La couche est d'une bonne dizaine de centimètres et le temps glacial qui perdure signifie qu'il n'y a aucun redoux en vue. Si je ne vous avais pas trouvé, votre corps aurait pu rester invisible dans ce bosquet pendant des semaines.

— Mes assaillants n'ayant pas jugé bon de m'adresser la parole, je ne puis vous dire pourquoi ils ont agi comme ils l'ont fait, mais qu'importe ! Je suis vivant, grâce à vos bons soins. Et j'ai assez profité de votre bonne volonté, madame. Vous n'avez plus besoin de retarder votre voyage, je suis tout à fait tiré d'affaire et vais très vite me rétablir.

— Certes, mais vous êtes encore incapable de vous déplacer seul.

— Mes forces vont très vite me revenir, maintenant que je ne suis plus alité. John Thoresby peut se charger de tout ce dont j'ai besoin.

Mais la façon dont il avait été agressé ne laissait pas l'esprit de Nancy en paix. Elle secoua la tête en signe de dénégation.

— Mr Thoresby peut très bien vous servir, en effet, mais il n'est pas tout à fait remis de son rhume. C'était bénin, je le concède, mais il aura besoin de toutes ses forces et de sa tête s'il était nécessaire de vous défendre.

— Me défendre ? s'exclama-t-il avant d'éclater de rire. Que sont ces balivernes ?

Elle n'eut aucune envie de se joindre à son hilarité.

— Vous me l'avez dit vous-même quand je vous ai trouvé dans le bois. Quelqu'un veut votre mort, monsieur Shaw.

Gabriel considéra la femme assise en face de lui et sentit l'exaspération le gagner. Il ne voulait pas qu'elle soit mêlée à ses affaires. Or, elle se révélait diablement difficile à évincer.

Peut-être avait-il été trop poli.

— Et si tel était le cas, en quoi cela vous concerne-t-il, madame ?

Elle haussa les sourcils et lança, sur le ton de la plaisanterie.

— Après tous les efforts que j'ai faits pour vous sauver, je n'ai pas la moindre intention de laisser quiconque vous tuer maintenant et ruiner mon ouvrage.

— Très bien. Admettons qu'il y ait un quelconque danger. Rester ici mettrait votre propre sécurité en péril. Je ne peux pas vous faire de confidences…

— Eh bien, vous devriez ! répliqua-t-elle.

— Bon sang ! Comment dois-je vous le dire ? Je ne veux pas de vous ici ! s'exclama-t-il.

Elle se cala contre le dossier de sa chaise et croisa les bras, le défiant du regard, exactement comme il le faisait.

— Puisque vous n'êtes pas assez remis pour pouvoir me jeter personnellement hors de cette maison, monsieur Shaw, je pense que vous devriez céder de bonne grâce, ne croyez-vous pas ?

Son sens du ridicule finit par l'emporter, et il esquissa un sourire. Cela n'échappa pas à Nancy, dont la bouche généreuse dessina aussitôt un magnifique sourire en retour. Elle se leva

— Voilà qui est beaucoup mieux, monsieur. Bien, je vais sonner Hester et nous allons emporter ces assiettes à la cuisine…

— Non, je vous en prie, laissez John et votre dame de compagnie s'en occuper. Je voudrais que vous restiez et me parliez.

— Non, je ne peux pas faire cela, dit-elle en allant vers la cheminée pour tirer le cordon de la sonnette. Il faut que vous vous reposiez, monsieur. Hester et moi allons tout débarrasser, et votre valet pourra ainsi vous aider à vous recoucher.

Nom d'un chien ! Elle refusait de quitter la maison, alors même qu'il lui avait affirmé qu'elle était en danger. Et en plus, elle voulait le priver du plaisir de sa compagnie ! Que cette satanée femme était contrariante !

Elle se retourna vers lui et demanda d'un air innocent.

— Je vous demande pardon, avez-vous dit quelque chose ?

— Vous êtes la femme la plus autoritaire que j'aie jamais rencontrée, marmonna-t-il.

Ses yeux pétillèrent de malice, et elle ne sembla pas le moins du monde offensée.

— Sotte, aussi. Vous m'avez ainsi qualifiée dans le bois. Ainsi qu'excentrique, ajouta-t-elle pensivement.

— Ah bon ? Je ne m'en souviens pas. J'essayais sans doute de me débarrasser de vous.

— Vous souffriez de ce coup sur la tête, qui avait manifestement altéré votre jugement, aussi vous ai-je pardonné cette incivilité. De toute façon, incivilité ou non, je ne pouvais vous laisser dans la neige à ce moment-là, pas plus que je ne vous laisserai maintenant.

Là-dessus, elle prit le plateau de vaisselle et quitta la pièce.

Chapitre 4

Gabriel était allongé dans son lit, exténué après n'en être sorti que quelques heures à peine. Cette satanée veuve avait raison, il lui fallait vraiment du repos.

Pourtant, étrangement, maintenant que John l'avait laissé et qu'il reposait seul dans l'obscurité, il n'avait pas envie de dormir. Il avait de la chance : il était couvert de bleus, mais n'avait aucune fracture et, plus étonnant encore, aucune côte cassée. À part le coup sur la tête qui l'avait assommé, il devait probablement ses blessures au fait d'avoir été violemment ballotté dans une charrette jusqu'au bois de Great North Road. Cela représentait plus de cinq miles sur une route criblée d'ornières…

Jamais il n'aurait dû se rendre à la taverne de Darlton sans John pour assurer ses arrières, mais qu'aurait-il pu faire d'autre, alors que le pauvre était si malade ?

Son esprit le dirigea vers le sujet plus agréable qu'était Mrs Hopwood. Nancy.

Il avait le vague souvenir qu'elle lui avait dit que c'était son prénom. Elle avait soupé avec lui, vêtue sans ostentation, sans bijoux si ce n'était son alliance, mais aucune robe, même la plus simple, ne pouvait dissimuler les courbes voluptueuses sous cette soie bleue. Elle moulait sa poitrine haute et généreuse et chatoyait autour de ses hanches quand elle marchait. Elle avait remonté ses cheveux, laissant libres quelques boucles brillantes sur sa nuque.

Il imagina ce qui aurait pu se passer si elle ne s'était pas retirée si vite après le dîner. Il l'aurait aidée à quitter la table, puis aurait glissé une main sur son long cou ivoire pour la refermer sur sa nuque. Ses boucles soyeuses lui auraient chatouillé les doigts tandis qu'il l'aurait attirée contre lui jusqu'à pouvoir embrasser ses lèvres rouges et pulpeuses.

Il se mit à s'agiter à cette pensée, et son corps malmené lui rappela cruellement qu'il n'était pas en état de faire l'amour à une femme.

Il fallait qu'il dorme. Il avait besoin de repos, mais quand il ferma les yeux, l'image de Nancy revint l'obséder. Elle n'était pas d'une beauté conventionnelle, avec ses traits trop appuyés. Ses hautes pommettes et son nez droit suggéraient un caractère bien trempé et, Dieu du ciel, il avait pu constater que c'était vrai ! Sa bouche généreuse était faite pour le rire et il soupçonna qu'elle riait souvent, car elle avait un sens développé du ridicule. Ses yeux couleur chocolat avaient pétillé à plusieurs reprises tandis qu'elle le regardait pendant la soirée.

Il fronça les sourcils. Mais qui était-elle ? Qu'était-elle ?

Il essaya de se souvenir de ses propos, lorsqu'elle l'avait conduit à Dell House. Quand il lui avait donné son adresse, elle avait dit savoir où cela se trouvait. Donc, elle n'était pas une étrangère dans ces environs. En fait, elle devait même en être familière pour connaître une demeure aussi isolée et retirée.

Et elle était aristocrate de naissance, il aurait pu en jurer, même si elle disait qu'elle travaillait pour gagner sa vie.

Une cuisinière ! Il ne l'aurait jamais cru s'il n'en avait pas lui-même goûté les preuves. Et pourquoi ne le serait-elle pas ? Après tout, bien des femmes de bonne famille traversaient les aléas de la vie et se trouvaient obligées de gagner leur vie comme elles le pouvaient.

Quelque chose le déconcertait cependant chez elle. Sa façon de se mouvoir, de s'exprimer. Son énergie et son intense vivacité le poussaient à penser qu'elle était plutôt une courtisane qu'une cuisinière, car c'était une femme infiniment séduisante.

Il se tourna et se retourna dans son lit, puis grimaça de douleur tant son corps protestait contre toute cette agitation. Elle pourrait tout aussi bien être Aphrodite en personne, ce n'était pas le moment de badiner, quand bien même il aurait été en état de le faire.

Il avait un travail d'une extrême importance à terminer, et la récente agression n'avait servi qu'à le convaincre qu'il touchait au but. Il était temps d'essayer une approche différente. Demain, il s'arrangerait pour qu'un entrefilet annonçant qu'un corps avait été découvert sur la Grande Route du Nord près de Tuxford paraisse dans la presse. Si la neige était aussi épaisse que l'avait dit Nancy, il était peu probable que quiconque puisse apporter un démenti, et les responsables de cette agression pourraient ainsi croire qu'ils avaient réussi à l'éliminer.

Mais il ne pouvait poursuivre ses investigations tant qu'il arborerait les traces révélatrices de son agression sur le visage, ou ne serait pas suffisamment remis pour se défendre seul. Cela signifiait faire profil bas pendant encore au moins une semaine, peut-être plus, et c'était indépendant de sa volonté.

Ses pensées revinrent une fois de plus vers Nancy.

John avait assuré n'avoir vu aucun signe d'un quelconque rôdeur autour de Dell House. Peut-être n'était-il pas nécessaire de tant se hâter de se débarrasser d'elle… S'il devait rester tranquille un moment, pourquoi ne pas profiter de la compagnie d'une séduisante veuve ?

Quant à elle qui semblait désireuse de s'occuper de lui, il se contenterait de lui permettre de faire ce qu'elle demandait.

Un petit sourire aux lèvres, il ferma les yeux. Qui donc avait dit qu'on ne pouvait pas à la fois avoir le beurre et l'argent du beurre ?

Quand John Thoresby lui apporta son café du matin, il annonça d'une voix d'outre-tombe qu'il avait neigé toute la nuit.

— Il y a également des congères. Le serviteur de Mrs Hopwood dit que la route est déjà impraticable. Personne n'ira bien loin aujourd'hui, si ce n'est à pied, à travers champs.

— Excellent, dit Gabriel, optimiste. Espérons que la situation est la même sur la Grande Route du Nord.

John l'aida à s'asseoir et lui tendit sa tasse.

— Vous avez changé de refrain. Je croyais que vous souhaitiez le départ de nos visiteurs !

— Certes, mais la neige empêchera mes agresseurs de s'inquiéter du fait que l'on n'ait pas encore découvert mon cadavre. Ce qui me rappelle, John, que nous avons besoin de faire publier un entrefilet dans le *Markham Courrier* à cet effet. Et aussi éventuellement dans l'*Intelligencer.* Il est beaucoup lu à Darlton, si je ne m'abuse. Vous avez dit qu'il est possible de se déplacer à travers champs ? Bien. Je veux que vous alliez à East Markham et envoyiez un message en express à… euh… nos amis de Londres. Ils s'occuperont des parutions.

— Très bien, monsieur. Et qu'avez-vous prévu pour la suite ?

Gabriel se renfonça dans ses oreillers et sirota son café.

— Je n'en ai pas la moindre idée, répondit-il tranquillement. Mais ce temps de neige nous accorde un délai supplémentaire pour mettre au point un nouveau plan. Ne vous inquiétez pas, John, je vais trouver quelque chose.

Gabriel prit son petit déjeuner dans sa chambre, puis laissa son valet l'aider à s'habiller. Bien que ses muscles soient toujours raides et douloureux, il se sentait nettement mieux que la veille. Assez bien, en fait, pour quitter sa chambre. Sachant que John insisterait pour qu'il se repose au moins un jour encore, il avait attendu qu'il soit parti pour East Markham avant de s'aventurer dans la maison, aussi était-il près de midi quand il descendit.

Il trouva Nancy dans la cuisine.

Occupée devant le fourneau à remuer le contenu d'une casserole en cuivre, elle ne remarqua pas son entrée, ce qui lui laissa le temps de l'étudier.

Elle portait un tablier en coton pour protéger une robe en mousseline jaune d'une teinte très gaie, dont les ornements de dentelle convenaient plus à un salon londonien qu'à une cuisine campagnarde. Cette couleur vive évoquait des fleurs de printemps et lui allait très bien, le jaune contrastant joliment avec ses cheveux aux nuances châtain foncé. Elle les avait remontés en un chignon hâtif et de petites mèches indisciplinées lui encadraient le visage. Quelques boucles brillantes s'étaient échappées dans sa nuque, attirant son attention sur son cou gracieux mis en valeur par le corsage échancré.

Pendant un moment il envisagea de s'approcher d'elle en catimini, de passer les bras autour de sa taille fine et de déposer un baiser sur la peau douce de son épaule, mais le bon sens l'emporta.

Elle était en train de remuer des aliments brûlants, et

il n'était pas certain qu'elle ne lancerait pas le contenu de la casserole sur lui s'il prenait une telle liberté.

Il estima donc plus prudent de tousser pour signaler sa présence.

— Oh ! bonjour, monsieur Shaw !

Elle se tourna vers lui, sans paraître gênée le moins du monde d'être découverte en train de travailler.

Tandis qu'elle le détaillait de la tête aux pieds, il eut un doute. Il n'était pas certain qu'elle approuvait ce qu'elle voyait. À cette idée, il ressentit une pointe d'appréhension, ce qui le fit rire intérieurement.

Dieu du ciel, il n'était pas vaniteux au point d'avoir besoin de l'approbation d'une femme !

— Vous avez meilleure mine, finit-elle par dire. J'imagine donc que vous vous sentez mieux.

— En effet, madame, en grande partie grâce à l'excellent repas d'hier soir.

Il s'avança dans la cuisine. Il y faisait chaud et de délicieuses odeurs d'épices et de vanille flottaient dans l'air.

— John est sorti, et j'ai envie d'un café. Que je vais faire moi-même, ajouta-t-il vivement. Je n'entends pas que Mrs Yelland ou vous-même me serviez.

Il fut récompensé par un grand sourire.

— Voilà qui est avisé de votre part. Comme vous pouvez le voir, je suis occupée, et Hester est dans une dépendance en train de plumer l'une des plus vieilles poules pour la faire au pot. Il y a de l'eau chaude dans la bouilloire, elle ne sera pas longue à bouillir. Vous trouverez le café et la cafetière là-bas, sur les étagères.

Elle se déplaça pour lui permettre de prendre la bouilloire, puis reporta son attention sur sa casserole tandis qu'il préparait son café. Ils restèrent silencieux l'un et l'autre, mais Gabriel apprécia ce moment en plaisante compagnie.

— Puis-je vous proposer un café aussi, madame Hopwood ?

— Eh bien, oui, merci. Je suis en train de terminer la crème pour le pudding du dîner. Il ne faut plus que quelques instants pour qu'elle finisse d'épaissir. Ensuite, je pourrai la laisser refroidir sur le marbre dans le cellier.

Elle s'arrêta, souleva la cuiller pour vérifier la consistance de sa crème, puis se remit à mélanger.

— J'ai constaté plus tôt ce matin que le feu n'a pas été allumé dans la salle à manger. Je suggère donc que nous le buvions ici. C'est de loin la pièce la plus chaude de la maison pour le moment, dit-elle.

Elle releva soudain la tête en fronçant les sourcils.

— À part votre chambre, bien sûr. J'ai donné des instructions pour que le feu y brûle toute la nuit.

— Et cela a été le cas, lui assura-t-il. Mais comme je suis rétabli, je n'oserais pas vous inviter à y prendre le café.

— Ou autre chose.

— Non, bien sûr. Pas alors que nous nous connaissons à peine.

Il avait parfaitement conscience d'être provocateur et se demanda si elle en prendrait ombrage. Au lieu de cela, elle éclata de rire. D'un rire joyeux, franc et sans retenue. Contagieux, se dit-il en souriant intérieurement. Joyeux.

— En effet, dit-elle en donnant un dernier tour de cuiller à sa crème avant de retirer la casserole du feu. Je vous en prie, apportez le café sur la table, monsieur, et nous le boirons ici. Je crois qu'il y a quelque part des biscuits qu'Hester a faits hier.

Elle emporta la casserole dans le cellier et revint un instant plus tard avec un petit bocal. Une délicate odeur de citron s'en échappa lorsqu'elle l'ouvrit.

— Félicitations à la personne qui a rempli votre

cellier. Il est très bien pourvu, monsieur Shaw. Jusqu'à des conserves de fruits.

Tout en prenant un biscuit, elle poursuivit :

— Je trouve vraiment très inhabituel de vivre dans une maison sans serviteurs, continua-t-elle en prenant un biscuit. Avez-vous renvoyé tout le monde ?

— Pas du tout. La famille qui vivait ici a souhaité déménager pour s'installer à Michaelmas. J'étais à la recherche d'une maison au calme, et celle-ci était meublée, avec tout ce qu'il fallait pour s'y installer du jour au lendemain. Dont un cellier bien rempli. C'était vital, avec l'hiver qui approchait.

— Ainsi vous ne la louez pas comme vous me l'avez dit hier soir. C'est donc votre maison.

— Absolument. Je l'ai achetée cet été.

— Et vous préférez y vivre sans personnel.

— En effet.

— Mais vous êtes un gentleman. Vous devez être habitué à avoir des serviteurs. Une cuisinière, une intendante.

Elle le scrutait intensément de ses yeux sombres. Il haussa légèrement les épaules.

— Les besoins d'un célibataire sont bien plus simples que ceux d'un homme marié, madame, dit-il d'un ton léger.

Elle laissa échapper un « tsss » d'exaspération qui le fit rire.

— La vérité, c'est que Thoresby et moi avons passé un certain temps dans l'armée. Nous sommes tout à fait capables de nous prendre en charge seuls, et avons peu d'exigences, madame Hopwood.

Elle paraissait si incrédule qu'il éclata à nouveau de rire.

— Très bien ! En cette occasion précise, votre aide a été hautement appréciée.

— Appréciée en ronchonnant serait plus exact.

— Aurais-je été désagréable avec vous de manière impardonnable ?

— Plus que désagréable.

— Je l'imputerai au coup que j'ai reçu sur la tête.

— Balivernes ! Vous n'aimez pas que l'on vous contrarie, voilà tout.

Elle s'accouda à la table et se pencha vers lui, son profond décolleté laissant voir la naissance de ses seins. Il fut envahi d'un désir subit, qu'il essaya d'ignorer.

— J'espère que vous me direz pourquoi il est dangereux pour moi de rester ici.

À peine avait-elle fini sa phrase qu'elle s'empourpra. Manifestement, elle avait lu ses pensées.

— À part ce qui est évident, bien sûr, ajouta-t-elle vivement.

— Et ce n'est pas une raison suffisante ?

— Hester est avec moi, et vu votre état de santé, je ne vous crains pas.

— Je ne tolérerais pas que vous me craigniez un seul instant, madame, d'autant que nous sommes bloqués ici par la neige au moins pour encore quelques jours. Si vous ne croyez rien de ce que je vous dis, croyez au moins que je suis un gentleman, assura-t-il en haussant les sourcils. Pourquoi me dévisagez-vous ainsi ? En doutez-vous ?

— Mon expérience des gentlemen, c'est qu'ils prennent ce qu'ils veulent de leurs domestiques et se moquent des conséquences.

Il grimaça. Pas à cause de ce discours peu commun de la part d'une dame, mais à cause de l'amertume de son ton. Il ne l'avait encore jamais perçue, et en fut aussitôt préoccupé.

— Aucun vrai gentleman ne se comporterait ainsi, madame Hopwood. Et vous n'êtes pas ma domestique.

— Non, en effet.

Elle esquissa un faible sourire, son regard s'adoucissant, puis elle sembla se reprendre et se redressa.

— Puisque la neige vous empêche de vous débarrasser de moi pour quelque temps encore, je ferais mieux de préparer le dîner.

Comme elle commençait à se lever, il l'arrêta d'un signe de la main.

— Pas tout de suite. Prenez le temps de boire votre café.

Elle reprit place sur sa chaise.

— Vous êtes une femme hors du commun, Nancy Hopwood. Parlez-moi de vous.

— Mon histoire n'est pas très différente de celle de bien d'autres femmes respectables, et tout à fait banale, répondit-elle en haussant les épaules. Je n'ai pas d'homme pour m'entretenir – d'ailleurs je ne le désire pas ! – et j'ai eu la chance de trouver une position de cuisinière.

— Et votre employeur, est-il correct ?

Elle sourit.

— Mon employeur n'est pas un homme, c'est une œuvre de charité. Je travaille dans une maison au nord de l'Angleterre, un établissement qui recueille des jeunes femmes en détresse, sans foyer. Nous disposons d'une petite ferme attenante où nous faisons pousser ce dont nous avons besoin, et dont nous vendons le surplus. Nous faisons tout notre possible pour être autonomes financièrement. Celles qui sont douées de leurs mains fabriquent des objets que nous pouvons vendre, telles des bourses crochetées, ou des bas de laine. Ma passion étant la cuisine, il a donc été tout naturel que je m'en charge en ce lieu.

— Alors que faisiez-vous à Tuxford ?

— Je revenais de Londres où je m'étais rendue pour affaires. J'étais en route quand je suis tombée sur vous dans les bois.

Elle esquissa un petit haussement d'épaules.

— Je ne suis pas le genre de personne à ignorer une créature en péril, quelle qu'elle soit.

— J'ai donc bénéficié de cette chance, dit-il en remplissant leurs tasses de nouveau. Mais combien de temps cette œuvre de charité peut-elle se passer de vous ?

— Tant que l'on a besoin de moi ici, dit-elle en le défiant du regard. Nous avons peut-être un avis différent sur la durée de mon séjour, mais vous admettrez que je ne pourrai pas partir tant que la neige tiendra.

Et elle était en sécurité ici, du moins pour le moment.

— Je reconnais volontiers que vous ne pouvez pas quitter cette maison aujourd'hui, madame, et que vous serez sans doute là demain aussi, mais vous devriez repartir dès que possible. Je vais désormais très bien. John et moi pouvons sans problème nous débrouiller seuls.

— Et vous ne me direz pas pourquoi vous êtes si impatient de me voir partir…

— Me croirez-vous si je vous dis que je risque d'oublier que je suis un gentleman si vous restez plus longtemps ?

Elle sourit puis secoua la tête.

— Bien sûr, mais ce n'est pas la seule raison. Il y a un mystère autour de votre personne, et j'aimerais que vous le partagiez avec moi.

— Il vaut mieux que vous ne sachiez rien, madame.

— Alors je suis obligée de conclure que vous êtes ici pour traiter des affaires illégales, dit-elle en soupirant, visiblement dépitée. Quoique je n'aie nulle envie de vous considérer comme un scélérat ou un malfaiteur.

Ce fut à lui de sourire.

— Vous n'en avez nul besoin, mais vos soupirs appuyés et peu discrets ne me feront pas changer d'avis.

— Je me suis dit que j'allais essayer quand même, lança-t-elle malicieusement.

Elle le regarda par-dessous, d'un air polisson qui lui

coupa le souffle, et son désir naissant se transforma en pulsion charnelle irrésistible. Il lui fallut un effort surhumain pour rester impassible.

Elle termina son café.

— Merci, monsieur, pour cette pause et votre compagnie. Mais maintenant, j'ai vraiment des choses à faire.

Quand elle repoussa la tasse, il se pencha et lui saisit le poignet.

— Dînerez-vous encore avec moi ? Je pense être assez rétabli pour m'installer dans le petit salon. Nous pourrions bien sûr utiliser la salle à manger, mais elle est vaste et pleine de courants d'air. Sacrément difficile à chauffer.

Nancy fut choquée par la façon dont sa peau réagit à son contact. Des picotements remontèrent le long de son bras et son pouls s'accéléra. Elle dut faire un énorme effort pour ne pas crier ou se retirer vivement.

Elle reprit la parole, aussi calmement que possible.

— D'après ce qu'a dit Mr Thoresby, il me semble avoir compris que vous dîniez ici, dans la cuisine, avec lui, avant notre arrivée.

— Eh bien oui, mais…

Il la relâcha et la déception qu'elle ressentit fut une autre surprise. Une source d'inquiétude également. Il avait beau être un gentleman, ne lui vouloir aucun mal, il était dangereux, c'était une évidence.

Il était dans son intérêt de le maintenir à distance.

— Alors je suggère que nous dînions ici ensemble, proposa-t-elle. Il y a de nombreux arguments en faveur de cet arrangement, notamment le fait que les plats seront plus chauds en arrivant sur la table.

— Je n'y vois aucune objection, si c'est ce que vous souhaitez.

Elle fut soulagée de le voir accepter cette suggestion si facilement. Elle avait certes fort apprécié sa compagnie la veille, mais elle savait qu'il serait plus sûr de dîner avec les autres.

Elle trouvait cet homme bien trop séduisant, et il était évident qu'il ne serait que trop facile de succomber à son charme.

Pourvu qu'il ne se rende pas compte de l'effet qu'il lui faisait ! Elle lui lança un regard compatissant.

— Je suis la cuisinière, monsieur Shaw. J'ai l'habitude de manger à la table de la cuisine.

— Qui mange à la table de la cuisine ? lança Hester qui venait d'entrer, amenant la poule qu'elle avait plumée et une bouffée d'air froid.

— Tout le monde, répondit Nancy. Ce sera plus pratique pour nous tous de manger ensemble.

— Oh ! non, madame, nous ne pouvons pas faire cela ! s'exclama Hester. Vous êtes une lady, Miss Nancy, même si vous vivez des temps difficiles. Vous dînerez avec Mr Shaw.

Nancy émit un petit soupir de frustration.

— Il n'est pas convenable que nous dînions seuls.

— Ce sera toujours plus convenable que de vous voir tous deux dans la cuisine, rétorqua Hester.

Elle alla d'un pas décidé jusqu'au cellier pour y déposer la poule, et reprit aussitôt la parole en revenant.

— Et d'après ce que j'ai vu de ce gentleman, je pense qu'il ne vous arrivera rien de fâcheux.

— Merci, madame Yelland, dit Gabriel, rayonnant.

— Vous avez peut-être raison à propos de ce... *gentleman*, lança Nancy en adressant un regard noir à ce dernier. Mais cela donnera beaucoup moins de travail à tous si nous mangeons ensemble. Et vous n'aurez pas à porter les plats dans ces couloirs pleins de courants d'air !

Hester resta intraitable. Elle croisa les bras.

— Si vous ne pensez pas à vous-même, madame, pensez à Mr Thoresby et à William. Ils seront tellement gênés de manger en votre présence que cela leur coupera l'appétit.

— Mais nous avons dîné ensemble quand nous sommes arrivés ! protesta Nancy.

— C'était par nécessité. Avec Mr Shaw à l'article de la mort, la maison sans chauffage, et aucune pièce préparée, il n'y avait que la cuisine en état de fonctionnement. Mais maintenant tout est différent. Nous serons bien plus heureux si vous dînez tous les deux ailleurs, afin que nous puissions savourer notre repas en paix, entre gens du même monde.

Gabriel toussota diplomatiquement.

— Vous ne voudriez pas mettre les autres mal à l'aise, madame Hopwood, n'est-ce pas ?

— Non, bien sûr, mais puisque je préparerai les repas…

— Nous y sommes parfaitement arrivés hier soir et ferons de même ce soir, l'interrompit Hester. Je suis certaine que Mr Shaw conviendra que vous travaillez déjà assez dur comme cela. La moindre des choses que nous puissions faire pour vous, c'est nous assurer que vous puissiez dîner tranquillement.

Nancy la dévisagea en silence, les joues empourprées par la frustration.

Gabriel se leva de table en pouffant.

— Et vous disiez que je n'aimais pas à être contrarié ! Je dois vous laisser, maintenant, mais j'aurai plaisir à vous retrouver pour le dîner, madame Hopwood. Dans le petit salon !

Nancy le regarda quitter la cuisine, et dut se retenir de toutes ses forces pour ne pas attraper quelque chose sur la table et le lancer vers la porte.

— De tous les arrogants, tyranniques et…

— Il vous ressemble beaucoup, coupa Hester. Allons, Miss Nancy, ce n'est pas le moment de vous énerver. Il faut nous y mettre sans tarder, sans quoi nous ne dînerons qu'à minuit.

Nancy retourna aux fourneaux en bougonnant. Absorbée par la préparation du repas, elle oublia peu à peu sa colère. Lorsque vint le moment de monter dans sa chambre pour se changer en vue du dîner, elle s'était résignée à la situation.

Elle remit la robe en soie bleue, en se disant comme la veille que c'était la seule qui convenait à une pauvre et modeste veuve.

Gabriel et Nancy sortirent de leurs chambres au même moment et se retrouvèrent dans le couloir.

Après s'être incliné, il lui offrit son bras. Lui en voulant toujours de ne pas l'avoir soutenue dans sa volonté de dîner à la cuisine, elle hésita.

— Ce n'est pas par galanterie que je vous propose mon bras, rassurez-vous, lui dit-il. Je ne suis pas encore bien solide sur mes jambes, et j'ai besoin de votre assistance pour descendre l'escalier.

Elle sentit qu'elle allait éclater de rire, et sa colère ne fut plus qu'un souvenir.

— Vous êtes une parfaite canaille, répliqua-t-elle en lui prenant le bras.

— C'est injuste de me qualifier de la sorte, madame, puisque vous dites vous-même que je ne suis pas parfaitement rétabli.

— J'avais tort. Vous allez beaucoup mieux, même si je suis soulagée de vous voir tenir la rampe.

Une fois dans le hall, elle retira sa main et le précéda dans le petit salon où les volets avaient été fermés. Un bon feu flambait joyeusement dans la cheminée, et une petite table était déjà dressée pour le dîner. Gabriel avança pour lui tirer sa chaise.

— Si vous craignez pour votre vertu, nous pouvons laisser la porte ouverte, proposa-t-il.

— Et perdre ainsi le bénéfice du feu ? Non, merci. Je courrai plutôt le risque de me retrouver seule avec vous.

Ce n'était pas une épreuve si terrible, se dit-elle tandis qu'il prenait place à table en face d'elle.

Gabriel était de bonne compagnie. Il était intelligent, sa conversation pleine d'esprit et divertissante. Très vite, elle se détendit et commença à passer un bon moment.

Elle avait oublié de passer son fichu de mousseline autour de son cou afin de préserver sa pudeur, mais rien dans les manières de Gabriel ne l'inquiétait. Ses yeux ne s'attardaient pas sur son décolleté, et il ne cherchait pas à badiner avec elle. Ils abordèrent agréablement des sujets variés avec l'aisance d'amis de longue date, et la soirée s'écoula sans qu'elle voie passer le temps. À un moment donné, lorsqu'elle entendit l'horloge du hall sonner, elle poussa une exclamation de surprise.

— Il est donc déjà cette heure-là ? Je ne me rendais pas compte qu'il était si tard !

— On ne peut pas considérer que 11 heures du soir soit une heure tardive, madame.

— Ça l'est, pour un convalescent tel que vous. Vous avez encore besoin de repos.

Elle se leva en lui faisant signe de rester assis.

— Je vous en prie, restez assis, je n'ai pas besoin de protocole ni de respect de l'étiquette, dit-elle.

Elle alla vers la desserte pour y prendre une carafe et un verre qu'elle plaça devant lui.

— Tenez, je vous laisse avec votre brandy et vous souhaite une bonne nuit, monsieur Shaw.

Quand il lui tendit la main, elle y posa spontanément

la sienne. Il lui embrassa les doigts et la relâcha. Un geste amical, se dit-elle. Rien de plus.

— Bonne nuit, madame Hopwood.

— Bonne nuit, monsieur Shaw.

Oh ! comme elle avait envie de rester !

Tout son être protestait tandis qu'elle lui tournait le dos. Elle sentit des picotements le long de sa colonne vertébrale, et fut certaine qu'il l'observait.

Il n'émettrait aucune objection, elle en était sûre, si elle restait pour boire un dernier verre de vin avec lui, mais que se passerait-il ensuite ? Il n'y avait qu'une façon pour la soirée de se terminer si elle montrait un tel goût pour sa compagnie.

Et même si elle aspirait à être libérée de ses longues nuits solitaires, Gabriel Shaw était trop charmant, trop séduisant, et elle craignait de trop s'attacher à lui. Elle ne risquerait pas son cœur pour un moment de plaisir.

Elle sortit, referma doucement la porte derrière elle, puis alla se réfugier dans sa chambre dont elle poussa résolument le verrou.

Gabriel regarda Nancy quitter la pièce.

Elle était grande, avec un port de reine, et se déplaçait avec une grâce qui lui donnait très envie de la voir dans une salle de bal.

Il se versa un verre de brandy et le sirota, l'esprit empli de l'agréable vision de Nancy évoluant sur un parquet ciré, ses jupes tournoyant autour de ses hanches.

Les vers d'un poème lui revinrent à l'esprit et il les récita tout haut.

Quand Julia s'avance en robe de soie/Comme j'aime à voir couler, si exquise/La fluidité de son vêtement.

Qui les avait écrits, déjà ? Ah oui, Robert Herrick, évidemment. Il lui revint un autre vers du poète, cette fois faisant référence aux seins de Julia :

Au creux de ces merveilles où je poserai mes lèvres.

Il chassa cette rêverie avec un grognement presque animal.

— La barbe ! Ce genre de pensées ne me fera aucun bien !

Il termina son brandy, se leva et quitta la pièce.

Nancy était allongée dans son lit, l'esprit et le corps en effervescence. Elle n'avait absolument pas sommeil et aurait voulu pouvoir être encore dans le petit salon à bavarder avec Gabriel.

Cela faisait des années qu'elle n'avait éprouvé autant de plaisir à passer du temps en compagnie d'un homme, et cette pensée envoya un signal d'alarme dans sa tête.

Il faisait naître en elle un désir qui allait bien au-delà de la conversation. Elle voulait le toucher, sentir ses bras autour d'elle. Échapper à la terrible solitude où elle était plongée depuis des années, et dont elle avait à peine eu conscience jusqu'ici.

Au fil des ans, elle avait appris à se protéger des hommes. Une femme seule, sans appui de sa famille, ne pouvait s'offrir le luxe de baisser sa garde. Une seule fois, elle avait laissé parler son cœur, et elle connaissait la souffrance d'aimer un homme qui ne vous appartiendra jamais.

Pas question qu'elle revive cela.

Elle serra les poings le long de son corps. Elle avait son travail et ses amis à Prospect House. Cela ne suffisait-il pas ? La petite voix sournoise dans sa tête lui disait que non. Elle voulait les caresses d'un homme, un baiser d'homme.

Mais ce n'était pas seulement le désir physique qui l'inquiétait. Elle avait l'impression que… Non, elle avait la certitude que, en d'autres circonstances, Gabriel Shaw aurait pu être un ami. Quelqu'un avec qui rire, échanger des plaisanteries. Et partager les soucis.

Elle roula sur le côté. Dieu du ciel, que lui arrivait-il ?

Elle était bien trop âgée pour un engouement irréfléchi. Mais quand elle était avec Gabriel elle se sentait enthousiaste et téméraire, prête à lancer son bonnet par-dessus les moulins. Elle s'assit en soupirant et retourna son oreiller.

Oh ! c'était insensé ! Elle réagissait comme une jeune fille naïve éblouie par le premier bel homme qu'elle voyait ! Ses amis à Prospect House comptaient sur son bon sens, et voilà qu'elle perdait la tête pour un homme séduisant dont elle ne savait rien.

Moins que rien.

Elle se souvint de Mrs Crauford, l'intendante de son père, qui disait : « On ne peut juger quelqu'un que sur ses actes. » Il fallait qu'elle garde cela à l'esprit, car l'attraction que Gabriel exerçait sur elle altérait son jugement.

Sur le point de soupirer, elle se retint, déterminée à rester rationnelle.

Gabriel avait été voué à une mort certaine par ses ennemis qui l'avaient abandonné dans le froid glacial, ce qui faisait indubitablement de lui une victime. Mais cela ne signifiait pas pour autant qu'il était bon, ou honnête. Ce point-là restait à vérifier.

Elle se rallongea, la joue posée contre sa paume. Après un long moment, enfin détendue, bien au chaud dans le confort de son lit, en sécurité dans sa chambre verrouillée, elle laissa vagabonder ses pensées.

Il était indéniable que Gabriel était irrésistible, avec

ses cheveux sombres, son sourire charmant et ses yeux… Elle prit un moment pour y penser. Ils étaient aussi bleus que les fleurs de bourrache qu'elle utilisait pour décorer ses salades. Et quand il la regardait, elle avait l'impression que son regard la transperçait jusqu'à l'âme.

Oui, même avec les légères traces qui subsistaient encore de ce coup qu'il avait reçu sur la joue il était assez séduisant pour tourner la tête de n'importe quelle jeune fille.

Elle avait donc de la chance, songea-t-elle à moitié ensommeillée, de ne plus être une jeune fille…

Chapitre 5

— Le vent s'est levé la nuit dernière, Miss Nancy. Notre cocher dit que rien ne pourra circuler par la route pendant un bon moment.

Depuis son lit moelleux, Nancy sentit la déception la gagner à l'annonce de la nouvelle que lui apportait Hester.

Après une nuit agitée, pendant laquelle elle avait rêvé de Gabriel qu'elle enlaçait et embrassait, elle s'était réveillée le corps brûlant du désir de sentir ses mains sur elle.

Elle était sortie péniblement de son lit pour aller ouvrir la porte. Un peu plus tard, quand Hester arriva avec son thé et de l'eau chaude, elle avait décidé que moins de temps elle passerait en compagnie de Gabriel, mieux cela vaudrait pour sa tranquillité d'esprit.

Avant de se recoucher, elle avait jeté un coup d'œil par la fenêtre. La neige ne tombait plus et elle avait eu l'impression qu'il faisait un peu moins froid, ce qui lui avait donné l'espoir d'un redoux.

Se voir contrainte de prolonger son séjour à Dell House la contrariait au plus haut point.

Elle s'assit et se frotta les yeux. Dehors, les premières lueurs de l'aube paraient le ciel d'une teinte à peine rosée.

— Ne pouvons-nous faire fi de quelques congères, les traverser et au moins retourner à Tuxford ?

Soudain n'importe quel lieu lui semblait préférable à

la perspective de demeurer sous le même toit que Gabriel Shaw.

— Oui, sur l'allée de la maison jusqu'à la grille d'entrée peut-être, mais William vient de rentrer après être allé en direction de Darlton, et il a dit que toutes les routes sont bloquées.

Hester prit le tisonnier et commença à remuer les cendres.

— J'ai bien l'impression que nous allons être obligées de rester ici quelques jours encore, madame.

— Eh bien, ce qui ne peut être soigné doit être supporté, conclut Nancy en repoussant ses couvertures pour se lever.

En dépit du tapis épais sur lequel elle posa les pieds, le sol lui parut glacé.

— Ne vous occupez pas du feu, Hester. Je vais faire une toilette rapide et vous retrouverai à la cuisine dès que je serai habillée.

Hester n'insista pas et sortit rapidement.

— Du travail, voilà le remède par excellence, marmonna Nancy quand elle se retrouva seule.

Elle s'aspergea le visage d'eau chaude puis ajouta :

— Il y a fort à faire dans la cuisine, et ça me tiendra à l'écart de Gabriel.

Hélas ! Elle avait sous-estimé l'attrait que pouvaient exercer une pièce bien chauffée et une délicieuse odeur de pâtisserie. Tout le monde se retrouva dans la cuisine vers midi.

Déjà revenu de l'écurie et attablé devant une assiette généreusement garnie de pain, fromage et oignons, William assurait qu'il tiendrait ainsi jusqu'au dîner. Quant à John Thoresby, il avait sans vergogne noyé Hester sous un flot de compliments pour la convaincre de lui couper une part de la tourte au gibier qui restait de la veille.

L'air embaumait le citron et les épices quand Gabriel fit son apparition, si incroyablement attirant que le cœur de Nancy tressauta.

Il portait un pantalon, des bottes et une chemise dont les manches repliées exposaient des avant-bras musclés.

Occupée à préparer un gâteau, Nancy se tenait à l'extrémité de la table. Les sourcils froncés, elle mit toute son énergie à mélanger farine, œufs et sucre.

Ignorer les bavardages d'Hester avec John Thoresby était chose facile. Quant à William, manifestement satisfait après avoir vidé son assiette, il était confortablement calé sur une chaise devant le fourneau et somnolait, perdu dans ses pensées.

Ignorer Gabriel était une autre affaire. Après s'être servi une part de tourte, il prit place sur le banc de l'autre côté de la table, en face d'elle, de toute évidence déterminé à lui faire la conversation.

— J'espère que vous avez bien dormi, madame.

— Très bien, monsieur.

Un mensonge, mais qu'était-elle censée répondre ?

— Vous êtes assez en forme pour travailler dehors, à ce que je vois, dit-elle.

Il grimaça.

— J'ai seulement débité quelques malheureuses bûches, et je n'en pouvais plus. Ensuite, j'ai dû me contenter de couper du petit bois. Ce qui me rappelle que John m'a dit que le seau à charbon de votre chambre n'a pas eu besoin d'être rempli de nouveau ce matin. J'espère que vous ne vous privez pas de confort. Je vous assure que nous avons largement de quoi chauffer la maison.

— Je préfère une chambre fraîche.

— C'est possible, mais avec ces températures très basses, une chambre peut vite devenir glaciale. Je ne voudrais pas que vous attrapiez un rhume quand vous vous retirerez ce soir.

Ses paroles étaient parfaitement innocentes, mais sa voix grave faisait naître chez elle des images à la fois choquantes et sensuelles.

Elle se représenta allongée avec Gabriel devant le feu qui dansait dans la cheminée, leurs corps nus serrés l'un contre l'autre tandis qu'ils échangeaient de longs et languides baisers.

Baissant la tête, elle remua son mélange encore plus vigoureusement, en essayant d'oublier les pulsations obsédantes du sang qui s'échauffait dans ses veines.

— Je ne suis pas une faible créature, marmonna-t-elle.

— Je n'ai jamais rien pensé de tel. Je pense que vous êtes tout à fait remarquable.

Il parlait d'une voix basse et chaude qui lui faisait l'effet d'une caresse. De la flatterie. Ce n'était rien d'autre que de la flatterie, et elle ne devait pas prendre cela au sérieux.

Elle parvint à rire avant de répliquer d'un ton léger :

— Vos paroles sont plus suaves que le sucre que j'ai mis dans ce gâteau ! Si vous voulez obtenir davantage à manger ou des douceurs par des cajoleries, je vous suggère d'user de votre charme sur Hester. Elle est très sensible aux compliments. Pour ma part, je ne suis pas du genre à succomber à ce genre de flatteries.

— Merci, non, cette part de tourte me suffit.

Il se leva de son banc.

— John, je vous prie de me rejoindre dans le bureau quand vous aurez terminé votre repas.

Il se pencha pour voler quelques raisins de Corinthe qu'elle s'apprêtait à incorporer à son gâteau.

— Nous nous verrons au dîner, madame Hopwood.

Le pouls de Nancy s'était emballé. Elle se persuada

qu'elle était heureuse qu'il ait quitté la cuisine, mais elle ne pouvait nier qu'elle appréciait ses taquineries.

À l'idée de ce qui arriverait inéluctablement si elle passait trop de temps en sa compagnie, elle était déchirée entre exaltation et panique.

La tentation était grande de suggérer une fois de plus qu'ils soupent tous ensemble à la cuisine, mais elle abandonna l'idée. Les autres ne seraient pas d'accord, et cela ferait comprendre à Gabriel qu'elle n'était pas insensible à son charme. Mieux valait donner le change, se dit-elle.

Elle leva les yeux et lui adressa un grand sourire.

— À ce soir, donc.

Nancy passa le reste de l'après-midi à déployer une activité fébrile. Elle cuisina, nettoya et rangea tout ce qu'elle pouvait, ignorant les protestations d'Hester qui affirmait qu'elle n'avait nul besoin de laver le sol ou de balayer l'escalier.

Le temps exécrable rendait toute sortie impossible et elle avait besoin d'une occupation pour essayer de ne pas penser à Gabriel. Constater à quel point elle avait envie de ne plus se tenir sur ses gardes et de céder à l'attirance mutuelle qui pétillait entre eux dès qu'ils se retrouvaient ensemble l'effrayait.

Et la voix insidieuse de la tentation qui chuchotait à son oreille ne l'aidait en rien.

Après tout, qu'as-tu à perdre ? Tu es trop vieille pour te soucier de ta vertu. Profite donc d'une brève liaison avec un homme attirant, laisse-toi aller. Fais-le avant qu'il soit trop tard. Quand croiseras-tu encore un aussi bel homme sur ton chemin ? As-tu réellement envie de devenir une vieille fille amère ?

De la folie ! se persuada-t-elle.

Inviter Gabriel dans son lit et avoir des relations charnelles avec lui ne rendrait la séparation inéluctable que plus difficile à supporter.

Elle avait de bons amis à Compton Parva, et ce qu'elle gagnait à Prospect House lui procurait une certaine indépendance financière, qu'elle serait folle de mettre en péril. Aussi se plongea-t-elle dans son travail pour ne s'arrêter que lorsque Hester lui rappela qu'elle devait se changer en vue du dîner.

— Il vous faudra d'abord prendre un bain, Miss Nancy, dit Hester. Vous ne pouvez pas dîner avec Mr Shaw dans cet état. Et ne vous inquiétez pas, continua-t-elle avec une ombre de sourire, j'ai fait chauffer de l'eau dans des bassines tout l'après-midi pour vous.

On monta rapidement de l'eau chaude mais, après son bain, on interdit à Nancy d'aider à vider la baignoire. Hester lui expliqua que John Thoresby l'aiderait à ranger la chambre et débarrasser la baignoire pendant qu'elle dînerait.

— Vous avez assez travaillé pour aujourd'hui, Miss Nancy. Maintenant, reposez-vous et séchez-vous les cheveux devant le feu pendant que je m'occupe du dîner. Ensuite, vous pourrez venir en profiter.

En profiter ! À la pensée de dîner de nouveau en tête à tête avec Gabriel, Nancy ressentit une fois de plus une bouffée de plaisir coupable. Ils s'entendaient si bien, avec tant de naturel spontané ! Ils riaient ensemble et se taquinaient comme s'ils se connaissaient depuis toujours.

Comme s'ils étaient des amis de longue date.

Pourtant, ils étaient des étrangers l'un pour l'autre. Se rappeler cela la calma. Gabriel ne lui avait rien confié sur lui-même, et n'avait pas montré la moindre intention de le faire. Chaque fois qu'elle avait essayé de découvrir son histoire, il avait changé de sujet. C'était fait avec subtilité, sans la froisser, et sous tous les autres aspects, il s'était avéré un compagnon divertissant, qui semblait apprécier sa présence.

En attendant que la chaleur du feu sèche l'épaisse masse de ses cheveux, elle s'abandonna à une plaisante rêverie en se remémorant les moments qu'ils avaient passés ensemble.

Si l'on mettait de côté le goût de Gabriel pour le badinage, il y avait eu bien des instants agréables et tout à fait innocents ces derniers jours, comme lorsqu'il avait fait du café pour tous deux, l'avait aidée à la cuisine en remuant une préparation pour qu'elle puisse faire autre chose, cherché avec elle des œufs dans le poulailler... Des tâches banales mais nécessaires, d'autant plus agréables qu'ils s'en étaient chargés à deux.

Le carillon de la pendule sur le manteau de la cheminée lui rappela l'heure. Elle se leva d'un bond avec un petit cri. Il lui restait moins d'une demi-heure jusqu'au dîner !

Après avoir relevé ses cheveux encore humides sur le sommet de son crâne, elle entreprit de chercher une tenue appropriée. Elle ne disposait que de peu de temps mais, ne voulant pas remettre la robe bleue une fois de plus, elle fouilla rapidement dans sa malle de vêtements. Dieu merci, la plupart de ses robes avaient été conçues de sorte qu'elle puisse s'habiller seule. Cela l'aurait ennuyée de faire quitter la cuisine à Hester pour lui demander de l'aide.

Elle passa en revue des robes de soirée de couleurs vives avec dentelles et volants, exubérantes et très voyantes, qu'elle rejeta les unes après les autres. Pour finir, elle se décida pour une robe en soie vert pomme. Bien qu'ornée d'un double volant à l'ourlet, elle était relativement sobre, destinée à être portée chez soi en l'absence de visiteurs. Le décolleté discret n'exigeait pas de mousseline ou de dentelle pour cacher sa poitrine et, comme la robe en soie bleue, elle présentait l'avantage d'être dotée de manches longues, qui l'aideraient à se préserver du froid hivernal.

N'ayant pas le temps de tout ranger, elle laissa les tenues chamarrées en désordre sur son lit. Puis elle mit sa robe, prit son châle, et se hâta de descendre, reconnaissante envers Hester d'avoir refusé toute aide de sa part pour aider à servir le dîner.

Elle se rendit directement dans le petit salon, où Gabriel l'attendait. Il tirait les rideaux quand elle entra et, après les avoir bien fermés, il vint vers elle. Saisissant deux verres de vin sur une desserte, il lui en tendit un.

— J'espère que vous vous sentez mieux ce soir, dit-elle en guise de salutation.

— Bien mieux, merci. Permettez-moi de vous conduire à votre place.

Elle fut plus que consciente de la sensation de sa main posée dans son dos, bien qu'elle l'effleurât à peine, et sentit des picotements en dépit de ses différentes couches de vêtements. Il tira sa chaise et elle s'attendit presque à ce qu'il lui caresse la nuque du bout des doigts.

Comme ce ne fut pas le cas, et qu'il alla prendre place face à elle, sa déception fut presque physique.

Arrête, Nancy ! Contente-toi d'apprécier la soirée. Ne demande rien, n'explique rien, comme il est de bon ton de le faire dans la haute société.

Était-ce possible ? Leurs conversations précédentes avaient été variées, abordant un grand nombre de sujets, mais tous étaient inoffensifs. Intéressants, plaisants, mais révélant très peu d'eux-mêmes. De quoi allaient-ils pouvoir discuter ? Très vite, elle cessa de s'interroger. Quelques minutes à peine après s'être retrouvés, ils étaient de nouveau engagés dans une conversation animée.

Nancy commença à se détendre tandis qu'ils parlaient livres, musique et théâtre. Gabriel ne lui posait aucune question personnelle, et elle mit de côté sa curiosité à son égard, savourant bien trop sa compagnie pour risquer de l'amener à se retrancher derrière une façade de politesse.

John et Hester vinrent débarrasser les derniers plats et Nancy n'émit qu'une vague protestation quand ils refusèrent fermement qu'elle les aide et les accompagne à la cuisine pour nettoyer et ranger.

Elle les regarda donc tout rassembler, en croisant les mains sur ses genoux. Elles étaient bien plus douces qu'elles ne l'avaient été depuis des années. De vraies mains de dame. Pendant son séjour à Londres, elle n'avait rien eu de plus pénible à faire que rédiger des lettres. Et depuis leur arrivée à Dell House, Hester avait fait en sorte qu'elles restent ainsi en prenant en charge la plupart des gros travaux.

— Vous souriez, lui fit remarquer Gabriel tandis que John et Hester quittaient la pièce. À quoi pensez-vous ?

— Au fait que je suis outrageusement gâtée.

— Pourquoi, alors que vous avez travaillé toute la journée ? Je vous ai vue, vous savez, en train de cirer la rampe d'escalier avec énergie.

Elle rougit et secoua la tête.

— Tout le monde a été bien occupé aujourd'hui, même vous, répliqua-t-elle.

— Pas tant que je l'aimerais, dit-il en remplissant leurs verres.

— Mais vous n'avez pas encore recouvré toutes vos forces.

— Et je ne les recouvrerai pas si je n'ai pas le droit de faire quelque chose de plus physique que couper du petit bois et allumer quelques feux.

— Vous devez apprendre la patience, monsieur ! s'exclama-t-elle en riant. Vous vous rétablirez d'autant plus vite que vous ne vous épuiserez pas. Vous devez encore vous reposer. D'ailleurs, cela fait un moment que l'horloge a sonné 11 heures. Il est tard.

Il se cala contre le dossier de sa chaise en souriant.

— Oh non ! Je vous ai laissée me persuader de cela hier soir, mais aujourd'hui, je me sens beaucoup mieux. J'ai l'intention de prendre mon verre de vin et de m'asseoir devant la cheminée. Me tiendrez-vous compagnie ?

Le bon sens et la réserve qui garantissaient sa sécurité dictaient à Nancy qu'il valait mieux lui dire bonsoir et se retirer. Elle eut beau essayer, elle ne put résister à la tentation de rester.

Ils s'installèrent de part et d'autre de la cheminée. Gabriel remplit leurs verres puis déposa la bouteille sur le manteau de celle-ci.

Elle but quelques gorgées, serra son verre entre ses mains et observa son hôte. Il était confortablement installé dans son fauteuil, ses longues jambes étendues devant lui, croisées aux chevilles.

Un frisson d'excitation la traversa.

Elle l'avait soigné, lavé, avait désinfecté ses plaies. Elle savait que, sous ces vêtements élégants, il y avait un corps d'athlète, avec des muscles finement ciselés aux épaules et sur sa large poitrine, ainsi que des jambes musclées et puissantes. Il regardait le feu dont la lueur dessinait les lignes précises de ses pommettes et de sa mâchoire. C'était un visage aux traits marquants, songea-t-elle. Intelligent, déterminé, peut-être même un peu brutal.

Dangereux, certainement.

Il leva soudain les yeux et croisa son regard.

— Dites-moi qui vous êtes, demanda-t-elle, et pourquoi vous êtes ici.

— Madame, c'est un sujet bien trop ennuyeux pour une conversation d'après dîner devant un agréable feu de cheminée.

— J'en doute.

— En tout cas, ça l'est pour moi. J'ai pour seul désir d'apprécier la compagnie d'une jolie femme.

— Je ne me laisserai pas distraire par vos compliments. Et je ne goûte guère d'être reléguée à faire seulement office de compagnie divertissante et décorative, répliqua-t-elle en rougissant.

— Je ne vous dis que la vérité. J'aimerais beaucoup vous embrasser, reprit-il.

Les mots étaient doux, une caresse en eux-mêmes, et elle sentit sa gorge se serrer.

— Je ne crois pas que ce serait avisé, dit-elle, malgré son cœur qui lui criait que c'était ce qu'elle aimerait aussi.

— Non, pas avisé du tout.

Une bougie avait commencé à couler sur une desserte. Il se leva vivement et alla l'éteindre en pinçant la mèche.

Elle remarqua qu'il se déplaçait plus facilement, sans la raideur de la veille. Il n'avait plus besoin d'une garde-malade.

Elle n'avait donc plus d'excuse pour rester là et pourrait rentrer à Prospect House dès que le temps le permettrait.

Pourquoi cette perspective ne l'enchantait-elle pas plus que cela ?

— John m'a informé qu'il y a des signes de redoux, dit-il, le dos tourné.

— En effet.

— Vous pourrez bientôt reprendre votre voyage.

— Oui…

Et je ne vous reverrai jamais.

Elle se leva et posa son verre. Elle aurait dû boire moins de vin. Il lui montait à la tête, et affaiblissait sa volonté au moment où elle avait besoin de toute sa lucidité.

— Je devrais me retirer, reprit-elle.

— Alors je vous accompagne, répondit-il en se retournant.

C'était dit avec toute la politesse requise, mais la tension entre eux était palpable, dense et dangereuse.

La moindre étincelle l'embraserait, elle en était consciente.

Elle se drapa dans son châle sans dire un mot et suivit Gabriel hors du salon. Le hall et l'escalier n'étaient que faiblement éclairés, mais leurs yeux s'accoutumèrent vite à la pénombre.

La chambre que Nancy occupait était la plus proche de l'escalier et, quand ils arrivèrent en haut des marches, le vif rai de lumière qui filtrait sous la porte lui rappela qu'elle était partie en hâte et avait oublié de baisser les lampes.

Elle avait réfléchi à ce qu'elle devait faire. Devant sa porte, elle s'arrêterait pour souhaiter une bonne nuit à Gabriel, tout en s'assurant d'avoir la main sur la poignée, prête à la tourner, afin de s'éclipser rapidement. Mais quand ils arrivèrent à sa chambre, ses pensées et son corps imprévisible se pétrifièrent.

Gabriel se retourna vers elle, sa haute silhouette masquant le peu de lumière du couloir. Elle se trouva enveloppée dans son ombre et troublée par sa présence puissante et charismatique. Peut-être était-ce à cause de sa stature, car il y avait peu de personnes plus grandes qu'elle, mais le fait de devoir lever la tête pour scruter le visage de Gabriel plongé dans la quasi-obscurité fit battre son cœur un peu plus vite.

Comme sous l'emprise d'une volonté autre que la sienne, elle posa les mains sur ses épaules et se haussa sur la pointe des pieds pour l'embrasser sur la bouche. Pendant un instant il ne broncha pas, puis tout bascula.

Il la prit dans ses bras et l'embrassa à son tour, un baiser farouche et sauvage qui lui fit tourner la tête. Il la plaqua contre le mur, écrasant ses seins de son torse puissant. Elle sentit la force de ses cuisses contre les siennes. Elle passa les bras autour de son cou et s'accrocha à lui tout en répondant aux exigences de son baiser, ouvrant les lèvres. Dur et frémissant de désir contre elle, il parcourut son corps de ses mains impatientes, s'attardant sur ses seins. Elle sentit la chaleur de ses paumes à travers l'étoffe de sa robe et se contracta, soupirant tout près de sa bouche.

Elle se sentait fondre jusqu'au plus profond d'elle-même.

Il plongea ses yeux dans les siens, et le désir irrépressible qu'elle y lut était impossible à ignorer.

— Puis-je entrer ?

— Oui. Bien sûr !

Il la prit dans ses bras d'un mouvement souple. L'instant d'après, comme par enchantement, ils se retrouvèrent dans sa chambre. Gabriel la déposa sur le sol, et elle s'accrocha à lui le temps de retrouver son équilibre. Après la pénombre du couloir, la lumière vive était presque éblouissante. Le regard de Nancy tomba sur les robes aux couleurs vives étalées en désordre sur le lit. Elle ne cacha pas son impatience.

— Je suis partie en hâte, je vais les…

— Non. Attendez.

Il la tenait toujours entre ses bras, mais examinait la pièce d'un œil critique.

— Qu'est-ce que cela ? demanda-t-il.

Il la lâcha et se dirigea vers le lit, saisissant les soies chatoyantes pour les palper. Encore étourdie et bouleversée par ses baisers, Nancy ne put que le regarder se diriger vers la malle ouverte et en sortir une robe de bal écarlate. Il la jeta sur le lit et prit son coffret à bijoux au fond de la malle. Quand il souleva le couvercle, les joyaux scintillèrent à la lueur des lampes.

Il saisit un collier serti de diamants et le présenta à la lumière.

— Ce sont des vrais, dit-il.

Il examina plusieurs autres pièces.

— Tout comme celles-ci.

Il fit couler les pierres entre ses doigts.

— Il y a là la rançon d'un roi.

La passion qui s'était manifestée dans ses baisers avait disparu. Il n'y avait plus ce désir brûlant dans ses yeux quand il la regarda. Seule une froide suspicion subsistait.

Nancy sentit elle aussi son exaltation la quitter pour laisser place à une pure angoisse.

— Je sais de quoi cela a l'air…

— Et qu'est-ce que c'est ? s'exclama-t-il en la dévisageant. Qu'êtes-vous exactement ?

— Je… J'ai porté ces robes à Londres…

— Vous êtes la maîtresse d'un homme fortuné.

— Non, se défendit-elle, crispée.

— Alors vous les avez volées.

— Non ! Rien de la sorte ! répliqua-t-elle en haussant le menton, tout en essayant de ne pas être blessée par l'accusation qu'elle lisait dans ses yeux. J'ai été employée pour les porter. Par Lord Quinn.

Il haussa les sourcils.

— Eh bien, il est plus que riche, c'est un fait. Vous devez être une amante expérimentée, si Rufus Quinn vous a récompensée avec tout ceci.

— Comment osez-vous ? s'écria-t-elle, les joues empourprées par la colère. Ce n'était pas cela du tout !

— Ah non ? rétorqua-t-il. Alors vous feriez mieux de vous expliquer.

Il se dirigea vers une chaise, prit les robes posées dessus et les jeta par terre avant de s'asseoir. Pendant un moment elle fut tentée de lui dire que cela ne le regardait pas, mais elle se calma. Elle lui devait une explication. Elle lui avait dit être une modeste veuve qui gagnait sa vie en tant que cuisinière, et voilà qu'il découvrait qu'elle était en possession de robes et de bijoux valant des centaines de livres, si ce n'était des milliers.

— C'est un sujet délicat, commença-t-elle. Puis-je compter sur votre discrétion ?

— Oh non, madame ! Je ne vous ferai aucune promesse avant d'avoir entendu votre histoire.

En dépit de son ton suave, ses yeux brillaient dangereusement. Il était furieux, et pour une bonne raison. Aucun homme n'aimait à croire qu'il avait été dupé.

Elle se massa les tempes en soupirant.

— L'épouse de Lord Quinn, Serena, est la parente d'une de mes amies très chères, Mrs Charles Russington, qui a été à l'initiative de Prospect House, où je travaille en tant que cuisinière. L'honneur et la sécurité de Lady Quinn ont été malmenés par les avances grossières et insistantes de Sir Timothy Forsbrook, qui faisait fi de son statut de femme mariée et respectable. Elle avait besoin... de se sortir de cette situation. Il était impossible pour Lord Quinn de le provoquer en duel sans causer le scandale qu'ils essayaient justement d'éviter. Lorsque mon amie m'en a parlé, j'ai proposé mon aide, pensant que je pourrais détourner Forsbrook de son intérêt pour Lady Quinn, et l'occuper ailleurs.

Comme cela semblait sordide raconté ainsi ! Cependant, lorsque Lord Quinn lui avait confié son dilemme, cela lui avait aussitôt semblé très simple. Elle n'avait pas hésité un instant à endosser ce rôle de séductrice. Peut-être, à ce moment-là, trouvait-elle sa vie bien morne... sans vouloir l'admettre.

Elle jeta un coup d'œil à Gabriel. Les bras croisés, il affichait un air impénétrable, tel un dieu redoutable en plein jugement.

— Continuez.

Le ton n'était pas encourageant. Elle resserra son châle

autour d'elle et commença à faire les cent pas dans la chambre.

— Connaissez-vous Sir Timothy ? reprit-elle.

Elle n'attendit pas la réponse.

— C'est un coureur de dot, mais c'est aussi un personnage méprisable. Quand sa tentative d'enlever Serena fut déjouée – car il était allé jusqu'à cette extrémité – au-delà de toute raison, il mit tout en œuvre pour lui nuire afin de se venger de son échec. Je me suis alors fait passer pour la veuve très aisée d'un commerçant, aux mœurs légères, et me suis montrée intéressée par cet homme, afin de le détourner de ses projets. Il a mordu à l'hameçon et m'a courtisée, dépensant de fortes sommes pour me convaincre qu'il était fortuné. Croyant que mes richesses seraient bientôt siennes, il a contracté d'énormes dettes. Mais j'ai disparu au moment opportun, et il s'est retrouvé face à la ruine.

Elle releva la tête et le regarda droit dans les yeux.

— Peut-être était-ce mal de tromper Sir Timothy, mais lui n'aurait eu aucun scrupule à m'épouser uniquement pour mon argent. Il prétendait être tombé follement amoureux de moi, alors qu'il n'y avait absolument rien entre nous. Je représentais seulement le moyen d'arriver à ses fins. J'ai appris plus tard qu'il avait prévu de me faire vivre en recluse dans une demeure isolée une fois qu'il aurait pris le contrôle de ma supposée fortune. Lord Quinn passa ensuite un arrangement avec lui. Il lui donna assez d'argent pour s'acquitter de ses dettes à condition qu'il quitte le pays. Mon paiement pour cette mascarade a été les robes et les bijoux que j'étais censée garder pour mon usage personnel. Mais je n'ai aucune intention de les garder. Tout sera vendu, et les sommes obtenues seront versées à l'œuvre de bienfaisance qui gère Prospect House.

Elle fit un geste en direction des malles.

— Tout cela reflète le personnage que j'ai interprété : une femme impétueuse, exubérante et totalement dépourvue d'éducation. Mais Forsbrook n'a pas été rebuté pour autant. Sans doute estimait-il que ma fortune était une compensation suffisante pour épouser ce genre de femmes.

Après un instant de silence, elle reprit.

— Voilà, vous savez tout. C'est une petite histoire qui paraît sordide, racontée de la sorte, mais je ne me suis prêtée à cette mise en scène que pour protéger la réputation de Lady Quinn, que j'aime beaucoup.

— Et la vôtre ?

— Il y a fort longtemps que je n'en ai plus aucune à perdre. Je l'ai laissée derrière moi le jour où je me suis enfuie de chez moi. J'ai depuis subvenu à mes besoins en cuisinant, ajouta-t-elle avec une pointe de défi, et je suis fière d'avoir pu le faire. Je ne me considère pas comme une femme déchue, et j'ai toujours vécu honnêtement.

Dans le silence qui suivit sa confession, elle rassembla tout ce qu'il lui restait de fierté et entreprit de ranger soigneusement les robes dans les malles.

Gabriel prit alors la parole.

— J'ai passé peu de temps à Londres ces derniers mois et ne sais donc pas si votre histoire est véridique. En revanche, je connais Timothy Forsbrook. Et je sais de bonne source que c'est un scélérat cupide et fourbe.

— C'est un petit homme horrible, dit-elle en frissonnant. Je ne regrette pas de m'être jouée de lui.

— Et regrettez-vous de l'avoir fait avec moi ?

Elle le regarda droit dans les yeux.

— Je ne vous ai pas délibérément trompé, si ce n'est en me faisant appeler Mrs Hopwood, le nom que j'ai utilisé à Londres. Tout ce que je vous ai dit d'autre me concernant est vrai.

— Et quel est votre véritable nom ?

— Je vais partir d'ici très bientôt, cela n'a donc pas d'importance que vous le sachiez, répondit-elle en secouant la tête.

— Je vois…, fit-il en se levant. Je vous remercie de vous être expliquée.

Il se dirigea vers la porte qu'il referma doucement derrière lui.

Tout en cherchant à se persuader qu'il était tout aussi bien qu'il soit parti, Nancy continua à emballer les robes. Quel bien cela aurait-il fait de succomber à la tentation et de vivre une nuit de passion avec lui ? Aucun, puisque cela ne pourrait jamais être plus que cela.

Toutefois, lorsqu'elle finit par se glisser entre les draps et souffla sa bougie, elle se dit que son lit n'avait jamais été aussi glacé et solitaire.

Chapitre 6

Le lendemain, quand Nancy se leva, le ciel était aussi gris et lourd que son état d'esprit. Elle s'habilla et alla directement à la cuisine, où elle trouva John Thoresby affairé devant le fourneau.

Occupée à éplucher des légumes, Hester l'observa avec attention.

— Vous avez l'air un peu pâle, madame, si je ne vous offense pas en vous en faisant la remarque.

— Je n'ai pas bien dormi.

Ce n'était pas un mensonge. Elle avait passé une nuit agitée, à regretter avant toute chose d'avoir laissé Gabriel entrer dans sa chambre.

— Alors pourquoi ne retournez-vous pas au lit, ma chère ? Il n'y a pas grand-chose à faire ici. Mr Thoresby et moi pouvons nous débrouiller et, pour être franche, une personne de plus ne ferait que nous gêner.

Pour une fois, Nancy n'eut pas l'énergie de protester. Elle décida d'emporter son café dans le petit salon, où les restes du feu de la veille lui procureraient encore un peu de chaleur. Il resterait même peut-être suffisamment de braises pour le raviver. Dans le cas contraire, elle était tout à fait capable d'en rallumer un.

Quand elle ouvrit la porte, elle vit que Gabriel était

là. Il avait ajouté des bûches dans l'âtre et s'époussetait les mains.

Elle voulut se retirer immédiatement, mais il l'avait vue.

— Je vous en prie, ne vous sauvez pas ! dit-il en lui indiquant un siège près du feu. Asseyez-vous, s'il vous plaît. Je voulais vous parler.

— Je ne crois pas qu'il reste grand-chose à dire, répliqua-t-elle.

Malgré tout, elle vint s'asseoir sur le bord du fauteuil avec sa tasse.

— Je suis simplement désolée de ne pouvoir quitter Dell House aujourd'hui.

Il s'assit à son tour.

Ils occupaient les mêmes sièges que la veille, mais se tenaient très raides, et Nancy se sentait extrêmement mal à l'aise.

— Je n'aurais pas dû m'en prendre à vous comme je l'ai fait hier soir ; commença-t-il. Je vous prie de me pardonner. C'était ma faute, je le reconnais. Fréquenter le beau monde m'a rendu cynique. Je suis devenu bien trop prompt à voir le pire chez les gens. Après tout ce que vous avez fait pour moi, je n'avais absolument pas le droit de vous dire ce que j'ai dit.

— Non, en effet, répondit-elle en baissant les yeux sur sa tasse de café serrée entre ses mains. Mais cela nous a empêchés de commettre une erreur plus grande encore.

— Le pensez-vous ?

— Oui. Certainement.

Elle leva la tête et croisa son regard. Elle s'était attendue à voir ses yeux pétiller, à ce qu'il soit prêt à rire, badiner et la taquiner. Au lieu de cela, il était resté imperturbable. Elle poursuivit.

— Je ne vous considère pas comme entièrement

responsable de ce qui s'est passé entre nous. Je ne peux pas nier que… que je vous désirais, que vous me plaisiez.

Elle recommença à regarder le feu, où les flammes désormais vives dévoraient les bûches.

Le désir… Quel pauvre mot insignifiant pour décrire la pulsion irrésistible qui s'était emparée d'elle la veille ! Depuis combien de temps un homme ne l'avait-il plus plongée dans une telle fièvre ? Elle avait cru être trop raisonnable, trop vieille pour ce genre de choses.

— Serons-nous d'accord pour mettre cela sur le compte du vin que nous avons bu ? suggéra-t-il.

— Oui, acquiesça-t-elle d'un ton lugubre. Je crois que c'est ce qu'il y a de mieux à faire.

Elle termina son café.

— Je suis contrainte de rester ici encore un jour ou deux, reprit-elle. Je ne voudrais pas que les autres sachent ce qui s'est passé entre nous. Si nous voulons éviter questions et spéculations, nous devrions continuer à dîner ensemble. J'espère que nous parviendrons au moins à rester courtois l'un envers l'autre.

— Je pense que nous devrions pouvoir y arriver.

Il avait repris son ton agréable, avec ce soupçon d'amusement permanent qu'elle aimait tant. Mais elle n'y céderait plus, se promit-elle.

Elle avait retenu la leçon, et celle-ci lui laissait un goût amer.

— Bien, dit-elle en se levant. Nous nous verrons donc au dîner, si cela vous convient, ajouta-t-elle en se dirigeant vers la porte.

Au moment où elle l'ouvrit, il l'appela. Elle se retourna.

Il se tenait devant le feu, un imperceptible sourire désabusé aux lèvres.

— Cela ne me convient pas, j'en ai peur. J'ai autant envie de vous embrasser ce matin qu'hier soir.

Son cœur aussitôt se mit à palpiter. Il la désirait toujours ! Elle se sentit soudain euphorique, mais sa fierté ne l'autorisait pas à le montrer. Elle haussa les épaules.

— Hélas ! Nous ne pouvons pas toujours avoir ce que nous voulons, monsieur.

Elle le quitta sur ces mots, mais la journée lui parut soudain un peu moins grise.

Gabriel attendit que la porte soit refermée pour se rasseoir. Il avait vu les ombres quitter les yeux de Nancy et un scintillement de malice les remplacer quand elle avait émis sa dernière remarque. Cela lui avait plu bien plus qu'il l'aurait imaginé.

Son comportement de la veille avait gâché l'amitié spontanée qui croissait entre eux. C'était déjà assez catastrophique qu'il ait essayé de passer la nuit avec elle, mais aller ensuite l'accuser de Dieu sait quoi…

Songeant au moment où il avait découvert les robes, il ferma les yeux. Pendant un instant, tout s'était expliqué : sa beauté sensuelle, la passion qui s'était allumée dès qu'ils s'étaient embrassés. Il s'était souvenu de sa première impression la concernant, lorsqu'il s'était dit qu'elle ressemblait davantage à une courtisane qu'à une cuisinière, et il avait laissé sa colère et sa déception obscurcir son jugement.

Bien évidemment, il n'avait que la parole de Nancy pour accréditer son récit, mais aussi la conviction qu'elle ne jouait pas un sombre jeu de sa composition.

Son instinct lui dictait donc de lui faire confiance. Le pouvait-il ? Le devait-il ?

Il se passa la main sur les yeux. Plus vite cette mission serait terminée, mieux cela vaudrait. Il en arrivait à soupçonner tout le monde. C'était injuste d'accuser Nancy d'avoir des secrets, alors qu'il en avait tant lui-même. Ses activités occultes commençaient à lui peser, et il craignait de les voir trop influer sur son jugement concernant son entourage.

— Madame Hopwood, la neige a cessé de tomber et le soleil a fait son apparition. Je me demandais si je pouvais vous inviter à vous promener dans la propriété.

Quand elle entendit la voix de Gabriel, Nancy faillit lâcher le moule qu'elle était en train de mettre au four. Elle était descendue à la cuisine pour aider Hester à préparer le dîner, bien déterminée à se sortir de l'esprit les événements de la veille au soir. C'était terminé, il s'était excusé. Ils se comprenaient mutuellement.

Et pourtant…

Pourtant une part d'elle-même ne pouvait s'empêcher de regretter leur querelle, de regretter qu'il ne l'ait pas menée dans son lit pour assouvir ce désir impérieux qui, malgré tout, restait bien présent au plus profond d'elle-même.

C'était la raison pour laquelle le fait qu'il s'adresse à elle de manière aussi chaleureuse l'exaspérait, alors qu'elle se débattait encore avec ses réflexions sur le tour qu'auraient pu prendre les événements.

Elle referma la porte du four et se composa une expression polie et un air détaché quand elle se retourna pour le regarder. Le refus était déjà au bord de ses lèvres quand Hester prit la parole.

— C'est une excellente idée, Mr Shaw. Le temps s'est éclairci, et cela ferait du bien à Miss Nancy de respirer un peu d'air pur. Je lui ai dit ce matin qu'elle avait l'air fatigué.

Nancy lui lança un regard furibond.

— Merci, Hester, mais je n'en ai pas terminé ici.

— Allons, madame, il n'y a plus rien à faire si ce

n'est ranger. Et je suis bien plus douée pour cette tâche que vous. Sortez donc, et allez chercher votre manteau.

Nancy hésitait malgré tout.

Gabriel intervint alors, avec un manque d'assurance qui contrastait avec la lueur moqueuse de ses yeux.

— Je suis tout à fait rétabli, mais John refuse de me laisser sortir seul, au cas où je ferais une rechute soudaine. Il est débordé, cependant…

— Dieu du ciel, Mr Shaw ! s'exclama Hester. Si John Thoresby doit vous accompagner dehors, qui s'occupera de tout ce qu'il y a à transporter dans la maison, et qui est trop lourd pour moi ? Je pense qu'il vaut bien mieux que Miss Nancy vienne avec vous pour s'assurer qu'il ne vous arrive rien de fâcheux.

— C'est exactement ce que je pensais, madame Yelland, dit Gabriel en souriant, ses yeux pétillant de gaieté contenue.

Mais Nancy lut également de la compréhension dans leurs profondeurs bleues.

— Si vous vous inquiétez pour vos jupes, madame, reprit-il, il y a très peu de congères dans la propriété, rien qu'une bonne paire de chaussures ne puisse affronter. Je suis certain que le plein air nous ferait du bien à tous deux.

Dix minutes plus tard, elle était dehors avec Gabriel, leurs semelles faisant crisser la neige fraîche dans l'allée.

— Vous comprenez bien que j'ai accepté de vous accompagner uniquement parce que tout le monde est occupé ailleurs, dit-elle avec brusquerie.

— Oui, j'ai compris que ce n'était pas du tout ce que vous souhaitiez faire. C'était on ne peut plus évident lorsque vous êtes partie comme une tornade chercher votre manteau.

— Je ne suis pas partie comme une tornade !

— Non, bien sûr que non.

Son ton conciliant la fit hoqueter d'indignation avant que son sens de l'humour habituel reprenne le dessus.

Elle éclata de rire, sa colère se dissipant aussi vite que les nuages de vapeur que leur respiration projetait dans l'air vif et froid.

— Vous êtes vraiment impossible ! Vous ne cessez de me taquiner !

— Je l'admets, mais seulement pour dissiper toute gêne entre nous. Je ne me suis pas encore excusé de vous avoir embrassée.

Sentant ses joues devenir brûlantes, elle se détourna.

— Nous étions d'accord pour ne plus en parler. C'était dû aux circonstances. À force d'être confinés dans cette maison, à nous tenir compagnie…

— Et de dîner en tête à tête.

— Et de boire un peu trop de vin.

— Oui, dit-il doucement. On est vite en proie à la tentation.

Elle essaya de ne pas penser à quel point elle aussi avait été tentée.

— En effet, murmura-t-elle.

— C'est de la folie pour deux personnes de notre âge de se laisser emporter par une vague de passion, remarqua-t-il pensivement.

Nancy lui lança un regard acéré. Elle pouvait certes se considérer elle-même comme une femme vieillissante, mais Gabriel était dans la fleur de l'âge. Il ne devait pas avoir plus de trente-cinq ans. Son visage séduisant n'était marqué que par quelques rides de sourire autour des yeux, et ses cheveux sombres avaient à peine une touche de gris aux tempes. Et elle savait, pour l'avoir vu pendant ses soins, qu'il était mince et athlétique.

Elle sentit de nouveau le nœud du désir se former en elle et sa réponse instinctive, qui était de rétorquer qu'elle n'était pas encore gâteuse, ne franchit pas ses lèvres.

Il pourrait prendre ses protestations pour des encouragements, ou pour le moins penser qu'elle cherchait à badiner avec lui. Un homme tel que Gabriel pourrait obtenir les plus belles jeunes beautés de la haute société. Comment pouvait-elle rivaliser ? Il valait mieux ne pas y réfléchir.

Elle réussit à produire un rire très convaincant.

— Tout à fait ridicule, je suis d'accord. Je vous prie de l'oublier. Je l'ai fait moi-même.

Elle glissa sa main sous son bras, comme pour lui prouver qu'elle ne craignait pas de le toucher, et ils marchèrent en silence pendant un moment.

— Vous n'avez plus besoin de soins, reprit-elle enfin. Donc, dès que ma voiture pourra emprunter la grande route, Hester et moi reprendrons notre voyage vers le nord.

Elle ne put s'empêcher de compléter son propos par une petite pique.

— Nous vous laisserons retourner aux activités abominables dans lesquelles vous êtes engagé, quelles qu'elles soient.

Il gloussa.

— Mes activités, comme vous les appelez, madame, ne sont pas abominables, je vous l'assure. Elles sont discrètes, mais ne vont en rien à l'encontre du roi ou de notre pays.

— Mais elles sont dangereuses ?

— Naturellement.

Ils avaient décrit un cercle autour des pelouses et étaient revenus devant la porte de la maison. Alors que Gabriel s'effaçait pour la laisser entrer, elle s'arrêta et se tourna vers lui.

— Alors je vous prie d'être prudent, Gabriel. Non que

cela m'importe, ajouta-t-elle vivement, mais je détesterais penser que tout le dur travail que j'ai effectué pour sauver votre vie aura été vain.

— Je ferai de mon mieux pour vous obéir, dit-il en prenant sa main gantée pour la porter à ses lèvres. Nous nous verrons au dîner ce soir, Nancy.

Elle rougit, et se rendit alors seulement compte qu'elle l'avait appelé par son prénom, lui donnant ainsi l'opportunité de faire de même avec elle.

Avec autant de dignité qu'elle le put, elle retira sa main, rassembla ses jupes et s'éclipsa à toute allure.

Gabriel sentit le désir désormais familier l'envahir quand Nancy s'éloigna en hâte. Il n'avait aucune envie de le nier, et cela n'aurait de toute façon servi à rien, mais quand elle était près de lui, il avait un mal de chien à se concentrer sur quoi que ce soit.

Il monta dans sa chambre ôter son manteau, remerciant la providence de ne pas l'avoir porté la nuit où il avait été attaqué, sans cela il l'aurait perdu aussi, comme la coûteuse redingote qu'il avait achetée chez Stultz cette saison.

Le souvenir de son agression lui remit les pieds sur terre. Il était facile de remplacer une redingote, même valant dix guinées, mais si ses agresseurs apprenaient le rôle de Nancy dans son sauvetage, il valait mieux qu'elle soit loin de Dell House avant qu'il ne s'aventure de nouveau à Darlton. Aussi, en dépit de son attirance pour elle, devait-il accélérer son départ. Il ne courrait pas le risque que quiconque s'en prenne à elle.

Le temps s'étira jusqu'au dîner, même si Gabriel prit soin de rester occupé. Avec tant de personnes supplémentaires dans la maison, il y avait plus de chambres à chauffer. John Thoresby et William se partageaient les grosses tâches, telles qu'apporter du charbon et des bûches dans les chambres. Quant à Nancy et Mrs Yelland, elles avaient investi la cuisine.

Aussi se retrouvait-il avec fort peu à faire, si ce n'était ranger sa chambre et celle de John, et allumer le feu dans les pièces principales. Son valet estimait que c'étaient là des tâches indignes de lui, mais Gabriel n'avait jamais été le genre d'hommes à laisser ses domestiques tout faire pour lui, et dans leur situation actuelle, il était nécessaire de travailler tous ensemble.

Il ne vit pas Nancy alors qu'il s'activait dans la maison, mais il se douta qu'elle se trouvait à la cuisine, occupée à aider à la préparation du repas.

Il avait apprécié leurs dîners et espérait que, ce soir, ils pourraient se retrouver sans être gênés ou mal à l'aise.

À l'heure du souper, il se rendit au petit salon. La table était déjà dressée, les bougies allumées, et de belles flammes dansaient joyeusement dans la cheminée.

Nancy arriva alors qu'il se tenait près de la desserte. Elle le salua avec une relative raideur et accepta le verre de vin qu'il lui proposa.

— Je suis stupéfait de constater à quel point Dell House s'est civilisée depuis que Mrs Yelland et vous êtes arrivées, madame. Ne vous reposez-vous donc jamais ?

Elle esquissa un léger sourire.

— Hester et Thoresby sont décidés à suivre à la lettre les règles du savoir-vivre. Le résultat est le fruit de leur travail, pas du mien.

Le fait qu'elle soit là et ait accepté ce soir encore de dîner avec lui était plus qu'il n'en avait espéré. Pour rien au monde, il n'aurait voulu prendre le risque d'assombrir l'atmosphère. Il décida donc de ne pas discuter sur ce point.

Il l'accompagna à sa chaise. À peine avait-il pris place sur la sienne qu'Hester Yelland fit son entrée avec le premier plat chaud.

Gabriel déploya tout son charme pendant le dîner, initiant des sujets de conversation plutôt neutres, servant à sa compagne les morceaux de choix et veillant à garder les verres de vin bien remplis. Il prit bien garde à ne pas émettre la moindre remarque qui aurait pu être mal interprétée, et à ne pas se livrer à des compliments excessifs.

Ses efforts furent couronnés de succès et, la fin du repas, ils avaient retrouvé leur entente naturelle.

Conscient toutefois qu'il s'agissait d'une trêve fragile, il ne lui proposa pas d'aller s'installer devant la cheminée. Nancy semblait satisfaite de rester attablée, à savourer son vin à petites gorgées tout en sélectionnant ce qu'elle aimait dans l'assiette de fruits secs, noix et noisettes qu'Hester avait apportée lorsqu'elle était venue débarrasser avec John.

— Un autre excellent repas, dit-il en levant son verre vers elle. Mes compliments, madame.

— Merci.

Elle se pencha pour prendre un abricot sec.

— Vous avez raison d'apprécier la bonne cuisine tant que c'est possible. Cette neige ne va pas durer éternellement et quand Hester et moi serons reparties, Mr Thoresby et vous-même devrez vous débrouiller seuls de nouveau.

— Ce que nous pouvons très bien faire. Je ne doute pas que vous serez soulagée de pouvoir reprendre votre voyage.

— Oui. Mes amis vont commencer à s'inquiéter s'ils n'ont pas rapidement de nouvelles de ma part. Mais vous ? N'avez-vous pas de la famille, des amis qui se préoccupent de vous ?

Il ne s'attendait pas à cette question.

— J'ai de bons amis. Quant à ma famille… Je suis un cadet. Ils ne sont jamais aussi importants que les aînés.

Elle leva les yeux, et il se rendit compte soudain à quel point son ton avait dû paraître amer. Cependant, elle n'insista pas, et se contenta d'une réflexion superficielle.

— Les cadets peuvent aussi représenter une charge financière, j'imagine.

— Oui, mais mes parents ont la chance que je dispose de mes propres revenus.

— Vraiment ?

Elle se pencha vers la table et posa son menton dans sa main après s'être accoudée.

— Voudraient-ils vous voir vous établir ?

— C'est certain, mais ils sont bien trop avisés pour m'y inciter. Ils aimeraient me voir marié, et installé.

— Et le ferez-vous un jour ?

— J'en doute. Je suis célibataire depuis bien trop longtemps pour désirer changer ma situation aujourd'hui, répondit-il avant de boire une gorgée de vin. Vous ne semblez pas convaincue… Pensez-vous que je vais peut-être donner mon cœur un jour ? Si cela avait dû se produire, je crois que ce serait arrivé depuis longtemps déjà.

— Je suis d'accord, dit-elle en levant son verre comme pour porter un toast. L'un des avantages qu'il y a à vieillir est que l'on n'est plus en proie aux absurdes fariboles romanesques.

Ils burent en silence, Gabriel étant soulagé qu'ils restent en bons termes, et surpris de constater à quel point il était reposant de dîner avec une femme qui ne cherchait pas en permanence les compliments. Ni à se faire épouser.

Il entendit le carillon d'une pendule quelque part dans

la maison, lui rappelant que la soirée était bien avancée, mais il n'avait pas envie qu'elle se termine déjà.

— Parlez-moi de la maison où vous travaillez, demanda-t-il. C'est une œuvre de charité, m'avez-vous dit.

— Oui. Prospect House offre un foyer décent et sûr pour des femmes qui n'ont nulle part où aller, et un havre de paix pour se retrouver. Des femmes déchues, pourriez-vous dire, même si la plupart ne sont coupables de rien de plus que d'avoir été trop innocentes et d'avoir fait confiance à des hommes indignes qui en ont profité. Une fois qu'une femme a perdu sa bonne réputation, elle doit survivre du mieux qu'elle peut. Renvoyée sans références après une prétendue inconduite, une domestique ne peut trouver de travail. Et pour les dames de la bonne société la situation peut être pire, car elles ne savent pas travailler. Leur éducation est souvent sommaire, voire inexistante, et elles ne sont formées qu'à devenir des épouses ou des compagnes. Vous avez dit que les fils cadets comptaient peu au sein d'une famille. Les filles ont encore moins de valeur, à moins de trouver un riche époux.

— Et comment êtes-vous arrivée à Prospect House ? Aviez-vous besoin d'un refuge vous-même ?

— Je me suis enfuie pour ne pas devoir épouser l'homme que mon père avait choisi pour moi. Un homme riche, connu pour ses excès. Ce n'était pas seulement le fait qu'il était assez âgé pour être mon grand-père, ajouta-t-elle avec un rictus de dégoût, mais je savais que c'était un débauché au tempérament cruel. M'enchaîner à un homme pareil était hors de question.

— Alors vous vous êtes enfuie et avez utilisé votre talent culinaire afin de gagner votre vie.

— Oui.

Elle resta silencieuse et il observa l'ombre soudaine qui voila son regard, comme si ces souvenirs étaient encore douloureux. Il eut envie de se rapprocher d'elle, de lui offrir du réconfort, mais alors qu'il levait la main elle se redressa et secoua la tête brièvement.

— Il y a trois ans, j'ai entendu parler de Prospect House et j'ai eu la chance d'y être engagée.

— Si récemment ? demanda-t-il en fronçant les sourcils. Quel âge aviez-vous quand vous êtes partie de chez vous ?

— Dix-huit ans.

— Et aujourd'hui…

— J'ai passé trente ans.

— Alors comment avez-vous vécu entre-temps ?

— J'ai fait ce qui était nécessaire pour survivre.

Son expression fermée lui indiqua clairement qu'elle n'en dirait pas davantage.

— Quand je suis arrivée à Prospect House, tout le monde partageait les corvées, mais il était évident que si une seule personne prenait en charge les cuisines, ce serait un avantage. Mon expérience s'avéra précieuse, et je les pris en main. Comme vous l'avez déjà dit, ajouta-t-elle en gloussant, je suis très autoritaire, mais pour ce travail, cela m'a été bien utile.

— Et êtes-vous heureuse là-bas ?

— Oui, bien sûr. J'aime aider les femmes qui viennent y séjourner. Certaines ne sont encore que de toutes jeunes filles, terrifiées et souvent désespérées. Nous nous occupons d'elles, les soignons si elles sont malades, les aidons à développer de nouvelles compétences et essayons de leur trouver une manière respectable de gagner leur vie. Certaines sont devenues couturières, intendantes, voire femmes de chambre. Toutes celles qui repartent avec un métier en main laissent leur place à une nouvelle arrivante. Et croyez-moi, monsieur, il y a toujours de nouvelles infortunées créatures qui ont besoin d'un refuge. Je vous demande pardon, je crois que je m'étends un peu trop, s'excusa-t-elle pour finir.

— Pas du tout. Vous avez bon cœur, Nancy, mais cela je le savais déjà.

— Parce que je vous ai sauvé après votre agression ? s'exclama-t-elle en haussant légèrement les épaules. N'importe qui aurait fait de même. Et vous m'avez vouée au diable ensuite !

— Je ne nie pas l'avoir fait au début. Vos talents…

Il vit le regard d'avertissement dans ses yeux et continua tout bas.

— … culinaires me manqueront.

— J'en suis certaine, répliqua-t-elle avec un sourire en coin.

Nancy referma la porte de sa chambre et y resta adossée, en exhalant un long soupir.

Voilà, ce n'était pas si mal, finalement. Elle avait survécu au dîner avec Gabriel. Non… Elle l'avait apprécié. Et elle était revenue dans sa chambre sans encombre. Mais bien entendu, cela ne voulait pas dire qu'elle renonçait à passer à autre chose et à reprendre le cours de sa vie. Loin de Dell House. Loin de Gabriel.

Chapitre 7

Le temps capricieux continua à mettre en cause les projets de départ de Nancy. Elle s'affaira dans la cuisine toute la matinée, et comme elle ne vit pas Gabriel, elle se dit qu'il devait également essayer de son côté d'éviter qu'ils se rencontrent. Mais cela ne fit rien pour atténuer l'attirance irrésistible entre eux quand ils se retrouvèrent pour le dîner.

C'était enivrant, songea-t-elle, comme l'excitation d'un choc électrique.

Elle tenta de l'ignorer quand Gabriel lui tira sa chaise, mais lorsqu'il effleura sa nuque de ses doigts, elle dut se retenir de ne pas bondir de son siège.

Ils restèrent assis en silence tandis qu'Hester apportait les premiers plats. Mais même lorsqu'ils se retrouvèrent seuls, ils parlèrent peu. Gabriel semblait distrait, et elle en conclut qu'il devait lui aussi être conscient de l'atmosphère tendue entre eux. Elle s'obligea à lancer une conversation sur des sujets anodins, et elle lui fut reconnaissante de faire de même.

Elle ne prêta aucune attention à ce qu'elle mangeait, et ce fut presque un soulagement quand le couvert fut débarrassé. Ni l'un ni l'autre n'avait bu beaucoup de vin, et la carafe était encore à moitié pleine. Gabriel l'examina avec une petite grimace.

— John va croire que je suis malade, si je laisse tout cela.

Elle admira ses longs doigts qui tenaient la carafe tandis qu'il remplissait son verre, les imaginant sur sa peau, se glissant sur sa nuque pour l'attirer contre lui. Cette simple pensée lui coupa le souffle et fit accélérer les battements de son cœur.

Il lui jeta un coup d'œil et leva un sourcil interrogateur, mais elle fit un signe de dénégation.

— Merci, mais je ne dois pas boire plus. J'ai besoin d'avoir les idées claires demain matin.

Elle se leva et alla devant la cheminée.

— William pense que la route devrait être assez dégagée pour conduire la voiture jusqu'à Markham demain, continua-t-elle.

Elle se raccrochait à l'idée que le cocher avait seulement avancé que ce serait peut-être dégagé…

— De là, nous pourrons rejoindre la Grande Route du Nord. Je veux être prête à partir, mes bagages faits.

— Vous êtes impatiente de vous en aller.

— Bien sûr !

Elle commença à rectifier la disposition des bibelots posés sur le manteau de la cheminée, refusant de se retourner pour le regarder ; il était trop habile à lire dans ses pensées.

— Je suis ici depuis plus d'une semaine…

— Neuf jours.

Sa voix provenait soudain de tout près d'elle et des picotements lui parcoururent la colonne vertébrale. Elle ne l'avait pas entendu quitter la table, mais il devait maintenant se tenir juste derrière elle.

Elle s'agrippa au manteau de la cheminée, les yeux rivés sur le feu, les nerfs à vif.

— Vous le ressentez aussi, n'est-ce pas ?

Sa voix était comme une douce caresse et décupla sa nervosité. Elle secoua la tête.

— C'est… enterré. Nous étions d'accord pour ne plus en parler.

— Être si souvent en compagnie l'un de l'autre, murmura-t-il, son souffle chaud dans sa nuque. Dîner en tête à tête…

Sa gorge se serra quand elle sentit ses lèvres sur sa peau. Ce n'était guère plus qu'un effleurement, mais elle frissonna de la tête aux pieds. Elle eut beau essayer, elle ne put s'empêcher de fermer les yeux et d'incliner la tête tandis qu'il déposait des baisers légers sur son épaule.

— Et le vin, ajouta-t-il d'une voix rauque cette fois quand il la retourna vers lui avant de prendre son visage entre ses mains. On se retrouve en proie à la tentation…

Ses yeux bleus étaient brûlants de désir, et elle entrouvrit les lèvres pour l'inviter à l'embrasser. Il n'hésita pas. Et elle ne fit pas mine de résister quand il les captura. Au contraire, elle lui répondit avidement, enroulant les bras autour de son cou tout en s'accrochant à lui alors que, par son baiser fougueux, il faisait monter le désir en elle.

Elle se sentit vaciller, et pensa être emportée par la tempête délicieuse qu'il déclenchait dans tout son corps. Quand il releva la tête, elle émit une sorte de miaulement de protestation.

Il soupira profondément en la tenant contre lui, et posa sa joue sur le sommet de son crâne.

— Ah non ! Même si j'en ai très envie, je ne dois pas vous compromettre davantage. Vous allez peut-être partir demain. Nous pouvons rester forts encore une nuit.

Tout en elle se rebella à ces mots. Le sang pulsait dans ses veines, et elle était stupéfaite par le désir chaud et douloureux qui la submergeait. Soudain tout devint très clair.

— Non, dit-elle posément. Je vous désire, Gabriel. Même pour une nuit seulement, si c'est tout ce que nous aurons. Je veux emporter ce souvenir avec moi.

— Nancy…

Elle posa les mains sur son torse et leva les yeux vers lui.

— Je vous en prie, Gabriel. J'ai trente ans, je ne suis pas une innocente. Je sais ce que je fais. Je ne veux ni promesses, ni liens. Emmenez-moi au lit.

Les yeux de Gabriel s'enflammèrent, mais elle ne cilla pas. Sans un mot il lui prit la main et la conduisit hors de la pièce.

Ils traversèrent le hall en silence et prirent l'escalier.

— Ma chambre, marmonna-t-il, en passant devant la sienne sans s'arrêter. Personne ne nous dérangera.

Il n'y avait pas de bougies, mais la lueur du feu suffisait. Pendant que Gabriel verrouillait la porte, Nancy commença à défaire les rubans de son corsage.

La robe qu'il fit glisser de ses épaules tomba sur le sol dans un murmure d'étoffe froissée et s'étala à ses pieds. Elle se contraignit à rester immobile tandis qu'il faisait courir un doigt le long de son épaule, puis vers le creux de ses seins. Quand il saisit le haut de sa chemise pour l'attirer contre lui, elle gémit involontairement. Il la prit aussitôt dans ses bras, capturant sa bouche pour un baiser possessif.

Elle y répondit volontiers, se cramponnant à lui tandis qu'il la soulevait dans ses bras et la portait vers le lit.

Pendant quelques instants, entre deux baisers passionnés, ils se débattirent avec leurs vêtements. Leurs chaussures volèrent à travers la chambre, la redingote, le gilet et le pantalon de Gabriel lui furent littéralement arrachés avant que Nancy, trop impatiente pour attendre encore, se raccroche à ses manches de chemise pour l'attirer sur elle.

Son corps bougea instinctivement en rythme avec le sien, en allant à sa rencontre pour l'inviter à entrer en elle.

Ce fut un moment joyeux, désordonné et spontané, né d'un désir longtemps réprimé. Ce ne fut qu'après avoir fait l'amour qu'ils ôtèrent ce qu'il leur restait de vêtements et se glissèrent nus entre les draps.

Gabriel la serra dans ses bras et lui embrassa les cheveux.

— Pourquoi ne me l'avez-vous pas dit ? murmura-t-il.

— Vous dire quoi ?

— Que vous étiez vierge. Je vous demande pardon, je pensais, supposais… d'après vos manières, les choses que vous m'avez racontées…

— Dans mon expérience, les hommes trouvent les vierges sans défense irrésistibles, dit-elle avec amertume.

— Pas moi.

— Oh ! fit-elle en se mordant la lèvre, sa colère soudaine disparaissant aussi vite qu'elle était venue. Comment l'avez-vous su ? N'avez-vous pas été… satisfait ?

Il la serra plus fort.

— Plus que satisfait. Et disons simplement que je suis… expérimenté en la matière.

— Vous avez connu beaucoup de femmes ?

— Un certain nombre, mais je me suis imposé comme règle de ne jamais séduire une vierge. Malheureusement quand je m'en suis rendu compte, c'était trop tard.

Il semblait attristé, et elle voulut le rassurer.

— Vous ne m'avez pas séduite, répliqua-telle en se redressant et s'appuyant sur son coude. Je vous ai demandé de m'emmener au lit, et je ne le regrette pas.

— J'espère ne jamais vous donner de raison de le regretter. Mais si j'avais su…

Elle posa les doigts sur ses lèvres pour le faire taire.

— Si vous aviez su, vous ne l'auriez pas fait ?

— Oh si ! Mais j'aurais été un peu plus doux. Un peu plus circonspect et plus attentionné.

Elle secoua la tête.

— Je n'avais pas envie que vous soyez doux et circonspect ! Et je suis pleinement consciente des conséquences possibles de ce que nous venons de faire. Je suis assez mûre pour m'en arranger. Je ne vous demanderai rien de plus qu'une nuit de plaisir. À trente ans, je n'ai aucune perspective de mariage, et je suis tout à fait heureuse de retourner auprès de mes amis dans le nord et d'y continuer ma vie, je vous le promets.

— Nancy…

— Taisez-vous maintenant, et savourons ce moment.

Elle se blottit contre lui.

— J'avais envie de cela autant que vous, Gabriel. Peut-être même plus, car pour moi c'était une nouvelle expérience.

Il eut un petit rire déjà ensommeillé.

— Alors j'espère ne pas vous avoir déçue.

— Oh non ! dit-elle en fermant les yeux, souriant dans l'obscurité. Vous ne m'avez absolument pas déçue.

Nancy se réveilla un peu plus tard dans la quasi-obscurité, le feu mourant n'émettant plus que quelques lueurs rougeoyantes. Elle se tourna vers Gabriel, qui réagit immédiatement. Quand il la serra contre lui, son sexe durci plaqué contre ses cuisses, elle sentit la délicieuse sensation désormais familière s'emparer d'elle.

Cette fois ils firent l'amour lentement. Il accorda son attention à toutes les parties de sa personne, et elle répondit au plaisir doux et inexorable qu'il lui faisait connaître avec ses mains et sa langue. Tout son corps exultait, et elle le caressa à son tour, l'explorant sans relâche, émerveillée par les contours fermes de son corps musclé.

Quand l'excitation commença à avoir raison d'elle, elle poussa un petit gémissement et se cramponna à ses épaules tandis qu'il s'allongeait sur elle. Ils se mirent à bouger ensemble, en planant très haut, jusqu'à la jouissance ultime. Leurs cris résonnèrent dans la nuit. Nancy s'accrocha à lui quand elle s'arqua en tremblant et Gabriel la garda au creux de ses bras, jusqu'à ce qu'ils s'écroulent sur le lit, comblés et épuisés.

Nancy s'étira voluptueusement en se réveillant d'un sommeil profond et sans rêves.

Peu à peu, elle se rendit compte du fait que le coton très doux de sa chemise de nuit était plaqué contre sa peau, et qu'elle se trouvait dans son lit.

À un certain moment de la nuit, ils avaient décidé qu'il valait mieux qu'elle réintègre sa chambre. Les braises qui restaient dans la cheminée lui avaient permis de voir suffisamment pour revêtir ce qu'il fallait pour être tout juste décente au cas où elle croiserait quelqu'un. Elle avait emporté le reste de ses vêtements dans sa chambre, afin que rien ne puisse indiquer qu'il s'était passé quelque chose d'inhabituel lorsque Hester viendrait lui apporter son café.

Elle sourit sans retenue. Rien de matériel, du moins !

Le bruit des pas de sa compagne dans le couloir avait dû la réveiller, car la porte s'ouvrit presque immédiatement et Hester fit son entrée en lui souhaitant un bonjour joyeux. Nancy s'assit lentement, en cillant alors qu'Hester ouvrait les rideaux pour laisser entrer la lumière grise du matin.

Elle but son café pendant que sa compagne ravivait le feu.

— Merci, Hester, mais je vais m'en occuper, dit-elle

alors que cette dernière se dirigeait vers le fouillis de sa tenue de la veille jetée en désordre sur une chaise. Vous avez assez à faire sans avoir besoin de vous préoccuper de moi en plus.

— Eh bien, si vous en êtes certaine, madame, j'aimerais aller m'occuper du petit déjeuner.

Une fois Hester partie, Nancy reposa sa tasse et se lova sous les couvertures. Elle n'avait aucune envie de se lever déjà. Elle préférait repasser dans sa tête tous les instants de sa nuit avec Gabriel. Revivre ses délices, se rappeler comme elle s'était sentie en sécurité entre ses bras, et à quel point elle avait apprécié ses caresses. Il avait été si doux, si tendre qu'elle n'avait éprouvé ni crainte ni douleur.

De tout mon corps, je te vénère.

Ces paroles sacrées lui vinrent soudain à l'esprit.

Elle repoussa les couvertures d'un mouvement impulsif et quitta son lit. Pourquoi avait-elle tout à coup pensé aux serments que l'on prononçait lors de la cérémonie du mariage, elle l'ignorait. Elle avait dit à Gabriel qu'elle ne souhaitait qu'une nuit mémorable, et c'était la stricte vérité. Que cette nuit ait été si… délicieuse n'en rendrait son départ que plus difficile, mais elle ne regrettait rien.

Elle revêtit sa robe de jour puis, après s'être coiffée en relevant ses cheveux, elle resta un long moment devant le miroir. Quelqu'un remarquerait-il le pétillement dans ses yeux, ou ses joues légèrement rosies ? Et quand bien même personne ne les verrait, elle se trahirait sans le moindre doute dès qu'elle serait en présence de Gabriel.

Gabriel !

Le simple fait de penser à lui lui noua l'estomac, mais la petite voix de la raison dans sa tête lui dictait de ne pas trop en attendre. Certes, la majeure partie de son expérience venait de toutes les histoires entendues à Prospect

House, mais elle savait que pour la plupart des hommes l'excitation de la chasse était essentielle.

Gabriel ayant réussi à la mettre dans son lit, il ne ferait sans doute preuve désormais que de la politesse la plus élémentaire.

— Et c'est tant mieux, dit-elle à son reflet dans le miroir. Chacun de nous a sa vie, et plus vite nous la retrouverons, mieux cela vaudra !

Sur ces propos décidés, elle rejoignit le rez-de-chaussée.

Son courage faiblit un instant quand, après avoir poussé la porte, elle trouva Gabriel installé à la table de la cuisine. Il parlait à Hester, qui lui préparait son petit déjeuner.

Ils levèrent tous deux la tête quand elle entra, et elle parvint à marmonner un vague salut avant de se hâter vers le cellier où elle se mit à déplacer bocaux et bouteilles comme si elle sélectionnait ce qu'elle utiliserait pour les repas. Quand elle eut le sentiment d'avoir suffisamment repris ses esprits pour revenir à la cuisine, elle fut accueillie par des nouvelles qui auraient dû lui plaire.

— William et Mr Thoresby sont allés à Markham, lui annonça Hester. William y a entendu dire que la route était praticable en voiture, maintenant. Il l'a appris d'un valet de ferme qui y était allé à l'aube. Ils sont donc allés voir ensuite par eux-mêmes. William pense qu'il serait judicieux de partir dans l'après-midi. Ainsi, nous pourrons suivre la malle-poste de nuit en direction du nord.

— Je vois.

Elle se servit une tasse de café et s'assit du côté opposé à Gabriel, aussi loin de lui que possible tout en faisant attention à ne pas tomber du bout du banc.

— Donc, dès que nous aurons terminé le petit déjeuner, j'irai faire vos malles, Miss Nancy. Et nous serons prêts à partir dans l'après-midi, reprit Hester.

Elle déposa une assiette d'œufs au bacon devant Gabriel.

— Il n'y a pas encore de nouvelles précises en ce qui concerne la Grande Route du Nord ? demanda-t-il.

— Non, monsieur, mais si nous pouvons atteindre Markham, ce sera déjà un début.

— Peut-être vaudrait-il mieux attendre un jour encore, remarqua Gabriel d'un ton égal, concentré sur la découpe de son bacon. Cela ne me plaît pas de vous imaginer dans la nature, mesdames, sans que nous sachions si la route principale est praticable.

— Peut-être en effet devrions-nous attendre jusqu'à être sûrs, abonda Nancy en évitant de croiser le regard d'Hester. Nous avons tant tardé qu'une nuit de plus est sans importance.

— Vous avez raison, dit Gabriel. Quoique je doive avouer que j'ai un intérêt particulier à ce que vous restiez, ajouta-t-il avec un sourire éblouissant. Je répugne à retrouver la cuisine de John.

— Oh ! Miss Nancy, vous avez renversé votre café !

— Oui, que je suis maladroite !

Alors qu'Hester se précipitait avec un torchon pour essuyer la table, Nancy lança un regard indigné à Gabriel et eut pour toute réponse une expression impavide qui lui donna en vie de le gifler.

— Eh bien, j'imagine que lorsque les hommes vont rentrer ce sera le crépuscule, dit Hester. Et puisque tout est pour ainsi dire prêt pour le dîner de ce soir, nous devrions en profiter car Dieu sait quand nous aurons un repas décent sur la route.

Nancy acquiesça, essayant de ne pas céder à l'exaltation. Il n'y avait aucun doute : Gabriel voulait qu'elle reste encore une journée.

Une autre nuit.

Nancy et Hester étaient seules dans la cuisine quand les deux hommes revinrent de Markham. Ils entrèrent les bras chargés de provisions, accompagnés d'une bouffée d'air glacial.

— Les congères ont été déblayées de la route de Markham, annonça William en déposant deux sacs sur la table. Mais je n'ai rien pu apprendre concernant la circulation éventuelle de la malle-poste de York.

Thoresby déposa lui aussi ses sacs sur la table, puis s'excusa et partit à la recherche de son maître. Hester et Nancy déballèrent les provisions sous l'œil attentif de William, qui se réchauffait les mains autour d'une chope de vin chaud.

— Il n'y avait pas grand-chose au marché aujourd'hui, madame, à cause du mauvais temps, mais Mr Thoresby a pensé que nous devions prendre tout ce que nous pouvions trouver, que vous décidiez de rester ou non. J'ai réussi à acheter des navets et des pommes de terre, ainsi que du chou d'hiver. Et Mr Thoresby a pris quatre douzaines de bougies en cire afin que vous n'ayez pas à utiliser ces chandelles de suif malodorantes dans les pièces principales. Nous étions bien chargés en repartant, permettez-moi de vous le dire.

Nancy le remercia vivement de leurs efforts. Après avoir aidé à ranger les produits frais, elle laissa Hester et William éplucher des légumes et partit avec une boîte de bougies.

Les longues heures d'obscurité avaient bien entamé leurs réserves de bonnes bougies, et elle voulait s'assurer qu'il y ait des bougies en cire d'abeille dans toutes les pièces prêtes pour la soirée.

Sachant que tout le monde était en bas, elle commença par les chambres avant de s'occuper du rez-de-chaussée, et de la petite pièce à l'arrière de la maison que Gabriel utilisait en guise de bureau. L'idée de l'y trouver seul la fit soudain se sentir plus légère, une sensation désormais familière dès qu'elle pensait à lui, et elle se morigéna de se comporter comme une écolière énamourée. Elle était venue accomplir la tâche qu'elle s'était fixée, voilà tout, et ce bureau plus que toute autre pièce méritait d'être bien éclairé.

Quand elle s'approcha, elle entendit un murmure de voix. Parfait, songea-t-elle, Thoresby était là, ce qui signifiait qu'elle ne serait pas seule avec Gabriel.

Oh ! ne vous mentez pas à vous-même, madame ! Vous savez fort bien que vous aimeriez l'avoir pour vous seule ! se moqua la petite voix dans sa tête.

— La clé de tout ceci se trouve à Masserton Court. Il faut que nous…

Nancy s'arrêta sur le seuil et Gabriel se tut quand il constata sa présence. Elle avait été stoppée net dans ses pensées dès qu'elle l'avait entendu mentionner Masserton Court, un nom qui lui était plus que familier. Qu'y avait-il là-bas de si important ?

— Je vous demande pardon, dit-elle, la gorge soudain serrée. J'ai frappé, ajouta-t-elle avant de montrer son panier. J'ai… Euh… Je vous ai apporté des bougies neuves.

— Excellent, fit Gabriel en s'approchant d'elle, sans que rien dans son attitude ou son ton ne permette de supposer une éventuelle contrariété. Donnez-moi celles prévues pour les appliques murales.

Il fallut quelques minutes pour changer les bougies puis elle repartit, laissant les hommes à leur discussion. Elle referma la porte et attendit un moment, aux aguets, mais ils parlaient désormais plus bas, et elle ne put discerner leurs paroles.

Elle resta sur place, à se mordre la lèvre. Une partie d'elle-même avait envie de retourner dans la pièce et de demander ce qui se préparait, mais après quelques instants, elle décida de poursuivre sa tâche. Il ne restait qu'une heure à peu près avant le dîner. Elle poserait ses questions à Gabriel à ce moment-là.

Le petit salon était bien chaud et baigné d'une lumière plaisante mêlant bougies et feu de cheminée, quand Gabriel rejoignit Nancy pour le dîner. Il avait passé la majeure partie de la journée à penser à elle et à leur nuit passée ensemble.

La façon dont elle avait répondu à ses caresses, sans retenue et avec naturel, lui donnait l'impression d'être un surhomme. Dieu du ciel ! Cela faisait des années que faire l'amour n'avait été aussi satisfaisant ! Et peut-être même jamais.

Il sourit intérieurement dès qu'il la vit.

Elle était assise au coin du feu, vêtue d'une robe rouge rubis, l'une de celles qu'elle avait sorties sur son lit, et écartée car trop osée pour une veuve modeste. De toute évidence, elle ne considérait plus qu'il était nécessaire de cacher le fait qu'elle possédait de telles robes.

Elle se leva quand il entra, ses cheveux sombres luisant tels de l'acajou. Elle avait arrangé sur son épaule une longue mèche bouclée qui faisait ressortir la blancheur crémeuse de sa peau.

Il prit sa main et s'inclina dessus.

— Vous êtes charmante, madame. Ce rouge vous va à merveille. Tout à fait ravissant.

Elle éclata de rire en rougissant telle une jeune fille tandis qu'elle retirait sa main et le précédait vers la table.

— Elle est bien trop voyante pour un paisible dîner à la campagne, mais j'ai décidé de la porter quand même. Vous avez déjà vu toutes les plus simples.

— En effet, et elles sont elles aussi charmantes à leur manière.

Il lui tira sa chaise et, quand elle fut assise, se pencha pour l'embrasser dans le cou.

— Mais celle-ci me laisse à espérer que vous avez l'intention de me séduire. Nous passerons-nous de dîner pour nous éclipser là-haut ?

Elle éclata de nouveau de rire, et Gabriel s'assit en face d'elle avec un soupir théâtral.

— N'avez-vous jamais appris, madame, que c'est là un vrai repoussoir que de glousser quand un homme vous fait des propositions ?

Ses yeux pétillèrent, mais elle lui répondit sur un ton sérieux.

— Je voudrais vous parler.

— Cela me semble inquiétant.

Il n'était pas rassuré par son front légèrement plissé, mais John et Hester entrèrent à cet instant avec des plateaux, et il ne put lui demander de quoi elle voulait lui parler.

Quand ils furent de nouveau seuls, Nancy le pria poliment de se servir. Elle ne montra pas la volonté de parler d'autre chose que de la recette de ce soir, du ragoût de porc accompagné de navets au beurre, et il fit de même. Elle avait quelque chose en tête, mais il ne la presserait pas de s'en ouvrir à lui.

Après tout, ils avaient toute la nuit.

Enfin, pas toute, pensa-t-il en jetant un coup d'œil au sofa qu'il avait approché de la cheminée.

Il espérait fortement que Nancy et lui trouveraient des façons plus agréables que parler pour terminer la soirée.

Hester et John venaient d'apporter de nouveaux plats quand Nancy prit la parole de but en blanc.

— Cet après-midi, quand je suis entrée dans votre bureau, vous parliez avec Mr Thoresby de Masserton

Court. Ce que vous faites, quoi que ce soit d'ailleurs, a-t-il un rapport avec le comte ?

Il était en train de mettre du riz dans son assiette, mais s'arrêta pour lui lancer un regard d'avertissement.

— J'aurais préféré que vous ne me demandiez pas cela, Nancy.

Du bout de sa fourchette, elle joua avec la nourriture dans son assiette.

— Je connais la famille, dit-elle.

— Mais pas assez pour séjourner chez elle lors de votre voyage interrompu ?

Elle évitait son regard, ce qui l'intrigua, mais elle répondit sur un ton léger.

— Une humble cuisinière ne peut pas s'inviter partout où ça lui chante. Mais je suis curieuse de votre intérêt pour ce château.

— Pour reprendre vos paroles, madame, cela ne présente que peu d'intérêt pour vous, puisque vous allez bientôt repartir. En fait, ajouta-t-il alors qu'elle ouvrait la bouche pour protester, il est préférable pour votre sécurité que vous restiez dans l'ignorance.

Elle émit un petit soupir d'exaspération.

— Comment puis-je savoir que vous ne voulez pas leur nuire ? Peut-être avez-vous prévu de les cambrioler.

Il éclata de rire.

— Je vous promets que je ne suis pas un cambrioleur. Maintenant, sachant comme Hester et vous vous êtes donné du mal pour réaliser ces excellents plats, la moindre des choses serait que vous me laissiez les savourer.

Elle consacra donc de nouveau son attention au repas, et après quelques instants aborda un sujet de conversation totalement innocent. Ensuite elle lui proposa de goûter le pudding et les petits feuilletés réalisés par Hester, fourrés aux prunes en conserve qu'elle avait dénichées.

Il sourit intérieurement. Elle était trop maligne pour le questionner davantage. Pour le moment. Elle espérait probablement que, lorsqu'il aurait terminé son repas et bu quelques verres de vin, il serait plus réceptif à ses cajoleries.

Ce qui ne serait pas le cas, bien sûr.

Il s'était déjà sorti des griffes d'interrogateurs bien plus expérimentés et déterminés que Nancy.

Ainsi que de celles de séductrices plus expérimentées elles aussi.

Cependant, il était plus que désireux d'apprécier ses tentatives pour le charmer. Il avait envie d'être diverti. John et lui avaient passé des heures à essayer de se sortir de leur impasse, sans succès. Il avait espéré qu'une solution se présenterait pendant le dîner mais, jusqu'à maintenant, rien ne lui était venu à l'esprit.

Quoi qu'il en soit, la compagnie de Nancy le compensait largement. Elle avait l'esprit vif et converser avec elle lui permettait de mettre momentanément de côté les problèmes qui l'obsédaient.

Et il restait toujours la possibilité qu'elle le laisse de nouveau passer la nuit avec elle. Il en avait d'ailleurs terriblement envie, mais il ne voulait pas que ce soit pour le remercier, en quelque sorte, d'avoir partagé ses secrets avec elle.

Quand la table fut débarrassée, ils restèrent assis. Gabriel approcha de lui l'assiette de noisettes qu'Hester avait déposée devant eux et commença à en casser entre ses doigts. Nancy ne semblait pas pressée de se retirer.

Elle sirotait son vin en l'observant.

— Je voudrais que vous me disiez pourquoi vous êtes

ici, finit-elle par dire. J'aimerais savoir quelles sont vos vraies motivations, et pourquoi quelqu'un veut votre mort.

Il lui offrit une noisette et quand elle refusa, il la porta à sa propre bouche.

— Ma chère, il vaut mieux que vous ne le sachiez pas.

Elle croisa les bras sur la table et plongea son regard dans le sien.

— N'ai-je pas prouvé que je suis une personne de confiance ?

— Si, absolument, mais je ne veux pas mettre votre sécurité en péril.

— Mais être ici avec vous est déjà risqué, n'est-ce pas ?

Elle s'était penchée vers lui, lui offrant ainsi la vision de la rondeur de ses seins dans le décolleté de sa robe. Il releva les yeux vers les siens en souriant.

— Oui, c'est un risque, et à plusieurs égards.

Il vit ses joues s'empourprer aussitôt, mais elle lui sourit.

— Je vous en prie, soyez sérieux, Gabriel. Je vous ai sauvé la vie. Je pense que vous me devez une explication.

Elle tendit la main pour la poser sur la sienne qu'il avait laissée sur la table.

— Ne me direz-vous rien ?

Ce simple contact suffit pour déclencher en lui des pensées lubriques. Il comprenait donc aisément pourquoi il avait une folle envie de se lever et de la prendre dans ses bras.

Ce qui le surprenait, en revanche, c'était son désir de tout lui raconter. C'était tout à fait nouveau pour lui. Il avait connu beaucoup de belles femmes, intelligentes, mais ne s'était jamais confié à aucune.

Nancy l'observait, ses yeux noirs brillant à la lueur des bougies, et il se dit soudain : « Pourquoi pas ? ». Elle lui avait dit qu'elle connaissait la famille de Masserton Court. Elle pourrait peut-être lui apporter une nouvelle perspective sur le problème qui l'avait taraudé toute la journée.

— Vous avez raison, je vous dois des explications, répondit-il enfin. Et vous pourrez peut-être même me donner des idées pour faire évoluer la situation.

— Bien sûr !

Le sourire qu'elle lui adressa illumina la pièce et il sentit son cœur faire de grands sauts dans sa poitrine.

— Je vous aiderai si je le peux, assura-t-elle.

Il prit son temps pour remplir de nouveau leurs verres, afin de laisser son corps se calmer. Il devait pouvoir penser rationnellement sans être influencé par ses désirs charnels. Il serait plus sûr pour tous deux qu'il ne lui révèle que le strict nécessaire.

— J'ai été envoyé ici par certaines personnes haut placées… au gouvernement, afin d'essayer de découvrir comment des documents secrets quittent le pays clandestinement et se retrouvent aux Pays-Bas.

— Aux Pays-Bas ? s'exclama-t-elle en haussant les sourcils. Pas en France ? Napoléon a subi une défaite cet été, mais il a encore des soutiens dans le pays, n'est-ce pas ?

— Certes, mais cette fois ce n'est pas le problème. Du moins pas directement, dit-il en lui tendant son verre. Comme vous le savez peut-être, le congrès de Vienne a entériné la création d'un royaume uni des Pays-Bas, où règne Guillaume Ier. On pensait que cela offrirait une certaine stabilité au continent, un paravent contre toute éventuelle incursion française. Mais il restait bien sûr des opposants à ce nouvel État, et le fait est qu'un tout nouveau royaume est très vulnérable. Il y a quelques mois, des documents hautement confidentiels ont disparu d'un cabinet ministériel de Londres. Ils ont refait surface un peu plus tard aux Pays-Bas, entre les mains de ceux qui voudraient voir ce nouveau royaume démantelé. Et depuis lors, d'autres documents ont également disparu.

— Et c'est pour cela que vous êtes ici ? Pour les retrouver ?

— Oui. Et pour découvrir comment ils quittent le pays. Il y a désormais des preuves formelles que ces documents sortent d'Angleterre par un port du Lincolnshire, via un relais dans la région où nous sommes. J'étais censé rencontrer un informateur quand j'ai été agressé. John m'a appris cette semaine que la source des fuites a été découverte : il s'agit d'un jeune membre du cabinet ministériel en question, encombré de scandales qu'il ne souhaitait pas voir exposés au grand jour. Il a été démis de ses fonctions, mais pas avant qu'un autre document vital n'ait disparu, celui-là du ministère de l'Intérieur, concernant le fonctionnement et la collaboration de notre Navy avec les Pays-Bas en Afrique. Si les opposants au roi Guillaume mettent la main sur ces documents, ils pourraient non seulement mettre notre flotte en danger, mais aussi causer une rupture entre le gouvernement britannique et les autres pays d'Europe qui comptent sur l'Angleterre pour maintenir la paix. Tout ce que nous savons, c'est que les documents ne sont plus à Londres.

— Mais ils pourraient déjà être sortis du pays, avança Nancy. Comment pouvez-vous être certain que ce n'est pas le cas ?

— Je ne travaille pas seul. Une troupe de la milice passe l'hiver près de Markham et une petite partie de son effectif a été mise à ma disposition. John est en contact régulier avec leur capitaine. Il a neigé bien plus qu'ici dans l'Est, et il n'y a eu aucun mouvement là-bas. Nous savons donc que les documents n'ont pas encore pu atteindre la côte.

— Vous pensez qu'ils sont à Masserton Court, accorda-t-elle. Qu'avez-vous comme preuves ?

— Pas grand-chose pour le moment, je dois l'admettre. Mais j'ai pu parler à un domestique de la demeure. Il m'a laissé entendre que sa conscience ne pouvait plus le laisser fermer les yeux sur ce qu'il s'y passait.

— Non, fit Nancy en secouant la tête. Je ne peux pas y croire. Ce doit être une histoire forgée de toutes pièces pour vous attirer dans un piège.

— C'est possible, mais ce vieux bonhomme semblait sincère. Il ne faisait pas partie de mes agresseurs, cela, j'en suis sûr, dit-il en haussant les épaules. Peut-être lui a-t-on ordonné de quitter les lieux. J'espère seulement qu'il m'a tout confié lors de notre première entrevue. Mais il y avait d'autres domestiques dans les parages, et il ne tenait pas à être vu en train de parler trop longtemps avec moi. Quel que soit le cas, le fait que j'aie été attaqué donne à penser que je m'approchais trop de la vérité.

Nancy sentit son cœur se glacer. Elle regarda fixement son verre de vin qu'elle fit tourner entre ses doigts.

— Et vous pensez donc que le comte de Masserton est un traître.

— Il est difficile de ne pas le croire, si nos soupçons sont corrects et si les documents transitent par chez lui.

— Mais quelles preuves avez-vous ? demanda-t-elle de nouveau. Vous ne pouvez accuser personne, encore moins un pair du royaume, si vous n'avez que des soupçons.

— Je sais, mais le comte a dilapidé sa fortune, c'est de notoriété publique. Il pourrait être susceptible d'accepter des pots-de-vin.

Elle émit un petit reniflement de dérision.

— Si chaque pair désargenté devenait un traître pour remplir ses coffres vides, le pays tout entier serait ruiné et grouillerait de traîtres.

— Je suis d'accord, mais même si nous n'avons rien de probant, l'évidence saute aux yeux.

— Et le ministre impliqué ne peut-il rien vous dire ?

Gabriel fronça les sourcils et se passa la main dans les cheveux.

— Par malheur, il a été tué avant d'avoir pu être interrogé.

Les yeux de Nancy s'agrandirent d'horreur et elle plaqua une main sur sa joue.

— Je n'ai rien entendu de tel quand j'étais à Londres…

— Tout a été étouffé, expliqua-t-il, et son assassinat maquillé en tragique accident. C'est la même conclusion que mes agresseurs espéraient quand on retrouverait mon corps.

— Et ils vous ont transporté sur cinq miles pour éloigner les soupçons de Darlton.

— Oui, mais ils se sont en quelque sorte coupé l'herbe sous le pied. John s'est arrangé pour qu'un entrefilet relatant mon décès paraisse dans la presse locale. Comme ils se sont débarrassés de mon corps loin de Darlton, et avec la neige qui bloquait tout, ils n'ont eu aucun moyen de vérifier par eux-mêmes. Comme je ne réapparais pas, j'espère qu'ils croiront avoir éliminé la menace.

— Tout cela est fort bien, mais vous n'avez pas disparu. Que se passera-t-il quand ils vous reverront ?

— Ah, mais ils ne me reconnaîtront pas, je vous le promets ! Ils ont agressé un campagnard timoré portant des lunettes, avec un fort accent du nord, qui posait des questions à tort et à travers dans une taverne. Je réapparaîtrai sous un aspect très différent.

Il la regarda en esquissant un sourire malicieux.

— Qu'y a-t-il, Nancy ? Êtes-vous inquiète pour ma sécurité ?

— Je n'aime pas l'idée de vous voir vous mettre en danger, admit-elle avec franchise.

Il lui souriait toujours et, pendant un instant, elle eut envie d'éclater en sanglots. Elle aurait voulu ne s'être jamais arrêtée au Taureau noir ni avoir trouvé Gabriel gisant dans la neige. Elle aurait voulu ne jamais lui avoir demandé pourquoi il était ici. Mais elle se reprit rapidement. Pleurer ne servirait à rien.

Les faits étaient ce qu'ils étaient, et elle avait besoin de garder les idées claires.

— Vous pensez que la clé de toute cette affaire est Masserton Court, insista-t-elle.

— Oui, dit-il en redevenant sérieux. John et moi avons réfléchi au problème toute la journée. Nous pensons que les documents volés sont au château, et il nous faut y pénétrer pour les récupérer. La difficulté consiste à trouver le moyen de le faire sans éveiller les soupçons. Et nous manquons de temps. Les conditions météorologiques s'améliorant, le redoux va leur permettre de faire rapidement passer les documents hors du pays.

Il fronça les sourcils, et resta un moment silencieux avant de reprendre.

— John a pensé qu'il pourrait y trouver du travail, mais ils ne recrutent personne de la région. Ils éconduisent tous les gens des environs qui se présentent à la recherche d'une position.

Il leva soudain les yeux en souriant.

— Peut-être devrions-nous enlever la cuisinière du comte, et vous pourriez la remplacer ! On ne peut pas rester sans cuisinière dans un château !

Voyant qu'elle ne souriait pas, il continua.

— C'était une plaisanterie de mauvais goût, Nancy. Je vous demande pardon. Ne faites pas attention. Nous aurons peut-être trouvé quelque chose demain matin.

Nancy inspira profondément avant de prendre la parole, très lentement.

— Ce ne sera pas nécessaire. Je peux fouiller Masserton Court pour vous.

— Vraiment ? s'exclama-t-il, surpris. Vous connaissez bien ce domaine ?

— Très bien, en effet.

Elle eut une infime hésitation puis ajouta

— Je suis la fille du comte de Masserton.

Chapitre 8

— Vous êtes... *Quoi* ?

Gabriel la dévisageait fixement, et Nancy rougit sous la froideur implacable de son regard. Une fois de plus, il n'était plus que soupçonneux.

Cependant, elle avait commencé, il fallait continuer.

— Je suis Lady Ann Chartell, la fille cadette du comte.

— Vraiment ?

Il se cala contre le dossier de sa chaise et croisa les bras.

— Quand nous nous sommes rencontrés, vous m'avez dit que vous étiez une veuve qui traversait des temps difficiles. Ensuite vous m'avez dit être cuisinière. Qu'est-ce maintenant que cette dernière invention ?

— Ce n'est en rien une invention, je vous l'assure, même si c'est une relation familiale que je préférerais oublier. Je n'ai pas vu mon père depuis plus de dix ans, et n'ai d'ailleurs aucun désir de le revoir. C'est la raison pour laquelle j'ai insisté pour que nous pressions l'allure de notre voyage plutôt que de nous arrêter à Tuxford, cette nuit où je vous ai trouvé dans le bosquet. Demandez à Hester et William, si vous ne me croyez pas. Ils auraient nettement préféré dormir confortablement à l'auberge de la Couronne.

— Pardonnez-moi, madame, mais Mrs Yelland et le cocher sont vos employés. Ils confirmeront toute histoire que vous auriez envie de raconter.

Nancy releva le menton.

— Vous ne me croyez pas !

— À quoi vous attendiez-vous, alors que vous avez si souvent changé de version ? Disons que je ne suis pas convaincu. Vous m'avez sauvé dans le bois et ramené à Dell House, et maintenant vous me dites que vous êtes la fille de l'homme sur lequel j'enquête précisément. Je ne crois pas aux coïncidences. Donc, il me semble plus probable que vous êtes ici sur ordre du comte. Pour me surveiller.

Elle se leva d'un bond et le foudroya du regard.

— Comment osez-vous ! Croyez-vous que je me serais donné la peine de vous soigner, que je resterais dans cette maison et partagerais même votre lit simplement pour vous espionner ?

Elle s'étranglait presque de rage.

— Si vous représentez une menace pour quelqu'un, vos ennemis voudraient vous voir mort, pas rétabli ! Je vous ai offert mon assistance, pauvre créature stupide ! Je ne crois pas que mon père puisse être devenu un traître à son pays, mais si tel est le cas, il doit être arrêté. Et puisque vous semblez piétiner dans votre enquête, je pensais vous aider. Mais croyez-moi au moins sur un point : il n'y a rien que je désire moins que de retourner dans la maison de mon père !

Elle se frotta les yeux.

— Regardez ce que vous avez fait, espèce de monstre ! J'ai horreur des larmes ! Excusez-moi…

Elle se précipita vers la porte, mais Gabriel fut plus rapide qu'elle.

— Non, Nancy, attendez !

Il la rattrapa juste au moment où elle tournait la poignée de la porte. Elle sentit la chaleur de sa main sur son épaule.

— Pardonnez-moi d'avoir douté de vous. J'ai vécu trop longtemps dans un monde de mensonges et de tromperies. La suspicion m'est naturelle.

— Lâchez-moi, je vous prie ! ordonna-t-elle d'un ton glacial. Je souhaite m'en aller.

— Et moi, je souhaite que vous restiez.

— Pourquoi, alors que vous ne me croyez pas ?

— Alors convainquez-moi, répliqua-t-il en la serrant plus fort. Je veux vous croire, ma chère. Mon cœur me dit que vous dites la vérité, mais ma tête… Je vous en prie, Nancy, restez et expliquez-moi, demanda-t-il en soupirant.

Elle resta figée, sa colère s'évanouissant peu à peu. Sa défiance l'avait prise par surprise mais, en toute honnêteté, pouvait-elle lui en vouloir ?

Gabriel retira doucement sa main de la poignée de la porte et la referma. Nancy le laissa la conduire vers le sofa où il s'installa avec elle en lui tenant les mains.

— Maintenant, dites-moi pourquoi vous êtes brouillée avec le comte.

Elle regarda le feu. Son instinct la poussait à partir, à s'enfuir, mais c'était ce qu'elle avait fait pendant des années. Peut-être était-il temps d'affronter la vérité, et de vivre ensuite avec son passé plutôt que de tenter de l'enfouir.

Lentement, elle commença à se confier.

— Je vous l'ai déjà dit, sans mentionner de noms. Mon père voulait me marier à l'un de ses amis de longue date, le vicomte Packington, un homme dur et vicieux, de trente ans mon aîné. Quand mon père m'a fait part de ses intentions, j'ai refusé de m'y plier, mais il est vite devenu très clair que mes souhaits n'entraient pas en ligne de compte. Si je résistais, on me contraindrait, par un moyen ou un autre, à accepter cette union.

— Alors vous vous êtes enfuie.

— Oui. J'ai rassemblé mes maigres possessions dans un baluchon et j'ai quitté Masserton Court.

Elle releva la tête.

— Je n'ai rien emporté qui ne m'appartenait pas. Les bijoux que j'avais reçus pour mes anniversaires, un peu d'argent de poche que j'avais réussi à économiser. Cela a été suffisant pour payer le trajet en voiture et m'éloigner assez de Masserton.

— Et depuis, vous avez gagné votre vie en utilisant les talents que vous aviez acquis dans les cuisines de votre père.

Nancy eut une petite mimique désabusée.

— Vous êtes sceptique, mais pourquoi l'être ? Ma gouvernante était extrêmement distante, même si j'admets avoir été une enfant butée et difficile à tenir. Elle a réussi à me donner une éducation rudimentaire – lire et écrire, un peu de musique. Je doute qu'elle eût été capable de plus. Et elle avait ses propres problèmes. Quand elle était dans sa chambre, à noyer ses chagrins au fond d'une bouteille, je m'échappais pour aller au quartier des domestiques, au sous-sol, où je recevais plus de marques de gentillesse que je n'en avais à l'étage supérieur. Le tyran français qui dirigeait les cuisines a estimé plus simple de me mettre au travail que me chasser sans arrêt. Il insistait pour que ses marmitons me trouvent des choses à faire. Et quand il a découvert que j'avais un talent pour la cuisine, il m'a prise sous son aile.

Elle sourit pour la première fois depuis qu'elle avait commencé son récit.

— Mon éducation comportait certes beaucoup de lacunes mais, grâce à lui, j'ai appris à parler français comme une Française de souche !

De crainte qu'il ne manifeste une quelconque sympathie

pour l'enfant délaissée qu'elle avait été, elle s'empressa de continuer. Elle ne voulait pas de cela, surtout pas de sa part.

— Depuis mon départ de la demeure de mon père, je me suis débrouillée seule. Trouver du travail sans références n'était pas facile, mais j'y suis parvenue. Puis j'ai rencontré Molly Morgan, qui est aujourd'hui Mrs Charles Russington. Elle m'a invitée à venir à Prospect House, qui est désormais mon foyer.

— Et votre famille n'a jamais tenté de vous retrouver ?

— À peine. Je suis restée en contact avec ma sœur, Lady Aspern, mais sa correspondance m'arrive en poste restante. Même après avoir appris que Lord Packington était mort de la vérole, je n'ai pas voulu courir le risque d'être retrouvée.

Elle serra ses bras contre elle, consciente d'un soudain courant d'air froid dans la pièce.

— C'est Mary qui m'a informée de la mort de ma mère il y a quelques années.

— Cela a dû vous peiner.

— Ma mère et moi n'avions jamais été proches, dit-elle en haussant les épaules. Elle a failli mourir en me mettant au monde, et a ensuite été incapable d'avoir d'autres enfants. J'étais la raison pour laquelle elle n'a pas pu donner à mon père l'héritier dont il avait besoin. On ne m'a jamais laissée l'oublier.

— Je suis vraiment désolé.

Elle fit un geste de la main pour balayer ces considérations.

— Mais tout cela, c'est du passé. Je ne peux pas prouver que je suis qui je prétends être, si ce n'est en faisant appel à ceux qui me connaissaient avant mon départ de Masserton. Je suis certaine qu'ils se souviendraient de moi. C'est pour cela que j'étais réticente à l'idée de m'arrêter à

Tuxford. Notre famille est bien connue à la Couronne. Si vous voulez mon aide, ajouta-t-elle avec une insouciance feinte, il vous faudra me faire confiance. Si ce n'est pas le cas, je partirai demain matin. Quoi que vous décidiez, cela ne change rien pour moi.

En réalité, elle mentait. Elle voulait désespérément qu'il la croie. Elle attendait sa réponse en affichant un air indifférent.

— Dites-moi encore une chose, reprit-il en la regardant fixement, à tel point qu'elle se sentit transpercée par l'intensité de ses yeux bleus. Quand vous avez quitté la maison de votre père, pourquoi n'êtes-vous pas allée chez votre sœur, Lady Aspern ? Elle vous aurait certainement recueillie.

— Je l'ai fait, dit-elle en passant la langue sur ses lèvres sèches. Je suis allée chez Mary. Je l'ai suppliée de m'aider et elle m'a prise chez elle, mais son mari…

Elle s'interrompit, rougissant au souvenir de ce qu'elle avait vécu. La terreur de voyager seule, son soulagement d'avoir atteint la maison de Mary sans encombre, et de raconter son histoire à sa sœur et à son beau-frère. Puis elle avait découvert que ce dernier estimait que c'était elle qui était fautive. Elle se souvenait encore de ses paroles : « Puisque vous avez voulu quitter la protection de la demeure de votre père, vous devez en assumer les conséquences. »

Et cette nuit-là il était venu dans sa chambre, était monté dans son lit et l'avait touchée partout, en déchirant sa chemise de nuit. Elle frissonna à ce souvenir.

Gabriel l'observait attentivement. Il hocha la tête.

— Lord Aspern est l'un de ceux qui ne peuvent pas résister à une, euh… une vierge en détresse, c'est bien connu dans son club, remarqua-t-il, sans chercher à cacher son dégoût.

Nancy releva la tête. Après tout, elle n'avait aucune raison d'avoir honte.

— Oui, dit-elle. Quand j'ai résisté à ses… ses attentions, il a dit que c'était ce à quoi je devais m'attendre, maintenant que j'étais seule au monde. Il voulait me prendre comme maîtresse ! Il a proposé de m'installer dans une petite maison discrète, dans un quartier pratique, afin que je puisse voir régulièrement ma sœur, même si elle ne devait rien savoir de cet arrangement.

Elle regarda ses mains qui se tordaient sur ses genoux, comme mues par une volonté propre.

— Mary est très éprise de son époux, voyez-vous. Quand je lui ai révélé pourquoi je partais, elle ne m'a pas vraiment crue. Mais elle n'a pas non plus réussi à croire Aspern qui lui avait affirmé que j'étais seule responsable et que je m'étais jetée à sa tête. Mary et moi ne nous sommes pas revues depuis, même si nous correspondons en secret de temps à autre. Voilà, vous savez toute l'histoire de ma vie.

Elle se contraignit à le regarder dans les yeux.

— C'est la vérité, Gabriel. Et c'est plus que je n'ai jamais raconté à quiconque.

— Alors je suis honoré par votre confiance. Vous avez été singulièrement malchanceuse dans vos expériences avec les hommes.

— Je ne crois pas. Les filles et les femmes qui viennent à Prospect House ont bien plus souffert. Lord Aspern est un produit de son éducation. On lui a appris que les femmes ne comptent pas, encore moins celles qui sont des domestiques. Je vous ai déjà dit que les filles de famille ne valent rien, si ce n'est sur le marché du mariage. Une alliance bien profitable nécessite la beauté, ou une belle dot, les deux conjuguées de préférence. Je n'avais ni l'une ni l'autre. Mon père s'est considéré chanceux quand Lord

Packington a offert de le débarrasser de moi, et de plus en payant une forte somme pour ce privilège. J'étais une enfant délaissée, trop maigrichonne et singulière pour être considérée comme digne d'attention.

— Eh bien, vous avez radicalement changé, depuis cette époque, lui fit-il remarquer avec un léger sourire.

— Je ne suis pas d'humeur à recevoir des compliments, se récria-t-elle en rougissant.

— Ce n'était pas un compliment, mais la simple vérité. Et d'après nos conversations, je ne vois rien qui manque à votre éducation.

— Merci. J'ai toujours adoré lire, et la bibliothèque de mon père était bien fournie, même si les livres dataient un peu. Lire est une habitude que j'ai essayé de conserver. Mais nous nous égarons… Je ne sais que vous dire de plus pour vous convaincre de mon identité.

— Vous en avez dit plus qu'assez. Je suis désolé d'avoir douté de vous. Pouvez-vous me pardonner ? demanda-t-il en lui prenant la main et en la levant jusqu'à ses lèvres.

Il lui souriait, ce qui fit accélérer son pouls. Elle résista non sans mal à la tentation de se jeter dans ses bras et de lui dire qu'elle lui pardonnerait n'importe quoi.

— Il vous faut quelqu'un dans Masserton Court, dit-elle en retirant sa main, tout en essayant de prendre un ton professionnel. Quelqu'un qui pourra fouiller la maison. Je peux le faire, même si je vous affirme maintenant que je ne crois pas qu'il y ait quoi que ce soit à y trouver. Mon père est certes bien des choses, faible, colérique, brutal entre autres, mais je n'arrive pas à croire qu'il soit un traître à son pays.

— Et vous êtes désireuse de retourner dans votre demeure familiale pour le prouver ?

— Oui, répondit-elle. Je ferai de mon mieux pour

découvrir la vérité, quelle qu'elle soit, même si elle doit être douloureuse.

Maintenant qu'elle avait pris sa décision, elle ressentait pleinement le déplaisir que lui causait l'idée de retourner dans la demeure de son père. Non qu'elle craignît pour sa sécurité. C'étaient les mauvais souvenirs qui la dérangeaient. La solution était de ne pas y repenser.

Elle préféra réfléchir à des considérations pratiques. Elle devait de nouveau écrire à Prospect House afin de les avertir qu'elle avait encore été retardée. Puis il lui faudrait se préparer pour son arrivée à Masserton Court.

Sourcils froncés, Gabriel était plongé dans ses pensées, et elle se dit qu'il était sur le point de refuser. Elle fut froissée par ce vague signe d'opposition.

— Vous pensez qu'une simple femme est trop faible pour cette tâche ? Je vous assure que je ne le suis pas. Vous avez dit vous-même que vous n'aviez pas la moindre idée de la façon de procéder, si je me souviens bien, ajouta-t-elle.

— Exact.

— Alors très bien. Je pense qu'il vaudrait mieux que William me ramène à Tuxford, et que j'y prenne une voiture de louage.

— Et la raison de votre retour ? demanda-t-il en remplissant de nouveau leurs verres de vin.

— Une volonté de retrouver ma famille, un refuge et un foyer. Je me prosternerai aux pieds de mon père et le supplierai de me reprendre afin de m'occuper de sa maisonnée.

Elle se tut un moment.

— Je doute qu'il m'accueille à bras ouverts, mais si je suis suffisamment repentante, je ne pense pas qu'il me renverra. Je serai donc ensuite bien placée pour découvrir s'il se passe des choses inhabituelles dans la maison.

Gabriel se leva et se mit à faire les cent pas, les mains derrière le dos, sourcils toujours froncés.

— Non, je ne crois pas, dit-il enfin. Le risque est trop grand pour vous. D'après ce que vous m'avez dit, vous exposer de nouveau au pouvoir de votre père…

Elle éclata d'un rire sincère.

— J'ai trente ans ! Je doute qu'il essaierait de me trouver un mari…

— Vous avez sans doute raison, mais vous avez contrecarré autrefois ses projets vous concernant. Il vous en voudra encore.

— Il serait encore plus furieux s'il découvrait la véritable raison de ma présence !

— En effet, c'est une hypothèse à prendre en compte, dit-il en s'arrêtant devant la cheminée. Non, c'est trop dangereux. Le comte est toujours votre père, Nancy. Je ne peux pas vous laisser vous impliquer dans cette affaire.

Elle se cala contre le dossier de sa chaise et croisa les bras.

— Je crois que vous n'avez pas le choix, répliqua-t-elle d'un ton déterminé.

Gabriel donna un coup de poing sur le manteau de la cheminée.

— Je ne peux pas vous laisser…

Il se tut car la porte s'ouvrit au même instant sur John Thoresby.

— Je vous demande pardon, monsieur, madame. Il se fait tard et je me demandais si vous vouliez encore un peu de vin ce soir ?

Nancy jeta un coup d'œil à Gabriel.

— Peut-être devriez-vous demander à Mr Thoresby quel est son point de vue sur cette affaire.

Elle resta tranquillement assise pendant que Gabriel expliquait tout à John Thoresby, tout d'abord stupéfait que son maître se fût confié à elle. Il écouta attentivement et se frotta pensivement le menton à la fin.

— Ça me paraît un bon plan, monsieur. Si Mrs Hopwood est volontaire pour le faire.

— Mrs Hopwood est tout à fait volontaire, intervint Nancy. Et tout à fait compétente également.

— Emmèneriez-vous Mrs Yelland ? demanda Thoresby.

— Bien sûr, si elle veut venir une fois que je lui aurai expliqué pourquoi je vais à Masserton. Je pense qu'elle sera d'accord pour m'accompagner. C'est une femme à poigne, et elle n'a pas froid aux yeux.

— Je le pense moi aussi, assura Thoresby en se tournant vers Gabriel. Je me suis formé une bonne opinion sur cette dame, milord. Je pense que nous pouvons la mettre dans la confidence.

Il remarqua que son maître n'était pas convaincu, aussi ajouta-t-il :

— En vérité, milord, c'est le seul plan que nous ayons, n'est-ce pas ?

Gabriel se renfrogna, contrarié qu'on le lui rappelât.

Il se tourna vers Nancy.

— Mais vos amis dans le nord vont vous attendre.

— William pourra leur porter une lettre pour les avertir de mon nouveau retard en raison des mauvaises conditions atmosphériques. Alors ?

Elle se leva et contourna la table pour aller se camper devant Gabriel.

— Mr Thoresby et moi sommes d'accord. Et vous, que dites-vous ?

Gabriel semblait encore troublé. Il dévisagea son serviteur.

— Plus de vin ce soir, John. Vous pouvez disposer.

Quand Thoresby fut sorti, elle s'avança et prit les mains de Gabriel.

— Vous avez besoin de moi. Et moi j'ai besoin de le faire, ne serait-ce que pour prouver que mon père n'est pas un traître.

Il la regarda, l'expression assombrie.

— Et si vous prouvez le contraire ?

Alors j'aurai envoyé mon père à la mort, et cela restera toujours entre vous et moi.

Quoique cela importât peu, pensa-t-elle avec tristesse. Avec Gabriel ce n'était qu'un bref interlude, une idylle sans suite. Elle releva le menton.

— Je suis préparée à affronter la vérité, quelle qu'elle soit. Je ne vous décevrai pas, Gabriel.

— Je le sais, dit-il en l'attirant dans ses bras. Serons-nous de nouveau amis ?

Son sourire fut comme un baume sur son esprit tourmenté, comme si la terre s'était remise à tourner dans le bon sens. Elle posa sa tête contre son épaule et leva les yeux vers lui.

— Plus que cela, répondit-elle d'une voix rauque.

La lueur d'acier dans ses yeux s'approfondit en une flamme bleue incandescente quand sa bouche descendit vers la sienne.

— Si vous voulez changer d'avis en ce qui concerne votre retour à Masserton Court demain, je le comprendrai, assura Gabriel.

À son entrée dans la chambre, Nancy était assise à sa table de toilette en train de se brosser les cheveux. Elle ne s'était pas retournée car elle le regardait approcher dans le miroir.

Quand il posa les mains sur ses épaules, il ne fut que trop conscient de la fragilité de ses os sous la fine étoffe de sa chemise de nuit, et un terrible désir de la protéger le submergea.

Son reflet dans le miroir la montrait calme et résolue.

— Non. Je suis décidée à le faire.

— Cela pourrait être dangereux pour vous.

— Alors je m'attendrai à ce que vous veniez me sauver.

— Soyez sérieuse, Nancy. Ce n'est pas un jeu.

Elle se leva et l'enlaça.

— Je le sais, et je le prends au sérieux, je peux vous l'assurer. Mais je ne peux pas repartir sans au moins avoir tenté de découvrir la vérité.

— Peut-être serait-il préférable de ne pas la connaître.

— Je me demanderais toujours ensuite si mon père est ou non un traître, répondit-elle avec un signe de dénégation. Il faut que je le fasse, Gabriel.

Elle lui passa les bras autour du cou.

— Mais nous pouvons encore passer une nuit ensemble, ajouta-t-elle.

Il sentit le désir devenu familier monter en lui tandis qu'elle se plaquait contre son corps.

— Il y aura encore bien des nuits, je vous le promets.

Elle ne répondit pas, et l'attira vers elle pour l'embrasser avidement.

Chassant doutes et soucis de son esprit, il se consacra au plaisir de lui faire l'amour. Elle répondit immédiatement à ses caresses, éveillant chez lui une passion dévorante. Il s'efforça de la dompter, se retenant jusqu'à la mener au bord de l'extase en même temps que lui, puis à l'abandon. Ce n'est qu'alors qu'il se laissa aller, après quoi ils redescendirent ensemble des cimes où ils étaient montés.

À moitié riant et pleurant, ils s'écroulèrent sur les oreillers où il la prit dans ses bras en la serrant très fort jusqu'à ce que le sommeil les emporte.

En s'éveillant, Gabriel chercha Nancy en tâtonnant mais ne trouva que des draps froids à sa place. Il ouvrit les yeux. Elle était assise au bord du lit, les cheveux épars sur ses épaules, et son dos nu avait la couleur de l'ivoire à la lueur de la lune.

Il se tourna sur le côté pour la regarder.

— Quelque chose ne va pas ?

Elle ne se retourna pas et se contenta de secouer la tête, envoyant un éclat argenté cascader le long de ses boucles emmêlées.

— Pas vraiment. Je ne pouvais pas dormir. Je voulais vous dire quelque chose. Avant que je parte à Masserton Court.

— Je vous en prie, allez-y.

— Il y a eu un homme dans ma vie autrefois. Un officier, un major qui m'avait employée comme cuisinière dans sa demeure. C'était un homme bon, mais sa femme était très malade et il avait besoin de… réconfort. Il… Il m'a donné du plaisir et m'a appris comment le satisfaire en retour, mais nous n'avons jamais…

Elle s'arrêta et esquissa un léger haussement d'épaules.

— Il ne voulait pas risquer de me faire un enfant alors qu'il n'était pas libre de m'épouser.

Gabriel résista au désir de laisser courir son doigt le long de sa colonne vertébrale. Ce n'était pas le moment de la taquiner alors qu'elle lui confiait quelque chose qui avait clairement beaucoup compté pour elle.

— Que s'est-il passé ? demanda-t-il tout bas.

— Je l'ai quitté.

Elle l'avait dit simplement, mais le tremblotement dans sa voix lui serra le cœur.

— Il était trop bon, trop honnête. La culpabilité qu'il ressentait à mener notre liaison le déchirait, mais il ne pouvait se résoudre à me renvoyer. Et j'étais en train de tomber amoureuse.

Elle exhala un soupir, à peine audible.

— Je me suis éclipsée un jour où il était sorti. Je lui ai laissé une lettre, le suppliant de ne pas tenter de me retrouver.

Gabriel fronça les sourcils.

— Mais si c'était un homme aussi bon que vous le dites, il vous aurait fourni de bonnes références si vous le lui aviez demandé.

— J'en suis certaine, mais après avoir pris ma décision il fallait que j'agisse vite. Si je l'avais revu, il m'aurait suppliée de rester et je n'aurais pas eu la force de le repousser.

Il la vit lever la main et devina qu'elle tentait d'essuyer une larme.

— Je ne l'ai jamais revu, conclut-elle.

— Il ne vous méritait pas ! s'exclama Gabriel, le cœur de plus en plus serré, une sensation qui lui était peu familière.

De la sympathie pour elle ? De la jalousie envers cet homme ?

— Et vous l'aimiez, murmura-t-il.

— Oui.

Elle l'avait dit avec une grande douceur, à peine dans un souffle, mais ces mots le percèrent avec autant de violence qu'une lame de couteau. Pourquoi, il l'ignorait. Il aimait beaucoup Nancy, il appréciait sa compagnie, et s'il avait pu l'aider à oublier son amant, il en était heureux.

Mais ni l'un ni l'autre ne désirait ou ne s'attendait à plus que cette courte parenthèse.

Vraiment ? Et lui, était-ce vraiment ce qu'il pensait ?

Non, non, non ! Nancy était indéniablement belle et leurs ébats délicieux, mais il n'avait aucune intention de faire sa vie avec une femme. Il avait vu trop de ses amis emprunter cette route, éperdus d'amour au commencement et se jurant un amour éternel, jusqu'à ce que les deux membres du couple finissent par aller chercher des plaisirs en dehors du lit conjugal.

Même ses propres parents vivaient aujourd'hui leur vie chacun de son côté, depuis qu'ils avaient accompli leur devoir en procréant assez de fils pour assurer la continuité de la lignée familiale.

Ils habitaient toujours ensemble, et il pensait qu'ils avaient de l'affection l'un pour l'autre, à leur manière. Mais tandis que la dernière maîtresse en date de son père profitait du luxe d'une maison en ville, les galants de sa mère étaient des invités permanents dans les différentes maisons qu'ils occupaient. Il avait décidé depuis longtemps qu'il n'était pas assez hypocrite pour se lier à une femme, lui promettre de l'aimer, de l'honorer et de lui être dévoué jusqu'à ce que la mort les sépare, pour oublier ces promesses une fois lassé d'elle.

Il jeta un coup d'œil à Nancy. Elle avait baissé la tête. Il ressentit une bouffée de fureur à la pensée de cet homme qui lui avait causé tant de peine. Puis, aussitôt, il se sentit frustré de pouvoir faire si peu pour y remédier, ce qui déclencha chez lui une colère irrationnelle contre Nancy elle-même pour avoir permis que tout cela se produise.

— J'ai beaucoup d'expérience dans ce genre de choses, dit-il d'un ton léger, en ignorant son instinct qui lui conseillait de rester silencieux. Le truc, c'est de ne pas donner son cœur.

— C'est plus facile à dire qu'à faire.

En l'entendant soupirer de nouveau, il ajouta :

— Je suis terriblement désolé qu'il vous ait fait souffrir.

Il la vit se redresser, puis elle se retourna vers lui en souriant.

— C'est du passé, maintenant. Je suis bien plus heureuse seule. Je tiens à mon indépendance, Gabriel, je voulais que vous le sachiez. Et j'insiste aussi sur le fait que vous n'aurez pas à vous faire de souci pour moi quand tout ceci sera terminé.

Toujours souriante, elle vint s'allonger sur lui et l'embrassa. Son corps lui parut tel de la soie glacée contre le sien, mais elle le caressa de telle manière qu'il fut instantanément excité. Leurs ébats furent enivrants et passionnés.

Ensuite, alors qu'elle se lovait contre lui, il remonta les couvertures sur eux et la garda dans ses bras.

Pourquoi lui avait-elle raconté toute cette histoire maintenant ? Il songea à la fougue avec laquelle elle lui avait fait l'amour. Comme si c'était la dernière fois qu'ils étaient ensemble.

Elle lui faisait ses adieux, c'était évident.

Cela n'avait rien de surprenant. Il faudrait bien qu'ils se séparent à un moment ou un autre.

Il aurait dû être satisfait de savoir qu'elle n'attendait rien de plus de lui. Pas d'engagement, pas d'obligation.

Mais il découvrit que cette idée ne lui plaisait pas. Pas du tout.

Chapitre 9

Tuxford bouillonnait d'activité quand Nancy et Hester arrivèrent pour prendre la voiture que John Thoresby avait louée et qui devait les emmener sur les routes enneigées jusqu'à Masserton Court.

Elles avaient passé plusieurs jours avec Gabriel et John pour réfléchir à la manière dont Nancy devrait faire son entrée.

Ils avaient finalement décidé qu'elle continuerait à se faire passer pour Mrs Hopwood. Elle avait déjà cette histoire toute prête bien en tête, et le comte estimerait sans nul doute que le statut de veuve était bien plus acceptable pour sa fille que celui d'employée, quand bien même elle occupait une position tout à fait respectable.

Elle avait pris une seule malle, remplie avec une partie des robes et des bijoux qu'elle avait portés à Londres. Elle les trouvait voyants, mais leur belle facture et leur coût évident lui conféreraient un certain prestige quand elle réintégrerait sa famille.

Quand la voiture s'engagea dans l'allée de Masserton Court, Nancy était à bout de nerfs. Elle tournait sans cesse son épaisse alliance en or sous son gant en chevreau, jusqu'à ce qu'Hester se penche vers elle pour poser la main sur les siennes.

— Allons, Miss Nancy, cessez donc ! Vous allez finir par vous donner de la fièvre, si vous continuez comme ça !

Nancy exhala un long soupir pour retrouver une respiration plus calme.

— Je sais, Hester, mais c'était une chose de me prêter à une mascarade à Londres parmi des étrangers. C'en sera une bien différente de le faire dans la demeure de mon père. Je vous remercie d'avoir accepté de m'accompagner, ajouta-t-elle avec une ombre de sourire.

— Comme si j'allais vous laisser affronter ça toute seule ! s'exclama celle-ci, en lui pressant la main une dernière fois avant de se redresser sur la banquette. Ayez confiance maintenant, madame. Nous avons déjà joué ces rôles, donc nous savons ce que nous devons faire.

— Je prie pour que vous ayez raison, murmura Nancy en se tournant vers la fenêtre au moment où son ancienne maison devenait visible.

Masserton Court était une vaste demeure construite au début du siècle précédent dans le style baroque prisé par les deux architectes les plus célèbres de l'époque, Vanbrugh et Hawksmoor. Deux ailes symétriques incurvées se déployaient sur la cour de la façade nord, où l'entrée principale était flanquée de colonnes corinthiennes.

L'allée sinuait entre des parterres diversement paysagers, et la voiture arriva bien trop vite au goût de Nancy devant les marches qui menaient à la double porte.

Elle attendit que le valet engagé pour l'occasion ouvre la portière, puis elle descendit tête haute avec toute l'assurance qu'elle était capable d'afficher. Elle attendit ensuite qu'Hester la rejoigne puis commença à monter les marches.

Un majordome âgé attendait devant la porte qui venait

de s'ouvrir. Il arborait une expression étonnée, qui changea aussitôt lorsqu'il reconnut Nancy qui s'avançait vers lui. Elle le salua chaleureusement.

— Bonjour, Mickling. Oui, en effet, c'est bien moi. Veuillez faire conduire ma femme de chambre à nos appartements.

Elle ôta ses gants et le regarda, les sourcils levés afin de feindre la surprise.

— Vous semblez surpris. Vous avez certainement bien reçu ma lettre ?

— Lady Ann ! Non, milady, c'est-à-dire que…

— Mon père est ici, n'est-ce pas ?

John Thoresby s'en était déjà assuré, mais elle devait jouer son rôle, et était déterminée à l'interpréter à la perfection.

— Oui, milady. Sa seigneurie est dans le salon jaune.

— Très bien, dit-elle avant de se tourner vers sa compagne. Attendez ici avec les bagages, Hester. Il vaut mieux que Mickling aille m'annoncer à mon père. Si ma lettre s'est perdue, il pourrait éprouver un certain choc.

Le regard lourd de sens que lui lança Hester faillit la faire éclater de rire en dépit de sa nervosité. Elle se retourna et suivit le majordome au salon jaune.

Le hall tout en marbre était encore plus glacial que dans son souvenir.

Tandis qu'ils avançaient au cœur de la maison, d'autres souvenirs affluèrent. Ce n'étaient pas des images d'enfance heureuse – celles-là, elle les retrouverait dans les quartiers des domestiques et aux cuisines. Elle ne revit que des heures sombres et solitaires passées dans la splendeur oppressante de la demeure.

Au fur et à mesure qu'elle grandissait, Nancy y avait trouvé la vie de plus en plus étouffante, autant que le corset serré que sa mère l'obligeait à porter, sous prétexte que cela modèlerait la silhouette requise par un mari pour son épouse.

Une dame respectable avait été engagée pour être son chaperon et l'accompagner partout. Nancy n'avait alors plus eu le droit de s'éclipser dans les sous-sols, ni celui de grimper aux arbres ou monter à cheval à califourchon et à cru dans le parc.

Il n'y avait désormais plus de robes déchirées ou de genoux écorchés, ni de mains rouges et égratignées. Elle était en âge de se marier, et son père pensait qu'elle pourrait faire un beau mariage.

Ses parents estimaient enfin qu'elle représentait une certaine valeur.

Après le froid inhospitalier du grand hall et les couloirs surchargés de statues qui conduisaient aux appartements privés, la chaleur du salon jaune offrait un agréable contraste.

Frappée par ce décor familier, la grandeur surannée des tentures, les tableaux noircis par la fumée d'innombrables feux de cheminée et le mobilier fatigué, elle sentit ses jambes flageoler quand, suivant le majordome, elle franchit le seuil.

Elle eut soudain le cœur gros et éprouva quelque peine à respirer normalement lorsqu'elle vit la silhouette massive de son père vêtu d'une redingote couleur prune, assis près du feu. Il sommeillait dans son fauteuil, un livre ouvert à la main.

Douze ans auparavant, il avait tenu son avenir et sa vie même entre ses mains. En dépit des corrections et des punitions infligées à l'enfant entêtée qu'elle était, elle n'avait jamais eu peur de lui. Cependant, elle avait vite compris en grandissant qu'il était assez dénué de scrupule pour l'obliger à se plier à sa volonté si elle restait dans son entourage. Maintenant qu'elle avait une meilleure connaissance du monde et de sa cruauté, l'incertitude la submergeait.

Qu'avait-elle donc fait ? Était-il bien sensé de revenir ainsi dans la tanière du lion ?

Mickling l'annonça d'une voix tonitruante et le comte sursauta. Il se leva, non sans éprouver quelque difficulté à s'extraire de son fauteuil. Les années ne l'avaient pas épargné, constata-t-elle.

Bien qu'il ait toujours été corpulent, il avait énormément forci depuis son départ. Ses cheveux gris argent coupés à la mode du jour lui encadraient le visage, un visage dont les traits étaient plus sculptés que dans son souvenir. Ses joues ainsi que son nez cramoisis trahissaient son goût marqué pour la bonne chère et la boisson.

Elle réalisa avec un choc qu'il était désormais vieux, et éprouva un élan de sympathie qu'elle réprima. Il avait toujours été brutal et tyrannique, et elle n'avait aucune raison de croire qu'il avait changé.

Cela l'incita à rester sur ses gardes.

Elle lui rendit son regard avec un léger sourire.

— Bonjour, père.

— Dieu du ciel ! C'est toi ! s'exclama-t-il en lâchant son livre.

— C'est bien moi.

Elle s'avança, soudain inquiète en entendant Mickling se retirer et refermer la porte.

— Je vous ai écrit pour vous annoncer ma venue, mais il semble que vous n'ayez pas reçu ma lettre, dit-elle posément.

Il se renfrogna aussitôt.

— Tu ne manques pas d'aplomb, pour revenir ici après tout ce temps !

— Ce n'est pas là l'accueil le plus chaleureux, mais j'imagine que je ne devais pas m'attendre à autre chose.

— Tu ne mérites pas autre chose ! Dieu me préserve, cela doit bien faire dix ans !

— Douze.

— Et voilà que tu viens ramper ici.

Elle redressa la tête.

— Pas vraiment ! répliqua-t-elle.

Elle écarta légèrement les bras et jeta un coup d'œil à sa tenue de voyage vert bronze extrêmement ornée. Elle la trouvait voyante, mais il était évident qu'elle prouvait l'aisance.

— Je n'implore pas la charité, si c'est ce que vous craignez. J'ai tout à fait les moyens de vivre, largement, même.

C'était vrai, songea-t-elle aussitôt. Nul besoin de lui dire qu'elle n'y arrivait qu'en travaillant comme cuisinière.

— Alors, que veux-tu ?

Le regard de son père n'exprimait que suspicion, défiance. Et quelque chose de plus encore : de l'inimitié.

Il ne lui avait toujours pas pardonné d'avoir contrarié les projets de mariage qu'il nourrissait pour elle.

D'anciennes pulsions de rébellion et des bouffées d'amertume refirent surface avec une telle force qu'elle en fut bouleversée. Si la voiture de louage avait encore été là, elle aurait été tentée d'y remonter et de quitter les lieux à tout jamais.

Mais elle avait un rôle essentiel à jouer ici, et si Gabriel disait la vérité, c'était bien plus important que sa mascarade à Londres. Il ne s'agissait là-bas que de préserver le bonheur conjugal et l'honneur d'une jeune femme. Aujourd'hui à Masserton, elle devait prouver que son père n'était pas un traître ou, si ce n'était pas le cas, l'empêcher de compromettre plus avant la sécurité du pays.

Une tâche pénible, qu'elle allait devoir mener à bien.

— Ce que je veux ? dit-elle doucement en souriant. Revenir au sein de ma famille, naturellement.

Il sembla sceptique, mais pas totalement incrédule.

— Douze ans, c'est long. Jusqu'où as-tu dû t'abaisser pour survivre ?

— Pas aussi bas que vous m'auriez fait descendre vous-même ! répliqua-t-elle. J'ai eu beaucoup de chance. J'ai rencontré John Hopwood, un riche commerçant. Un homme bon, ajouta-t-elle, rien de comparable à celui auquel vous vouliez me vendre.

— Packington était prêt à une bonne transaction. Meilleure que toutes celles auxquelles tu aurais pu prétendre.

— C'était un libertin dépravé, porté sur les pratiques cruelles. Ce mariage n'aurait été que du viol officialisé !

Il se renfrogna aussitôt, mais avant qu'il ait pu répondre, ils furent interrompus. Une voix féminine très douce se fit entendre.

— Oh ! je vous demande pardon, milord ! Je ne savais pas que vous aviez de la visite.

La personne qui venait de parler se tenait sur le seuil de la pièce. Une créature svelte telle une sylphide, enveloppée d'un fourreau en mousseline crème, entra et se dirigea vers le comte, ses jupes dansant autour de ses jambes. L'unique bijou qu'elle portait était une chaîne en or avec un pendentif, destiné à attirer l'attention sur ses seins crémeux qui pigeonnaient hors de son profond décolleté. Son joli visage était délicatement dessiné, encadré à la perfection par une somptueuse couronne de boucles blondes artistement remontées sur sa tête.

Nancy estima à première vue que cette femme n'était guère plus âgée qu'elle. Mais quand elle s'approcha elle remarqua le fin réseau de rides autour de ses yeux bleu céruléen, et celui, plus marqué, autour de sa bouche dont les lèvres délicates formaient un sourire interrogateur destiné au comte. C'était déjà une femme mûre.

— Ah ! Susan, ma chère ! Venez !

La femme rejoignit le maître de maison et lui posa une main possessive sur la manche.

— Laissez-moi vous présenter ma fille Ann.

En dépit de tous ses efforts, il ne put réprimer son air de triomphe quand il regarda Nancy.

— Voici Lady Craster, ma future épouse.

« Épouse » ! Nancy essaya de rester impassible, mais cela lui fut difficile.

Lady Craster sourit alors franchement, et émit un petit rire cristallin.

— Vous semblez choquée, Lady Ann, mais vous ne pouvez être plus surprise que je le suis. Jusqu'à cette minute, j'ignorais jusqu'à votre existence.

— Et je ne l'aurais pas mentionnée, aboya le comte, si ma fille ne s'était pas présentée à ma porte sans prévenir.

— Il semble que ma lettre ne soit jamais arrivée, répliqua Nancy d'une voix douce. Mais je n'en ai pas tenu compte, car je ne pensais pas être mal accueillie.

— Que t'imaginais-tu ?

Nancy ignora la remarque déplaisante de son père et s'adressa à Lady Craster.

— Veuillez, je vous prie, accepter toutes mes félicitations et tous mes vœux de bonheur, madame.

Elle lui fit une légère révérence, maudissant silencieusement Gabriel et le vouant à tous les diables de l'enfer. Il devait être informé de cette future union, et le lui avait délibérément caché. Elle savait pourquoi, évidemment. Elle pouvait presque entendre sa voix grave, caressante, expliquer que si elle avait su que la fiancée de son père résidait chez lui, sa réaction au moment de leur rencontre aurait manqué de conviction.

— Si nous allions nous asseoir ? proposa Lady Craster qui se comportait en maîtresse de maison, invitant Nancy à prendre un siège.

Elle conduisit le comte vers un canapé et s'assit à côté de lui. Puis elle croisa les mains sur ses genoux et braqua ses yeux bleus sur Nancy.

— Eh bien, je suis stupéfaite d'apprendre que mon cher Hugh a une autre fille !

— Ce n'est plus ma fille ! répliqua sèchement le comte. Du jour où elle a quitté cette maison, cette femme a renoncé à toute prétention sur son statut. J'imagine que sa sœur a dû entretenir une correspondance avec elle, mais j'ai bien précisé que son nom ne devait plus être mentionné en ma présence.

— Je le comprends fort bien, assura Lady Craster d'un ton apaisant. Mais, très cher, ne devrions-nous pas nous enquérir de ce qui la conduit à revenir ici ?

— Je suis désormais veuve, expliqua posément Nancy. Je pensais que vous apprécieriez ma compagnie, père, et aimeriez que je gère votre intendance. Mary m'a informée que mère n'était plus là, mais je ne savais pas que vous aviez l'intention de vous remarier.

— Même si je n'étais pas sur le point de prendre une nouvelle épouse, je n'aurais aucun désir de te reprendre, espèce de maudite créature ingrate ! Tu peux quitter cette maison sur-le-champ !

— Et comment suis-je censée faire ? Ma voiture de louage est repartie.

— Tu peux partir à pied. En fait, tu peux même passer la nuit dans un fossé, ça m'est bien égal !

— Allons, allons, mon cher Hugh, ne précipitons rien ! intervint Lady Craster en lui tapotant le bras. De quoi cela aurait-il l'air, si l'on apprenait que votre fille déchue est revenue vers vous et que vous l'avez repoussée ? Pensez au scandale.

— Au diable le scandale ! s'emporta-t-il. D'après son apparence, elle s'est très bien débrouillée seule jusqu'à aujourd'hui. Alors qu'elle continue !

— Allons, calmez-vous, milord, insista Lady Craster en souriant au comte, tout son charme déployé. Je ne vous permettrai pas de vous laisser emporter par votre tempérament. Lady Ann est venue réparer, et ce serait un manque de charité que de la renvoyer sans au moins l'écouter.

Elle s'arrêta pour faire une petite moue charmante.

— Et vos voisins s'empresseraient de dire que ce serait de mon fait. Puis il y a bientôt le bal, ne l'oublions pas.

Elle jeta un coup d'œil à Nancy.

— Votre père donne un bal en mon honneur, reprit-elle. Il est prévu la semaine prochaine, au moment de la pleine lune, afin que nos invités puissent circuler de nuit plus facilement.

— Et en quoi cela la concerne-t-il ? aboya le comte.

— Mon cher Hugh, songez à quel point ce sera bénéfique pour votre image d'avoir votre fille de retour à nos côtés. On ne pourra que louer votre bonté et votre grandeur d'âme de la reprendre dans votre foyer.

— Je me moque complètement de l'image que cela donnera ! s'écria-t-il, toujours aussi irascible. De plus, nous sommes en plein chaos puisque vous avez entrepris de redécorer chaque chambre de cette demeure.

— Oh ! mon chéri, vous savez bien que ce n'est pas vrai ! La chambre chinoise est tout à fait prête et une ou deux autres devraient être de nouveau confortables sous peu.

Elle leva vers lui ses yeux bleus ensorceleurs.

— Lui permettre de séjourner ici quelques jours, ou

même quelques semaines, ne serait quand même pas si terrible !

Lady Craster dut lui prodiguer encore quelques cajoleries avant que le comte accepte et permette que l'on monte sa malle dans la chambre chinoise.

Nancy monta très peu de temps après et trouva Hester occupée à défroisser ses robes. Elle attendit un moment pour s'assurer qu'elles étaient bien seules avant de se laisser tomber dans un fauteuil et de pousser un long soupir de soulagement.

— Ouf ! Dieu merci, c'est fini !

— Cela s'est mal passé, n'est-ce pas ? lui demanda Hester, avec un air sinistre. J'imagine qu'il ne vous a pas accueillie à bras ouverts.

— Il était plutôt enclin à m'expulser ! Par bonheur, sa dulcinée a pris mon parti et l'a persuadé de me laisser rester, pour quelques jours au moins.

— Cela doit donc être cette femme fine comme une liane qui a traversé le hall quand je suis montée, dit Hester, en fronçant le nez de désapprobation. En froufroutant exagérément, comme si elle était propriétaire des lieux.

— Oui, renchérit Nancy, en gloussant à cette description parfaite et magistrale. C'était bien Susan, Lady Craster. C'est la fiancée de mon père, et je crois qu'elle est loin d'être ravie de me voir ici. Mais elle est encore plus inquiète à l'idée du moindre commérage défavorable.

Elle croisa les bras.

— Elle semble mener mon père par le bout du nez, et il est possible qu'elle craigne que je m'interpose entre eux.

— Pensez-vous qu'elle puisse être jalouse de vous ?

Nancy éclata de rire.

— Elle n'en a nul besoin, comme le lui a vite prouvé l'accueil que m'a réservé mon père !

Elle reprit vite son sérieux et fronça les sourcils avant de continuer.

— Il n'est pas inconcevable qu'il espère qu'elle lui donne un héritier, mais il y a plus que cela, Hester. Je crois qu'il l'aime sincèrement. Ou du moins qu'il en est fort entiché. Il se tortille et bredouille en sa présence tel un écolier transi d'amour. Mais en dépit des cajoleries et des mots doux qu'elle lui prodigue, je ne pense pas que cette femme l'aime. Il se passe quelque chose de bizarre ici, Hester. Elle sait fort bien qu'il n'est pas riche, donc elle ne peut pas être une chasseuse de fortune. Elle cherche autre chose, j'en mettrais ma main au feu.

— Peut-être a-t-elle tout simplement envie d'être comtesse. Certaines femmes feraient de grands sacrifices pour obtenir un titre d'aussi haut rang.

— Oui, c'est possible, concéda Nancy. Mais…

Elle resta ensuite un moment silencieuse puis ajouta :

— En dépit de ses paroles mielleuses, il y a chez Lady Craster quelque chose de froid et de calculateur qui m'incite à rester sur mes gardes. Mon père a beau être colérique et agressif, je suis persuadée que cette lady est bien la plus dangereuse des deux.

Un dîner à l'ambiance pesante fut suivi par une heure tout aussi pesante au salon. Ce fut donc avec soulagement que Nancy prétexta sa fatigue pour se retirer dès que ce fut possible.

Elle était soulagée d'avoir été installée dans une chambre d'invités rénovée, où aucun souvenir d'enfance ne l'oppressait. Lady Craster avait suggéré qu'elle aurait peut-être préféré ses anciens appartements dans l'aile est. Mais l'affection du comte pour sa fiancée ne changea pas pour autant sa décision et il ne se laissa pas fléchir. Il avait formellement refusé que Nancy soit guère plus qu'une invitée dans sa demeure. Et de surcroît une invitée non désirée.

Elle avait répondu sans retenue et avec le plus de naturel possible aux questions concernant son passé, heureuse que ses répétitions pour sa mascarade à Londres l'aient suffisamment préparée. Et le fait que son père ait pris pour argent comptant son récit selon lequel elle avait rencontré un honorable commerçant, qui avait fait d'elle une femme respectable, lui assurant une vie d'agréable aisance, la satisfaisait. Même si le comte n'éprouvait que mépris pour quiconque se livrait au commerce.

Son père comprenait aussi fort bien qu'elle puisse vouloir reprendre sa place dans la maisonnée. Nancy était cependant persuadée que Lady Craster ne serait pas aussi facile à convaincre. En réponse à ses questions sur les raisons pour lesquelles une veuve indépendante voudrait réintégrer son foyer après tant d'années, Nancy assura sans broncher qu'elle ne s'était jamais vraiment sentie à l'aise dans le monde du commerce qui était celui de son défunt époux, un monde dénué des bonnes manières de la haute société aristocratique.

— Eh bien, si tu comptes trouver un autre mari, réfléchis bien, lui lança son père sans ambages. En tant que veuve de commerçant, tu es déchue, ta réputation est ruinée. Tu ne peux prétendre retrouver ta place parmi les rangs de l'aristocratie. Personne ne voudra de toi.

Nancy se contint avec effort et lui assura posément qu'elle n'avait aucune intention de se remarier.

— Je n'ai qu'un désir, vivre paisiblement là où j'ai grandi.

Son ton humble et soumis eut l'effet souhaité : une

expression de mépris passa sur les jolis traits de Lady Craster. Cela dura à peine un instant, mais Nancy l'avait vu, et elle espéra en avoir fait assez pour dissiper les soupçons de cette femme.

Quand Nancy descendit pour le petit déjeuner le lendemain matin, elle eut l'impression que son plan avait fonctionné. Elle trouva le comte plongé dans une conversation avec sa fiancée. Ils s'interrompirent à son arrivée, mais à peine s'était-elle assise que le comte l'interpella.

— Je discutais avec Susan de la meilleure façon dont nous pourrions t'employer.

Il semblait bien plus aimable ce matin, et paraissait avoir accepté qu'elle restât à Masserton, du moins pour le moment.

— Bien sûr, père. Si je puis faire quoi que ce soit…

— Eh bien, en fait, vous le pourriez, dit Lady Craster tout en beurrant un muffin chaud à petits coups précis de son couteau. Vous pourrez m'aider avec les derniers préparatifs du bal de la semaine prochaine. Dieu sait que ce n'est pas là mon désir, mais votre père insiste pour que, par courtoisie, nous invitions tout le voisinage.

— Mais oui, c'est ce que je veux. Si je prends épouse, je tiens à ce que tout le monde le sache. Vous êtes ici depuis trois mois déjà et ne connaissez pas encore grand monde.

— Mais, très cher Hugh, vous savez que je suis venue ici pour être avec vous, pas pour passer mon temps en visites partout dans le voisinage. Et j'ai été très occupée avec toutes ces rénovations. Je ne voulais inviter personne…

— Certes, marmonna le comte, mais je ne voudrais froisser aucun de mes voisins.

Susan tenta vaguement de réprimer un soupir.

— À part le vieux baron, deux chevaliers et quelques

baronnets, il n'y aura personne d'un rang plus élevé que votre père, ce qui est regrettable. Mais telle est, hélas ! la situation, remarqua-t-elle avec un manque d'enthousiasme flagrant.

Le comte gesticula vers elle avec sa fourchette.

— Je vous ai déjà dit que nous devrions inviter la milice si nous voulions remplir la maison, ma chère, rétorqua-t-il.

Elle fronça son joli nez.

— Je ne suis nullement encline à remplir la maison de jeunes officiers fringants en manque de bonne compagnie. Non, ce bal était à l'origine destiné à vos voisins, mon cher, et il le restera. Lady Ann, après le petit déjeuner voudrez-vous vous joindre à moi et discuter de ce qui reste à faire ? Ensuite, vous transmettrez mes instructions aux domestiques. Je trouve que ce personnel rustique ne comprend pas toujours ce que l'on attend de lui, et Mrs Crauford est vraiment désormais trop âgée pour être une intendante efficace. Mais votre père est inflexible sur le fait qu'elle doit garder sa position.

— Oui, grommela le comte. Crauford est ici d'aussi loin que je m'en souvienne. Elle était femme de chambre du temps de mon père, et je ne vais pas lui offrir de pension maintenant, c'est hors de question.

— Tout à fait, très cher, il est vrai que c'est judicieux, dit Susan en esquissant un sourire avant de se tourner vers Nancy. Vous voyez donc à quel point vous serez utile, Lady Ann. Je me déchargerai sur vous pour être certaine que mes instructions seront bien comprises et exécutées comme que je l'entends.

— Bien sûr, madame, je serai heureuse de vous aider.

Nancy sourit intérieurement. Cela n'aurait pu mieux tomber ! Transmettre des instructions lui fournirait l'excuse parfaite pour circuler dans toute la demeure. Elle pourrait chercher les documents que Gabriel était convaincu de savoir cachés au château, et aussi enquêter discrètement sur le personnel.

S'il se passait quoi que ce soit de louche à Masserton, ils le sauraient bien vite.

Le comte remplit sa chope de bière en se servant à la cruche posée à côté de son assiette.

— Peut-être Ann pourrait-elle vous aider à choisir le papier peint pour la chambre bleue, suggéra-t-il. Les travaux traînent dans cette chambre-là depuis des lustres.

Lady Craster se pencha vers lui pour lui tapoter la main.

— Certes, milord, mais choisir la tapisserie parfaite ne se fait pas à la légère. Et je voudrais que ce soit parfait.

Il marmonna dans sa barbe.

— Vous tergiversez depuis des mois, et les échantillons ont fait d'innombrables va-et-vient depuis Lincoln ! Peut-être devriez-vous trouver une autre maison de décoration, si Hewitt n'a rien qui vous convienne. Ma défunte épouse se fournissait à Londres, chez Masefields, sur le Strand.

— Peut-être le ferai-je, si je ne trouve rien dans les derniers échantillons que Hewitt m'a envoyés. Mais rappelez-vous ce que je vous ai dit, milord, ses prix sont bien plus raisonnables que ceux des fournisseurs de Londres. J'espère bien avoir économisé cent livres ou plus quand j'en aurai terminé. Et songez également à quel point cela revient moins cher de faire venir les tapissiers de Lincoln plutôt que de Londres.

— Je serai heureuse de regarder les échantillons avec vous, Lady Craster, intervint Nancy.

— Je vous en prie, appelez-moi Susan, ma chère. Et je vous remercie de votre offre, mais cette tâche m'incombe. De plus, il y aura fort à faire pour vous ailleurs, avec le bal qui approche.

Elle tapota ses lèvres avec sa serviette et se leva.

— Si vous êtes prête, peut-être pourrions-nous commencer tout de suite ? proposa-t-elle.

Le majordome et l'intendante exceptés, Nancy ne connaissait que très peu de membres du personnel de Masserton Court. Elle était partie depuis si longtemps qu'il n'était pas surprenant que la plupart des serviteurs plus âgés ne soient plus là. Elle apprit avec regret que M. Paul, le chef qui lui avait appris à cuisiner, avait quitté le service du comte par esprit patriotique et était reparti en France quand Bonaparte avait été banni à Sainte-Hélène.

Ceux qui se souvenaient d'elle furent touchés de la revoir et elle passa un moment plaisant et instructif en buvant un thé avec la vieille intendante, comme elle le raconta à Hester plus tard, quand elle remonta se changer pour le dîner.

Elle lui parla tout bas, au cas où l'on écouterait à la porte.

— Mrs Crauford est l'intendante de Masserton depuis bien avant ma naissance. Si quelqu'un avait pu remarquer un changement récent dans les habitudes de mon père, ce serait elle. Mais il semblerait qu'il soit resté égal à lui-même. Il n'y a pas le moindre signe qu'il ait reçu des fonds supplémentaires récemment, et ce serait là la seule raison qui me ferait croire qu'il est un traître. Aucun ragot ne traîne en ce moment à Masserton, et elle m'a dit qu'il n'y a eu aucune visite d'étranger dernièrement. Seuls quelques voisins sont venus.

— Et Lady Craster.

— Oui, il y a cette femme, constata Nancy. Mrs Crauford m'a dit que, d'après ce que l'on sait, mon père l'aurait rencontrée l'été dernier à Brighton. Il l'a ensuite amenée ici. Ils ne se sont plus quittés depuis.

Hester émit un petit reniflement de mépris.

— D'après ce que j'ai entendu, cette femme se comporte ici en maîtresse, et le comte en serait fort entiché.

— Je crois qu'il l'est, en effet. Mrs Crauford ne serait jamais déloyale vis-à-vis de son employeur de toujours, mais d'après le peu qu'elle m'a raconté, je crois que Lady Craster ne lui plaît pas. Lady Craster a congédié bon nombre de membres du personnel pour des raisons d'économie. Son cocher personnel et Lucas, son valet, ont désormais pris la direction des écuries. Cela dit, les serviteurs de mon père ont tous bien vieilli, beaucoup approchent de l'âge de la retraite ou auraient même dû cesser de travailler depuis longtemps. Il n'y a donc rien de mal ou de suspect à embaucher des personnes plus jeunes. Je n'arrive pas à croire que le comte soit mêlé à cette affaire de documents volés, quoi qu'en dise Gabriel Shaw. Il réside ici en permanence avec sa fiancée depuis début septembre, selon l'intendante, et apparemment ils sont très heureux en couple. Si cette dame persiste dans ses projets de rénovation, c'est qu'elle semble avoir l'intention de rester un bon moment.

— Je ne peux pas m'empêcher de croire que nous sommes venues pour rien, Miss Nancy. Mr Shaw devrait chercher ses traîtres ailleurs et ne pas perdre son temps ici.

— Mais il ne perd pas son temps, n'est-ce pas ? répliqua Nancy avant de soupirer. J'avoue que je n'aime pas beaucoup être ici, c'est trop oppressant. Mais j'ai promis à Gabriel que je fouillerais la demeure, et je dois le faire. Je ne dois pas repartir avant d'être sûre qu'il n'y a rien à trouver à Masserton Court.

Chapitre 10

Le soir du bal, Nancy avait déjà fouillé chaque placard, bureau et tiroir qu'elle connaissait dans la maison, mais sans succès.

Dans la matinée, elle trouva même un prétexte pour aller au grenier, mais les couches de poussière intactes sur chaque surface la convainquirent que rien n'avait été caché là ni déplacé récemment.

Elle se sentit terriblement soulagée. Elle n'avait rien vu ni entendu qui suggérerait que Masserton Court recelait des secrets.

Elle avait tenu la promesse faite à Gabriel, et n'avait désormais qu'un seul désir : quitter cette demeure au plus vite. Le comte restait hostile, et ne manquait aucune occasion de la rabaisser. L'inimitié de Lady Craster était plus subtile, et se manifestait par des petites piques, critiques ou mimiques désapprobatrices qui mettaient à rude épreuve le sang-froid et la tranquillité d'esprit de Nancy.

Ce n'était toutefois pas le comportement de son père et de sa fiancée qui la perturbaient.

Gabriel lui manquait. Il lui manquait tant qu'elle en avait l'estomac noué en permanence. Il hantait ses rêves. Quand elle essayait de lire, son sourire éblouissant apparaissait devant ses yeux et, pire que tout, ses nuits n'avaient jamais été aussi solitaires. Le laisser lui faire l'amour avait été une erreur, se disait-elle maintenant.

Elle n'aurait jamais dû céder à la tentation.

J'aurais dû rencontrer quelqu'un qui n'était pas un si bon amant, pensa-t-elle avec un humour non dénué de tristesse tandis qu'elle redescendait du grenier poussiéreux.

Le major, seul homme qu'elle ait jamais aimé, lui avait appris comment donner du plaisir à un homme et comment prendre du plaisir aux caresses qu'il lui prodiguait, mais il ne l'avait jamais conduite aux sommets d'extase qu'elle avait atteints avec Gabriel.

Elle ne s'était jamais sentie aussi belle ni aussi vivante que dans ses bras.

Mais Gabriel était un expert. Il ne se cachait pas d'avoir connu de nombreuses femmes, et d'avoir l'intention d'en connaître encore beaucoup d'autres. Il n'était pas du genre fidèle ; il le lui avait dit clairement.

— Je vous demande pardon, milady…

Nancy sursauta quand le valet s'adressa à elle. Elle était arrivée sur le palier du premier étage et l'homme montait du hall, aussi espéra-t-elle qu'il penserait qu'elle venait de quitter sa chambre. Elle se composa un sourire innocent et poli.

— Oui, James, qu'y a-t-il ?

— Lady Craster vous cherche, milady. Elle vous prie de la retrouver dans la chambre bleue.

— Très bien. J'y vais tout de suite.

Nancy se souvenait de cette chambre d'amis, sinistre et aux murs sombres marqués de taches d'humidité, encombrée de meubles massifs démodés.

Quand elle y entra, elle découvrit que la vieille tapisserie avait été arrachée. Des panneaux de toile encadrés de baguettes de bois avaient été appliqués aux murs, recouverts d'une couche de papier d'apprêt qui n'attendait plus que le nouveau papier peint. Le grand lit avait été démonté et retiré, et le reste des meubles était rassemblé au centre de la pièce, sous des housses de protection. Une petite table avait été placée près de la fenêtre.

Lady Craster se tenait devant, occupée à tourner lentement les pages d'un grand album d'échantillons de papiers peints.

— Vous souhaitiez me voir, madame ?

— Ah, oui, Lady Ann. Merci d'être venue aussi vite ! Et je vous en prie, appelez-moi Susan. Je vais après tout bientôt devenir votre belle-mère.

Lady Craster s'exprimait avec ce ton sucré hypocrite qui mettait Nancy sur les nerfs, tout en rangeant une pile de feuilles de papier en désordre à côté de l'album. Elle se saisit de l'une d'elles.

— Il reste quelques petites choses qui ne sont pas réglées pour le bal de ce soir, et j'aimerais que vous vous en occupiez. Je vous ai fait une liste.

Elle lui tendit la feuille.

— Je l'aurais fait moi-même, bien sûr, mais voyez comme je suis occupée ici ! Je suis résolue à prendre une décision pour le décor de cette chambre aujourd'hui. Je pensais à cette toile bleue. Elle est presque de la même nuance que l'ancienne tapisserie, mais je crois que le comte va préférer celle-ci, ne pensez-vous pas ? Il n'est pas du genre à aimer les bouleversements…

Elle se tut, en observant Nancy qui parcourait la liste.

— Y a-t-il quelque chose que vous ne comprenez pas, ma chère ?

— Non, Susan, tout est parfaitement clair, assura-t-elle en lui adressant un sourire aussi faux que les siens.

Ayant fouillé la demeure de fond en comble, elle avait le sentiment que sa mission ici était terminée, et très peu envie de continuer à exécuter des tâches subalternes en faisant le relais entre Lady Craster et les domestiques. Mais il aurait semblé étrange qu'elle se mette à protester maintenant, aussi s'exécuta-t-elle sans mot dire.

Alors que la lumière de la courte journée d'hiver déclinait déjà, elle avait affronté les foudres de la cuisinière et transmis les ultimes changements apportés au menu par Lady Craster. Elle s'était aussi assurée qu'il y avait assez de chaises et de tables dans la salle à manger, et appris quels seraient les valets affectés à la porte d'entrée.

Elle vérifia une seconde fois toutes les dispositions prises pour la soirée puis, ayant rempli toutes ses tâches et sachant que Lady Craster voudrait être assurée que tout était en ordre, elle se mit à sa recherche.

Elle repéra Stobbs, la femme de chambre très prétentieuse de Susan, qui sortait d'une chambre, et lui demanda si sa maîtresse se trouvait à l'intérieur.

La domestique émit un petit reniflement méprisant et la toisa.

— Milady est à sa correspondance dans le salon du matin et ne veut pas être dérangée, répondit-elle d'un ton si hautain que Nancy se raidit instinctivement.

Quelque chose dans ses yeux dut faire comprendre à la femme de chambre qu'elle était allée trop loin, car elle effectua aussitôt de mauvaise grâce une révérence assortie d'un : « milady » du bout des lèvres.

Stobbs s'en alla ensuite rapidement, mais Nancy s'attarda sur le palier.

Les occasions d'entrer dans la chambre de Lady Craster étaient rares. Sa première fouille avait donc dû être très rapide, et elle se dit qu'il pourrait être profitable de se livrer à une deuxième exploration.

Elle s'introduisit discrètement à l'intérieur.

La chambre était fidèle au souvenir qu'elle en avait

gardé, bien qu'elle n'ait eu qu'en de très rares occasions l'autorisation d'y venir pour voir sa mère.

De la soie dans des teintes pastel à motifs de feuillages tapissait toujours les murs, et la banquette était toujours accolée au pied du lit à baldaquin. Le même grand miroir doré occupait l'espace entre les deux fenêtres.

Elle s'attendait à ressentir quelque chose, un sentiment de perte ou du remords peut-être, mais… rien. Peut-être était-ce parce que la fragrance dans la pièce était désormais différente. Lady Craster appréciait visiblement un parfum léger et certainement coûteux qui ne ressemblait en rien à l'odeur capiteuse et écœurante de la rose qui était la préférée de sa mère, se remémora Nancy.

Un autre souvenir lui revint quand elle examina la table de toilette couverte d'un assortiment de flacons et de fioles en argent qui brillaient à la lumière.

Sa sœur et elle avaient été amenées ici pour dire au revoir à leur mère qui s'apprêtait à aller rejoindre leur père à Londres. Tandis que Mary s'était sagement installée sur la banquette, Nancy, toujours curieuse, était allée jusqu'à la table de toilette, attirée par la profusion de bijoux qui y étaient posés en attendant d'être transférés dans la boîte à bijoux de sa mère.

« Ne touche pas à cela avec tes mains sales ! s'était écriée celle-ci avec une agressivité dont elle se souvenait encore, plus douloureuse que la claque violente qu'elle avait reçue sur la tête. Pourquoi ne peux-tu pas être une petite fille sage et rester assise comme Mary ? Sache que les gentlemen n'aiment pas les jeunes filles fouineuses. Et puisque tu n'es ni jolie ni gracieuse, tu ferais mieux de cultiver de bonnes manières, sans quoi tu ne trouveras jamais de mari ! Par tous les saints du paradis, qu'ai-je fait pour mériter un tel fardeau ? »

Ce n'était pas le moment de s'apitoyer sur soi-même, pensa Nancy, en chassant ce mauvais souvenir.

Il fallait qu'elle se concentre sur ses recherches et qu'elle fasse preuve de curiosité – son plus grand défaut, selon sa mère.

De plus, elle ne disposait que de peu de temps.

Le feu avait été ravivé dans la cheminée et une baignoire vide avait été placée devant. Il était donc plus que probable que la femme de chambre était descendue demander aux domestiques que l'on monte de l'eau chaude.

Son regard parcourut la pièce. Il n'y avait pas de lettres placées derrière les bibelots de la cheminée comme c'était souvent le cas, aucune note cachée parmi les affaires de toilette, rien de louche dans les vêtements bien pliés sur la planche à repasser.

Elle alla vers le lit et souleva les oreillers. Rien. Toutes les lettres que cette femme pouvait avoir en sa possession se trouvaient sans doute dans son nécessaire à correspondance, qu'elle avait emporté dans le salon du matin.

Elle examina la création mousseuse en dentelle et satin étalée sur le lit, la nouvelle robe que Susan avait commandée pour le bal. La femme de chambre l'avait déballée et laissé la boîte par terre, avec du papier de soie débordant du couvercle sur lequel la carte de la maison de couture était fixée dans un coin. Il portait également le tampon et l'adresse du livreur-transporteur : Meldrew and Sons, Bridge Street.

La voix d'un domestique dans le couloir lui rappela qu'il se faisait tard. Elle ne pouvait pas prolonger davantage ses recherches.

L'oreille collée à la porte, elle entendit une porte s'ouvrir et se refermer à une certaine distance, puis ce fut le silence. Elle se faufila alors hors de la chambre et se hâta vers la sienne pour changer de robe.

Quand elle entra, Hester était en train de préparer sa robe du soir, une toilette flamboyante en soie bordeaux, généreusement rebrodée de fil d'or, qui scintillait à la lueur des bougies.

— Allons, Miss Nancy, il y a de l'eau chaude dans la cruche là-bas, mais il faut vous hâter si vous voulez être prête avant l'arrivée des premiers invités pour le souper. Dépêchez-vous donc !

Hester l'aida à ôter sa robe puis s'affaira en rangeant la chambre tandis qu'elle faisait une rapide toilette pour se débarrasser à la fois de la poussière du grenier et de sa lassitude.

Elle ne pouvait cependant se débarrasser de sa réticence à assister aux festivités de la soirée.

Le rôle de fille prodigue ne lui plaisait guère.

Quand, dans sa chemise fraîchement repassée et son corset, elle se retrouva devant son miroir, elle se sentit plus nerveuse et mal à l'aise que jamais depuis son arrivée à Masserton Court. Elle exhala un long soupir.

— Oh ! Hester ! Ne pourrais-je pas me décommander ? Je n'ai aucune envie d'être sociable ce soir. J'ai passé l'après-midi à m'assurer que toutes les instructions de Lady Craster avaient bien été suivies pour les réjouissances de ce soir. Ce ne serait étonnant pour personne que tout ce travail m'ait donné la migraine.

Elle lança un regard plein d'espoir à sa compagne.

— Vous pourriez descendre et présenter mes excuses.

— Certainement pas, Miss Nancy, répliqua Hester tout en lui enfilant sa robe par la tête avant de l'ajuster avec soin. Le comte et sa lady s'attendent à votre présence.

Elle recula pour admirer l'effet produit puis eut un petit hochement de tête approbateur.

— Vous attirerez tous les regards, ce soir, madame, croyez-moi.

— Je préférerais garder la chambre !

Hester émit un petit « tsst » pour la faire taire et reprit la parole avec énergie.

— Allons, allons ! Vous avez interprété ce rôle à Londres avec grand succès, vous pouvez donc faire de même ici, j'en suis sûre. Et vous devez garder les yeux et les oreilles grands ouverts. Qui sait, vous pourriez apprendre quelque chose d'important pour l'enquête de Mr Shaw.

À la mention de Gabriel, Nancy sentit le poids de sa solitude s'accentuer. Elle n'avait eu aucune nouvelle de lui depuis son départ de Dell House, quoiqu'elle n'en attendît pas non plus. Il lui avait dit que, si elle voulait lui faire part de quoi que ce soit, un message adressé à un Mr London à l'auberge du Bélier noir à Darlton lui parviendrait. Dans le cas contraire, elle aurait de ses nouvelles le moment venu, mais quand ou comment, il n'en avait rien dit.

Son anxiété et sa frustration s'exprimèrent par de la mauvaise humeur.

— Je suis sacrément tentée de quitter cet endroit demain ! s'exclama-t-elle. Espionner mon propre père va à l'encontre de mes principes !

— J'en suis certaine, ma chère, mais vous savez bien que vous le faites dans l'espoir de prouver son innocence.

Hester lui attacha un collier de diamants autour du cou, puis la prit par les épaules et la fit pivoter pour la placer face au miroir.

— Regardez donc ! Je peux vous assurer que vous éclipserez votre hôtesse ce soir, même si elle a une nouvelle robe, livrée ce matin même par une modiste très en vogue à Londres.

— Je l'ai vue, lui dit Nancy. De la résille de dentelle

blanche sur du satin à impression fleurie. Elle est tout à fait ravissante et bien moins voyante que celle-ci !

— Taisez-vous donc ! Cette robe vous va à la perfection, et vous le savez, rétorqua Hester. Vous êtes la fille du comte, Miss Nancy, que cela vous plaise ou non. Ce n'est pas comme si vous cherchiez à vous pousser du col. Et quand elle vous verra si bien habillée, ça rabattra le caquet de cette pimbêche de femme de chambre de Lady Craster. Elle se vante depuis des jours de la jolie robe que sa maîtresse a commandée, à tel point que certains membres du personnel espéraient que la neige l'empêcherait d'arriver à temps. Si cette maison avait été seulement à quelques miles plus au nord ou à l'est, elle n'aurait pas été livrée. Dommage !

Nancy éclata de rire.

— Ne soyez pas si peu charitable, Hester, je vous en prie ! Ce n'est pas une compétition. Et je dois avouer que, si j'avais le choix, je préférerais porter quelque chose d'autre.

Elle étudiait son reflet tout en parlant.

Le corsage en soie moulait son buste généreux, son profond décolleté et sa taille haute accentuant les rondeurs des globes crémeux de ses seins. La jupe tombait en plis lâches autour de ses hanches et chatoyait à la lumière. Cette robe avait été achetée dans le but d'attirer l'attention, et elle savait qu'il n'y avait qu'une seule manière de porter une telle création : avec une parfaite assurance.

Réprimant un soupir, elle redressa les épaules et puisa en elle toute la confiance qu'elle put en vue de sa prestation à venir.

— Souhaitez-moi bonne chance, Hester !

Elle se rendit au salon, où le comte accueillerait les invités conviés pour le dîner précédant le bal, après quoi, les autres invités se joindraient à eux.

Il était au centre de la pièce, occupé à donner d'ultimes instructions à Mickling, et lui tournait le dos quand elle entra.

— Je suis là, père.

Congédiant le majordome, il se retourna et écarquilla les yeux en la découvrant. Elle s'appliqua à garder un air impassible tandis qu'il la détaillait de la tête aux pieds, mais sa surprise évidente lui procura néanmoins une légère satisfaction. Bien qu'avec une réticence manifeste, il esquissa un hochement de tête approbateur.

— Dieu du ciel, tu n'as jamais montré autant d'atouts quand tu vivais ici.

— Peut-être parce que l'on ne m'a jamais montré ici la gentillesse et les attentions que j'ai reçues ailleurs.

Il ignora sa réplique et regarda derrière elle. Elle se retourna, pour constater que Lady Craster était entrée à son tour. Son regard scrutateur et l'expression fugace de déplaisir qui l'enlaidit n'échappèrent pas à Nancy. Mais cela disparut aussitôt et Lady Craster lui adressa un sourire éblouissant.

— Ma chère Lady Ann, comme vous êtes élégante !

Elle baissa les yeux sur sa propre robe fluide.

— Personnellement, je ne peux pas porter de telles couleurs, mais nous aurons belle allure quand nous nous tiendrons côte à côte, n'est-ce pas ? Nous mettant mutuellement en valeur.

L'annonce de l'arrivée des premiers invités mit un terme à toute éventuelle conversation, et Nancy sut que le moment était venu de jouer son rôle de l'agneau égaré rentré au bercail.

Elle ne put qu'admirer l'aplomb de Lady Craster tandis qu'elle expliquait sa présence avec un sourire.

— Et voici Lady Ann, la cadette de Lord Masserton. Elle est veuve, malheureusement, mais nous nous réjouissons qu'elle nous soit revenue, n'est-ce pas, milord ? À quelque chose malheur est bon, comme on dit.

Lady Craster ne fut pas plus embarrassée quand elle s'adressa aux voisins, qui se souvenaient de Nancy et de sa fuite scandaleuse de la maison familiale.

— Nous ne pouvons vous dire à quel point nous sommes heureux que Lady Ann ait décidé de nous revenir. Le passé est le passé. Nous nous réjouissons de sa présence parmi nous.

Les convives pour le dîner précédant le bal n'étaient qu'au nombre de seize, tous membres de familles des environs. Nancy connaissait la plupart d'entre eux, et n'imaginait pas que l'un de ces voisins respectables et placides puisse avoir la moindre connexion avec le vol de documents secrets du gouvernement.

Elle prit part aux conversations, en prêtant la plus grande attention à tout mot, toute phrase susceptible de suggérer une activité illicite. Mais tous les sujets abordés étaient anodins, depuis les récoltes d'hiver, les futures plantations de printemps jusqu'à la chasse, et la question de savoir qui disposait des meilleurs abris et affûts pour cela. La conversation roula ensuite sur le temps, et Susan se félicita qu'ils aient eu la sagesse de n'inviter que de proches voisins.

— Bien sûr, initialement c'était parce que nous sommes en train de refaire les chambres d'amis, continua-t-elle en souriant à la ronde. Mais avec cette neige tenace, je craignais que quiconque venant de loin ne puisse arriver jusqu'ici, ni repartir en toute sécurité.

— Ah oui, le temps s'est éclairci pour le moment, mais j'ai dit à mon cocher de rester vigilant tout de même et de me faire prévenir s'il pense que nous devrions rentrer prématurément, dit le hobereau assis à sa droite. Non que je le pense, mais mieux vaut être préparé. On dit que rien provenant de Lincoln ne circule.

— Oh ! mon Dieu ! fit Lady Craster en soupirant. J'espère que cela n'empêchera pas Hewitt de récupérer demain son album d'échantillons de papiers peints. J'ai tellement hâte de les commander pour les chambres !

— Et si milady n'avait pas été si pressée de tout redécorer, nous aurions pu offrir de vous héberger, mon ami, intervint le comte en riant. Mais vous savez aussi bien que moi comment sont ces dames…

La conversation de plus en plus languissante s'orienta ensuite vers Nancy.

Son père jouait son rôle d'hôte aimable et présidait le dîner avec bonne grâce, tandis que Lady Craster souriait à la ronde d'une manière que Nancy jugea plus condescendante que charmante.

Quand le repas fut terminé, Nancy se rendit à l'entrée de la salle de bal. Susan avait insisté pour qu'elle se tienne aux côtés du comte et d'elle-même pendant qu'ils accueilleraient les arrivants, afin qu'elle soit présentée à tous les invités.

Pour la seconde fois de la soirée, elle se maîtrisa pendant les présentations, éludant les commentaires déplaisants avec un sourire, accueillant avec plaisir la sympathie sincère de ceux qui se souvenaient d'elle, tout en souhaitant que les musiciens se mettent à jouer pour lui fournir une diversion.

La file des arrivants commença enfin à se tarir, et Nancy se retourna pour observer la salle de bal bondée. L'événement pouvait être considéré comme un succès, songea-t-elle, car il répondait à tous les critères requis. Aucune famille n'avait décliné l'invitation du comte, la pièce était agréablement remplie, et les convives du dîner avaient été enchantés des plats servis.

Elle se demanda si elle pouvait enfin s'éloigner de la porte quand elle entendit des bruits de voix en provenance du perron.

Encore des invités, se dit-elle en tirant sur ses longs gants avant de se composer un visage souriant, prête à répondre à de nouvelles banalités. Elle entendit son père saluer Lord et Lady Blicker, et les présenter à Lady Craster. Elle se rappela qu'il s'agissait de voisins discrets qui séjournaient souvent à Hollybank, une petite gentilhommière de campagne à deux miles de Masserton Court. Comme ils avaient été très gentils avec elle lorsqu'elle était enfant, elle se détendit. Il n'y avait rien à craindre de ces gens bienveillants.

Alors qu'elle se tournait vers eux, prête à les saluer chaleureusement, son regard se posa sur le gentleman de haute stature qui se tenait aux côtés de Lady Blicker.

Elle se figea sous le choc.

Chapitre 11

Stupéfaite, elle ne pouvait quitter Gabriel des yeux.

Il était l'élégance personnifiée avec sa chemise blanche immaculée, son gilet en soie, sa redingote noire ajustée et son haut-de-chausses en soie blanche terminé par des bas qui ne dissimulaient rien de la puissance de ses longues jambes. Ses cheveux brillants d'un noir aile de corbeau avaient été ramenés en arrière et dégageaient son visage séduisant animé par ses yeux bleu vif.

— Et voilà donc l'invité inattendu qui séjourne chez vous, dit Lady Craster, d'une voix soudain basse et séductrice, tandis qu'elle tendait la main. Lord Gabriel Ravenshaw.

— Oui, c'est le cadet de Lord Baxenden, expliqua Lord Blicker avec sa simplicité directe habituelle. Le marquis est l'un de mes plus vieux amis. Aussi, quand ce jeune vaurien a échoué il y a quelques jours devant ma porte, je n'ai pas pu le renvoyer !

Nancy regarda Gabriel prendre la main tendue de Susan et s'incliner dessus avec une aisance parfaite prouvant une longue pratique.

— J'étais en route pour le nord, et j'ai été contraint d'interrompre mon voyage à cause de la neige, expliqua-t-il.

— Oui, les routes sont pour la plupart complètement impraticables, dit Lord Blicker. Il a eu de la chance d'arriver jusqu'à Hollybank.

Lady Blicker regarda son hôtesse avec anxiété.

— J'espère que vous n'avez pas été froissée par mon mot de dernière minute, madame, dans lequel je vous imposais un invité supplémentaire.

— Pas du tout, ma chère Lady Blicker, murmura Lady Craster en continuant à dévisager Gabriel avec un regard appréciateur. Vous êtes tout à fait le bienvenu, milord.

— Et vous n'êtes que trop aimable, madame, répondit Gabriel en souriant. Je vous suis extrêmement redevable de me recevoir de cette façon aussi impromptue.

Nancy observa avec des sentiments mêlés la façon dont cette femme fondait littéralement par la seule force de ce sourire charmant. Dieu du ciel ! songea-t-elle. Susan ronronnait pratiquement sous le nez de cet homme !

— Je n'aurais pas pardonné à Lord et Lady Blicker s'ils étaient venus sans vous. Nous sommes tout à fait ravis de vous avoir parmi nous, milord. J'imagine que votre père le marquis passe l'hiver dans sa propriété d'Alkborough. Vous étiez sans doute en route pour l'y rejoindre ?

— En effet, acquiesça-t-il sans la moindre hésitation. À vrai dire, il aurait été plus judicieux pour moi de rester avec mes amis à Belton plutôt que de tenter par ce temps le voyage jusqu'à l'extrême nord du Lincolnshire. Mais je le répète, si j'avais agi de la sorte, je n'aurais pas eu le plaisir de me trouver en votre compagnie ce soir.

Un autre sourire, une autre petite inclination devant Lady Craster avant qu'il ne regarde Nancy.

Il sursauta imperceptiblement et ses sourcils se haussèrent progressivement comme si, interloqué, il venait de poser les yeux sur une belle étrangère. Un jour, se dit Nancy en dépit du choc sous lequel elle se trouvait encore, elle serait capable de se remémorer avec lucidité le moindre détail de cette rencontre, et d'apprécier les talents d'acteur de Gabriel.

Il se tourna de nouveau vers son hôtesse, attendant clairement qu'elle fasse les présentations.

— Lord Gabriel, laissez-moi vous présenter Lady Ann, la fille cadette de milord, qui vient de nous revenir.

La note d'affection et de bienveillante tolérance avait désormais disparu du ton de Lady Craster, mais Nancy le remarqua à peine. Elle parvint tout juste à faire une révérence sans que ses jambes se dérobent sous elle.

Gabriel, quant à lui, ne semblait avoir aucun mal à garder sa contenance. Ses salutations furent concises et aimables, suivies de la demande polie d'avoir l'honneur de pouvoir être son cavalier pendant la soirée.

— C'est-à-dire, si vous n'êtes pas déjà engagée, milady, ajouta-t-il.

L'apparition inattendue de Gabriel l'avait déstabilisée, et son incroyable assurance la mettait en colère. Elle aurait voulu pouvoir refuser de danser avec lui, mais il fallait qu'ils se parlent et il lui offrait là la parfaite occasion de le faire.

Elle ravala sa rage. S'il pouvait jouer à ce petit jeu, elle aussi.

Elle lui fit une révérence hypocrite et garda les yeux modestement baissés quand elle lui répondit.

— Je viens d'arriver à Masserton, monsieur, et ne suis engagée pour aucune danse, car je ne connais presque personne.

— Alors je suis réellement chanceux, et je vous demanderai de m'accorder les deux premières danses, si vous le permettez.

La musique commença à cet instant précis. Comme si c'était lui qui l'avait commandé, pensa-t-elle avec contrariété.

Il lui tendit le bras.

— Nous y allons ? proposa-t-il.

Elle l'accompagna sur la piste de danse, consciente du fait qu'ils attiraient l'attention.

— Il aurait été poli d'inviter votre hôtesse à danser avant moi, marmonna-t-elle.

— Mais vous êtes fille de comte. Lady Craster est tout juste la veuve d'un baronnet. Je ne fais que me conformer à l'étiquette, répondit-il d'un ton malicieux.

Elle savoura un instant sa satisfaction d'avoir cette préséance sur Lady Craster, mais cela n'atténua en rien sa fureur contre Gabriel.

— Permettez-moi de vous dire à quel point vous êtes magnifique ce soir, milady, continua-t-il imperturbablement.

— N'essayez pas de vous concilier mes faveurs, répliqua-t-elle tout bas d'un ton rageur. Dites-moi plutôt ce que vous faites ici.

— Je suis venu vous voir, bien sûr ! dit-il en éclatant de rire.

— Vous vivez très dangereusement, en vous faisant passer pour un fils de marquis. Si vous êtes démasqué, ils vous jetteront dehors sans cérémonie.

— Il n'y a aucun danger, je vous l'assure, et cela ne se produira pas. Voyez-vous, je suis réellement Lord Gabriel Ravenshaw.

Quand elle leva la tête et chercha son regard, il se contenta de sourire.

— Ce n'est pas la peine de prendre un air aussi choqué. C'est tout ce qu'il y a de vrai, assura-t-il.

Son insouciance la rendait folle. Elle refusa de le regarder davantage et s'appliqua à garder un silence qu'elle espéra plein de dignité quand ils se séparèrent comme l'exigeait cette danse. Cependant, son partenaire ne semblait pas le moins du monde troublé, et quand les figures les ramenèrent l'un vers l'autre, il saisit l'opportunité de la provoquer plus encore.

— Je pensais que vous seriez contente de me voir.

Elle lui adressa un sourire éblouissant.

— Je suis contente, espèce d'odieuse créature ! Il faut que je vous parle.

— Bien. Nous allons rendre évident pour toute l'assistance que nous avons été tous deux frappés d'un coup de foudre immédiat, et que je vais vous entraîner dans un coin sombre dès que possible. Personne ne trouvera bizarre que nous badinions un peu.

Le sourire de Nancy faiblit un peu.

— Ils trouveront cela étrange, au contraire, le contredit-elle avec humeur. Je suis une veuve respectable !

— Vous n'en avez pas l'air dans cette robe, si je peux me permettre.

C'était tellement en accord avec ce qu'elle pensait elle-même qu'elle ne put qu'éclater de rire, toute colère disparue. C'était si agréable d'avoir de nouveau Gabriel à ses côtés !

— Je vous assure que j'étais bien plus spectaculaire à Londres, avec un peu plus de rubans et de broches, croulant littéralement sous mes bijoux. J'étais d'une vulgarité phénoménale, ajouta-t-elle avec espièglerie.

— J'aurais voulu voir ça.

Soudain elle se rendit compte qu'elle aurait en effet désiré aussi la présence de Gabriel, mais seulement s'il avait fait partie intégrante de la mascarade. Ils en auraient alors ri ensemble. Impossible, évidemment ! S'il avait été à Londres quand elle se livrait à ce petit jeu, à prétendre être une veuve en chasse d'un titre, il n'aurait eu que mépris pour elle.

Au lieu de cela, il savait qui elle était en réalité : une fille prodigue, et déchue. Une créature que l'on mettait volontiers dans son lit, mais que l'on n'épousait pas.

Après les derniers pas de la première danse, Gabriel

resta à côté d'elle jusqu'à ce que les musiciens attaquent la suivante. Il se montra attentif et la dévora des yeux avec une admiration flagrante, jetant à peine un regard à son entourage.

Nancy gardait quant à elle les yeux modestement baissés, sachant que le rouge à ses joues indiquerait à quiconque la regarderait qu'elle n'était pas indifférente à Lord Gabriel.

À la fin de cette deuxième danse, il s'inclina sur sa main et la porta avec ostentation à ses lèvres, en prenant tout son temps afin d'être bien vu.

Tout cela n'était que du théâtre, elle en était fort consciente, mais elle ressentit malgré tout de la déception quand il s'éloigna. Elle fut cependant loin de se retrouver à faire tapisserie. Une foule de partenaires se présenta pour chaque danse, aussi bien des jeunes gens gauches et empruntés que des voisins plus âgés et débonnaires qui l'avaient connue enfant.

Quand le souper d'après bal fut annoncé, Gabriel apparut comme par magie à ses côtés, prêt à l'y conduire.

Il était simple de disparaître dans une telle foule, mais l'habileté avec laquelle Gabriel les fit s'éclipser laissait penser qu'il devait être passé maître dans l'art du badinage, lors des parties de campagne. En quelques minutes à peine, il avait trouvé un petit salon éclairé seulement par la lueur de la lune, grâce à la fenêtre dont les rideaux n'avaient pas été tirés. Il n'y avait pas de feu dans la pièce, et elle frissonna dans sa robe très décolletée.

— Si quelqu'un passe la tête par la porte, on ne nous verra pas ici, dit Gabriel en la conduisant vers un sofa dans un coin sombre, avant de l'asseoir sur ses genoux et de l'entourer de ses bras. Restez contre moi, pour que je vous protège du froid.

Il venait de dire cela comme si c'était la chose la plus banale du monde.

— De plus, si nous étions découverts, cela ne laissera aucun doute sur le fait que nous flirtons.

— Merci pour ma réputation, murmura-t-elle tout en succombant à la tentation de se lover plus encore au creux de ses bras.

C'était étonnamment confortable de se retrouver tout contre la large poitrine de Gabriel.

Elle s'autorisa à se détendre et appuya la tête contre son épaule, respirant l'odeur familière de sa peau, où se mêlaient un léger parfum de savon et des fragrances épicées. Elle ferma les yeux à demi, le corps parcouru de petits picotements à mesure qu'elle se remémorait leurs nuits.

— Voilà qui est mieux, chuchota-t-il, son souffle effleurant ses cheveux. Bien. Maintenant, dites-moi ce que vous avez découvert.

La déception balaya son désir naissant. Comment pouvait-elle être sotte au point d'oublier la raison pour laquelle elle était revenue dans cette maison ?

Elle se réprimanda intérieurement et se concentra sur leurs affaires.

— Rien du tout. Je crains que vous ne cherchiez que du vent ici. Mon père et sa fiancée sont l'image même du bonheur domestique.

— Peut-être est-ce une comédie qui vous est destinée.

— Pas de la part de mon père, j'en suis certaine. Il est très épris.

— Et la dame ?

— Je ne peux croire qu'elle l'aime, mais elle semble déterminée à faire de Masserton Court son nouveau foyer. Elle est en train de rénover toute la maison, en commençant par les chambres d'amis. Et à ses frais, je pense, car mon père est complètement désargenté. Ce genre d'entreprise suggère qu'elle a l'intention de rester ici très longtemps. Alors que moi je n'ai qu'une idée, c'est repartir, ajouta-t-elle avec un soupir.

— Je vous en prie, supportez cela encore un peu, si vous le pouvez.

— Mais il n'y a aucune preuve qu'il se passe ici des choses anormales, répliqua-t-elle. Croyez-moi, Gabriel, Hester et moi avons fouillé la maison, posé des questions discrètes et sommes restées sur le qui-vive pour repérer tout ce qui aurait pu être inhabituel. Le courrier de mon père consiste essentiellement en réclamations de créanciers et factures. Quant à Lady Craster, elle n'a reçu qu'une seule lettre depuis mon arrivée, un simple billet de Mrs Wells, sa modiste, l'avertissant que sa robe avait été expédiée. Et en ce qui concerne d'éventuels visiteurs, il n'y en a eu aucun. Mon père et sa fiancée semblent vivre en tête à tête. En fait, ils ont évité de recevoir depuis leur retour de Brighton. C'est la raison pour laquelle mon père a insisté pour organiser ce bal, afin de présenter sa future épouse aux voisins.

— Hum…, fit-il.

Nancy avait écouté avec plaisir les battements de son cœur, mais ils furent couverts par sa voix grave tout contre son oreille.

— Mes sources ont confirmé que les derniers documents manquants sont encore en Angleterre. Il est vital que nous les retrouvions, car ils contiennent le détail des ordres déjà envoyés à nos commandants en Méditerranée, avec des plans très précis. Les opérations ne peuvent pas être stoppées.

— Des vies seraient en danger si ces ordres tombaient entre de mauvaises mains.

— Oui.

Le silence s'abattit entre eux dans la pièce glaciale. Nancy soupira.

— J'aimerais pouvoir aider, Gabriel, mais il n'y a rien de suspect à Masserton, j'en suis certaine. J'ai fouillé de fond en comble, mais tout est en ordre. Même Lady Craster, que je confesse ne pas apprécier, semble au-delà de tout soupçon. D'après ce que j'ai réussi à glaner des domestiques, Lord Craster était un homme respectable qui a laissé sa veuve bien pourvue. Elle a rencontré mon père à Brighton cet été, et il l'a ramenée ici il y a quatre mois en la présentant comme sa fiancée. Ils séjournent ici ensemble depuis. Il n'y a aucun signe qu'elle ait été en contact avec quiconque à Londres, si ce n'est sa modiste. J'ai vu les factures de ses robes moi-même. Elles sont chères, mais sans rien d'excessif, et je suis certaine que Mrs Wells est au-dessus de tout soupçon et fort respectable, parce que je sais que c'est elle qui confectionne les robes de la princesse Charlotte.

Ils restèrent un moment silencieux.

— Quand la dernière robe est-elle arrivée ? demanda-t-il.

— Hier.

— Savez-vous qui l'a livrée ? Y avait-il une mention quelconque du transporteur-livreur ?

— Pas sur la facture, mais j'ai vu un tampon de livraison sur la boîte. La femme de chambre l'avait laissée dans la chambre de Lady Craster, et je l'ai vue cet après-midi.

Elle se concentra pour essayer de se remémorer le nom sur le tampon.

— Meldrew, dit-elle en se redressant, désormais sûre d'elle. Meldrew and Sons, Bridge Street, Westminster. C'est le nom du transporteur-livreur. Pensez-vous qu'ils pourraient être impliqués ?

— C'est hautement probable. Bien joué, Nancy. J'enverrai un message à Londres demain matin afin que l'on mène une enquête de ce côté. S'il y a quelque chose de suspect chez ces gens, nous le saurons vite.

Il l'attira vers lui et l'embrassa.

— Je savais que c'était une bonne idée de vous faire venir ici.

— Allons, vous m'avez dit d'aller au diable ! répliqua-t-elle. Ce qui me rappelle que…

Elle s'écarta de lui afin de pouvoir lui faire les gros yeux.

— … Vous le saviez, n'est-ce pas ? Quand nous avons échafaudé nos plans pour que je vienne ici, vous saviez déjà que mon père allait se remarier.

— J'avoue que je le savais, en effet. Thoresby l'avait découvert, mais je pensais qu'il valait mieux ne pas vous le dire.

— Vous êtes tyrannique et méprisable, dit-elle, mais son ton ne trahissait aucune réelle colère.

Il se pencha vers elle et prit son visage entre ses mains.

— Je sais, murmura-t-il en l'attirant pour lui poser un petit baiser sur les lèvres. Pouvez-vous me pardonner ?

— J'imagine que vous craigniez que je n'aie pas l'air assez surprise, répondit-elle en se serrant de nouveau contre lui. Je le comprends. J'admets avoir été abasourdie quand je l'ai appris et, à mon avis, ils n'ont eu aucun doute sur ma franche stupéfaction.

— C'est exact, mais ce n'est qu'en partie la raison pour laquelle je ne vous l'ai pas dit. Je pensais que vous seriez réticente à rencontrer la femme qui va prendre la place de votre mère.

Sa gorge se serra. Elle ne pensait pas qu'il pût montrer autant de considération pour elle. Cela éveilla en elle des émotions qu'elle ne comprenait pas, quelque chose de si puissant qu'elle en eut le souffle coupé.

— C'était délicat de votre part, dit-elle enfin, mais votre considération n'avait pas lieu d'être. Je vous ai déjà raconté que je n'aimais pas particulièrement ma mère. Pour tout dire, je la connaissais à peine. Même quand mon père et elle résidaient à Masserton, ma sœur et moi ne voyions nos parents que de courts instants dans la journée. Jusqu'au départ de Mary pour l'école, nous avons été élevées par une série de gouvernantes qui ne restaient guère plus de quelques mois chez nous.

Maintenant qu'elle avait commencé à lui dévoiler son passé, elle se rendit compte qu'elle n'avait plus envie de s'arrêter.

— C'était elle la plus jolie de nous deux, voyez-vous. Mes parents considéraient qu'il valait la peine de lui faire acquérir toutes les connaissances nécessaires à une lady, et l'ont envoyée dans un pensionnat très sélect à Bath.

— Mais pas vous ?

— Non. Moi, on m'a laissée aux soins d'une gouvernante.

— Qui, m'avez-vous dit, était bien plus intéressée par le contenu des bouteilles que par l'enseignement. Ma pauvre chérie…

Cette sympathie était insupportable à Nancy. Elle se débattit dans ses bras et il la relâcha aussitôt.

— Cela n'a pas d'importance, lança-t-elle.

Elle ne supportait pas l'idée qu'il puisse se souvenir d'elle comme de quelqu'un dont on avait pitié. Elle quitta ses genoux et ajouta avec brusquerie.

— J'entends que l'orchestre s'accorde de nouveau. Nous devrions y retourner, avant que l'on remarque notre absence.

Il la suivit jusqu'à la porte, mais quand elle mit la main sur la poignée il l'arrêta.

— Attendez !

Il la prit dans ses bras et l'embrassa avec fougue.

— Il ne serait pas convenable que je vous accapare

encore ce soir, dit-il ensuite. Mais demain je viendrai officiellement courtiser Lady Ann Chartell.

Comment pouvait-il s'exprimer avec autant de calme alors qu'elle tremblait comme une feuille après ce baiser passionné ? Son orgueil vint à sa rescousse et elle parvint à répondre avec un calme apparent.

— Une excellente couverture, Lord Gabriel.

Il la regarda, son expression indéchiffrable dans la pénombre.

— Ce n'est pas qu'une couverture, milady.

Ces mots firent battre son cœur si vite qu'elle en eut le souffle coupé.

Puis Gabriel lui embrassa le bout du nez et la laissa sortir.

En silence, ils retournèrent dans la salle de bal.

Quand Lord et Lady Blicker partirent avec Gabriel après le bal, ils se posaient bien des questions sur la réapparition de Lady Ann. Gabriel savait que son empressement vis-à-vis d'elle n'avait pu passer inaperçu. Il feignit donc de dormir dans la voiture afin que ce couple charmant se sente à l'aise pour parler librement.

En écoutant leur conversation, il découvrit très vite que Nancy n'avait pas exagéré en racontant son enfance et son éducation.

— Certaines personnes ne devraient pas avoir d'enfants si elles ne savent pas comment les élever correctement, dit Lady Blicker avec une véhémence qui ne lui ressemblait pas. Le comte a toujours été stupide. Deux filles en bonne santé auraient dû être une bénédiction, cependant il le prenait comme une malédiction. Et la comtesse ne valait guère mieux. Vous vous souvenez, très cher, comme j'ai été soulagée et ravie quand Aspern a demandé Lady

Mary en mariage. Dieu merci, il était assez riche pour satisfaire l'avidité de la comtesse.

Lord Blicker soupira lourdement.

— Mary était une enfant si posée, si bien élevée, il n'y avait jamais eu le moindre doute sur le fait qu'elle aurait un bel avenir, d'autant plus qu'elle était ravissante. Il est regrettable qu'Ann n'ait pas eu le même tempérament que sa sœur, car j'ai toujours pensé que c'était elle la plus intelligente des deux.

— Hélas ! On n'attendait pas que la pauvre Ann réussisse quoi que ce soit, reprit sa femme. Elle n'était pas avenante, n'avait pas d'atouts particuliers. Et même ainsi, son père l'a vendue à l'enchérisseur le plus offrant, comme du bétail !

Gabriel avait beaucoup de mal à ne pas serrer les poings en écoutant. Il pensait à la jeune Nancy, innocente et vulnérable. Délaissée par ses parents, qui avaient accepté de la marier à un vieux dépravé qui cherchait à satisfaire ses appétits charnels en échange d'une somme substantielle.

Il s'obligea à rester immobile tandis que Lady Blicker continuait.

— Comme nous avons été choqués, lorsqu'il fut annoncé qu'elle allait épouser Packington ! J'en ai été scandalisée ! Je me souviens être allée en parler à la comtesse à l'époque afin de lui faire part de mon inquiétude, car l'inconduite de cet homme était de notoriété publique. Très vite, elle m'a rabrouée en me disant sans ambages de me mêler de mes propres affaires.

— Au moins vous aurez essayé, ma chérie. Je ne pense pas que quiconque a été particulièrement surpris quand l'enfant s'est enfuie.

— Et il semblerait qu'elle s'en soit très bien sortie, Dieu merci !

Gabriel entendit des froissements de soie alors que

Lady Blicker se renfonçait dans un coin de la banquette avec un soupir de satisfaction.

— Elle était d'une beauté tout à fait spectaculaire ce soir, ne trouvez-vous pas, mon cher époux ?

— Oh oui, ma chérie ! Lady Ann est de ces femmes qui s'épanouissent sur le tard. Eh bien, tant mieux pour elle, dirai-je.

Lord Blicker gloussa avec une joie évidente.

— Elle a captivé l'attention de plus d'un gentleman ce soir. Ce ne serait pas étonnant qu'elle se remarie bien vite.

Gabriel avait effectivement remarqué à quel point les hommes avaient admiré Nancy, et l'avaient dévorée des yeux. Avec ses formes voluptueuses, sa peau crémeuse et ses boucles épaisses et brillantes à la lueur des bougies, elle ne passait pas inaperçue. Elle n'était pas une débutante intimidée, mais une femme capable d'éveiller l'intérêt de tout homme normalement constitué.

Il n'y avait aucune raison qu'elle ne trouvât pas un mari.

Pas lui, évidemment, se dit-il. Il était trop ancré dans ses habitudes pour envisager de changer son mode de vie maintenant. De toute façon, aucune femme n'avait retenu son attention plus de quelques semaines, et il ne pouvait rien imaginer de pire qu'être enchaîné pour la vie à une partenaire qui aurait cessé de lui plaire. Il en avait trop vu dans son entourage. Des maris cocufiés, des femmes abandonnées une fois qu'elles avaient donné l'héritier espéré, des couples amers captifs d'une union malheureuse, tous sujets des ragots en société.

Non, le mariage n'était pas pour lui, mais pour Nancy.

Il n'aimait pas l'idée qu'elle reprenne sa vie de cuisinière. Elle lui avait dit avoir été amoureuse autrefois. Il n'était pas trop tard pour qu'elle puisse envisager de retrouver le bonheur. Peut-être l'un des invités de ce soir lui plairait-il.

Un homme bon et respectable qui ne se soucierait pas de son passé. Qui la rendrait heureuse, la ferait rire.

Un homme qui lui donnerait du plaisir au lit, et ailleurs…

— Non ! s'écria-t-il sans pouvoir se contenir.

— Oh ! Bondé divine, qu'y a-t-il, Lord Gabriel ? Un mauvais rêve, milord ? s'exclama Lady Blicker, très alarmée, tandis qu'il poussait un grognement involontaire en se redressant sur la banquette.

— Oui, c'était certainement ça, dit-il en se passant la main sur les yeux. Je vous demande pardon, c'est stupide de ma part. Ne vous inquiétez pas, ce n'est rien.

Chapitre 12

Quand les derniers invités furent partis, Nancy retourna dans le salon pour souhaiter bonne nuit à son père. Elle n'y trouva que Lady Craster, qui l'informa que le comte s'était retiré.

— Je le verrai donc demain matin, dit Nancy.

Les portes d'entrée étant restées longtemps ouvertes, les pièces désormais vides s'étaient rapidement refroidies, aussi s'approcha-t-elle de la cheminée pour se réchauffer les mains.

Elle entendit la voix suave de Lady Craster derrière elle.

— Dites-moi, ma chère, il semblerait que vous vous soyez trouvé un galant. Le fils de Lord Baxenden, pas moins ! Il m'a laissé très clairement entendre qu'il souhaite vous fréquenter.

Nancy haussa les épaules avant de répondre avec prudence.

— Je pense qu'il ne fait que se divertir.

— Eh bien, ce ne sera peut-être pas facile, mais vous feriez bien de vous assurer de son intérêt, si vous le pouvez, lança Susan en se dirigeant vers la porte, où elle s'arrêta. Je vais être très claire, ma chère : votre père n'a pas besoin de vous à Masserton, et n'y désire pas non plus votre présence. Je ne peux donc que vous conseiller de vous trouver une porte de sortie, et rapidement.

Elle quitta le salon là-dessus, et Nancy se rendit alors compte qu'elle tremblait. Ce n'était pas autre chose que la vérité, elle l'avait toujours su, mais entendre Susan l'exprimer aussi froidement et avec tant de brutalité l'avait profondément blessée. Il lui fallut quelques minutes pour retrouver une contenance et quitter le salon à son tour.

La charité du comte envers sa fille prodigue ne s'étendait pas jusqu'à faire refaire du feu pour elle dans sa chambre le matin, ce qui encourageait Nancy à se lever tant que les braises diffusaient un peu de chaleur.

Le lendemain du bal ne faisait pas exception, même si elle s'était couchée presque à l'aube. Elle fut donc levée et habillée avant les premières lueurs du jour.

Les paroles de Susan résonnant toujours à ses oreilles, elle décida d'éviter la salle du petit déjeuner et alla aux cuisines où elle demanda une tranche de pain beurré. Après cela, elle prit la direction des écuries pour voir s'il y aurait un cheval disponible pour elle un peu plus tard dans la journée.

Elle décida, au cas où il n'y en aurait pas, qu'elle irait faire une promenade à pied. Tout serait bon pour se défaire de la détresse causée par la remarque de Lady Craster.

Cela lui conviendrait parfaitement si cette femme s'avérait être un traître ! Mais elle savait qu'elle devait rester prudente et ne pas laisser son antipathie pour la fiancée de son père obscurcir son jugement.

Un palefrenier aux cheveux gris balayait la cour de l'écurie à la lumière vacillante de lampes fixées aux murs quand elle passa sous l'arche d'entrée. Il leva les yeux quand il la vit, puis s'arrêta et s'appuya sur son balai, un sourire se dessinant lentement sur son visage marqué par la vie au grand air.

— Eh bien, si ce n'est pas là Lady Ann ! Je me demandais combien de temps vous mettriez à retrouver le chemin des écuries !

— Davy !

Pour la première fois de la matinée, elle sourit sans arrière-pensée et le rejoignit.

— J'aurais dû vous chercher depuis longtemps et venir vous saluer. Me pardonnez-vous ?

— Bien sûr, milady, il n'y a rien à pardonner. On ne peut pas s'attendre à ce que vous vous souveniez de tous les vieux serviteurs.

Elle lui toucha le bras.

— Comment aurais-je pu oublier le palefrenier qui m'emmenait à cheval quand j'étais petite ? Vous avez aidé Peter à me mettre sur mon premier cheval. J'imagine qu'il a pris sa retraite maintenant, n'est-ce pas ? demanda-t-elle en jetant un coup d'œil à la ronde.

Même à la pauvre lumière des lampes elle vit une ombre passer sur le visage du domestique.

— Il est mort, milady. Il est allé à Darlton un soir et n'est jamais revenu. Lucas l'a trouvé sur le bord de la route le lendemain matin. Une attaque, il paraît. Pauvre homme…, dit-il en hochant la tête. Il a dû s'écrouler et mourir sur-le-champ. Le froid était mortel, cette nuit-là.

— Mon Dieu ! C'est affreux ! Quand était-ce ?

— Il y a deux semaines, milady.

— Mais quand exactement ? insista-t-elle, les soupçons la glaçant jusqu'aux os.

Davy se frotta le menton.

— Euh… Laissez-moi réfléchir. C'était il y a presque trois semaines, en fait. Juste avant la nouvelle lune. La nuit où il y a eu la première neige de l'hiver.

La même que celle où Gabriel avait été laissé pour

mort. Elle porta les mains à ses joues, tandis que Davy poursuivit son récit.

— Je lui avais suggéré d'aller à Darlton un autre soir, mais il n'a rien voulu entendre.

— Et vous êtes certain de la date ?

— Certain. Je m'en souviens parce que je lui ai prêté mon écharpe pour qu'il la mette par-dessus la sienne, tant il faisait froid. Pauvre âme, ça ne l'a pas sauvé pour autant.

Davy soupira et secoua encore la tête. Nancy resta muette un moment, ses doutes se transformaient en quasi-certitude.

Elle posa la main sur l'épaule du serviteur.

— Oh ! Davy, c'est terrible ! Peter vous a-t-il dit ce qui le motivait à se rendre à Darlton par un temps pareil ?

— Non, madame. Il avait pris l'habitude d'aller à la taverne le soir. Il ne semblait pas très heureux ces dernières semaines, mais je ne savais pas pourquoi.

Il jeta un coup d'œil autour de lui avant de poursuivre.

— Je crois qu'il craignait pour sa position ici. Depuis que le maître a invité sa fiancée à vivre ici, la plupart des employés des écuries sont partis, ou ont été renvoyés. Jones, le vieux cocher, est parti vivre chez sa sœur au pays de Galles. Mais le comte nous a dit que nous, on ne craignait rien, et je l'ai cru. Peter et moi on est arrivés ici tout jeunots, à l'époque de votre grand-père. On fait partie intégrante de ce domaine. C'est ce que je lui avais dit pour le rassurer, mais Peter s'était mis martel en tête et ne se calmait pas. Il m'avait dit que sa conscience le tourmentait.

— Je suis désolée d'entendre ça, Davy. J'espère que vous ne vous imaginez pas devoir partir vous aussi.

— Moi, milady ? Non. Je reste profil bas et fais tout ce qu'on me demande sans rechigner, assura-t-il en souriant. Lucas et moi, on s'entend plutôt bien, du moment que je le laisse commander. Et il y a moitié moins de bêtes aux écuries qu'autrefois, sa seigneurie n'étant pas aussi à l'aise qu'avant. Mais je ne devrais pas vous dire ça, milady. C'est irrespectueux.

Elle eut un petit sourire.

— Vous pouvez me dire ce que vous souhaitez, Davy, souvenez-vous-en.

— Oui, Lady Ann. Je le ferai. Et si je peux faire quoi que ce soit pour vous…

— Eh bien, vous le pouvez, en fait. J'aimerais monter, si nous trouvons un cheval qui me convienne et une selle.

Le visage du palefrenier s'éclaira.

— Une monture, c'est pas un problème, madame. Je me rappelle que vous montiez n'importe lequel des chevaux de sa seigneurie. Et à califourchon, en plus !

Nancy éclata de rire.

— Je pense que pour la bienséance il vaudrait mieux que je monte en amazone, désormais, si vous avez une selle de ce type.

— En fait, on a toujours votre ancienne selle, madame. Le vieux Peter nous avait interdit de nous en débarrasser et la cirait régulièrement. « Juste au cas où milady nous reviendrait », disait-il souvent.

Davy cligna des yeux et ajouta, d'une voix un peu tremblante :

— Et vous nous êtes revenue, avec fort belle apparence, si vous me permettez de le dire. J'aurais tellement voulu qu'il soit là pour vous voir, madame !

— Moi aussi, Davy !

Nancy sentit les larmes lui monter aux yeux et fut obligée de prendre plusieurs profondes inspirations avant de pouvoir continuer.

— Mais assez de tout cela. Allons aux écuries, me trouver le cheval idéal !

Elle aurait voulu aller retrouver Gabriel immédiatement et lui rapporter ce qu'elle venait d'apprendre, mais c'était impossible. Même s'il y avait un cheval disponible, se présenter à la demeure des Blicker de bon matin et demander à voir leur invité ferait naître les conjectures les plus folles. La nouvelle se répandrait, et tout le voisinage serait au courant dans les heures suivantes. Même la plus éprise des jeunes ladies hésiterait à se comporter avec une telle effronterie.

De plus, Gabriel lui avait dit qu'il viendrait la courtiser, et il était fort probable qu'il se montrerait à Masserton ce matin même.

Il était important qu'ils ne se ratent pas.

Après avoir décidé que la vieille jument baie du comte lui conviendrait le mieux, et Davy lui ayant assuré qu'elle n'avait qu'un mot à dire pour qu'elle soit sellée aussitôt, Nancy retourna à la maison, priant pour que Gabriel tienne parole.

Pour occuper la matinée, elle décida de se livrer à des activités domestiques anodines appropriées à une lady. Ainsi serait-elle disponible si un visiteur s'annonçait car elle n'interromprait rien d'important. Elle se rendit tout d'abord au salon de musique où elle passa une heure à s'exercer au pianoforte, avant d'emporter son ouvrage de broderie au petit salon. Là, sur le qui-vive et les nerfs à vif, elle tira l'aiguille avec des doigts impatients en guettant les moindres bruits signalant une arrivée.

L'horloge de la cheminée sonnait 11 heures quand Gabriel fit son entrée avec l'assurance de celui qui était certain d'être le bienvenu.

Il portait une redingote noire et des culottes de peau enfoncées dans des bottes impeccablement cirées, aussi élégant dans cette tenue d'équitation qu'il l'avait été la veille en habit de soirée.

Nancy garda ses réflexions pour elle, quand bien même cela la démangeait de le complimenter sur sa prestance.

Elle posa son ouvrage.

— Bonjour, milord, dit-elle en essayant de ne pas trahir le plaisir qu'elle avait à le voir. Comme c'est courtois de votre part de revenir si vite.

— Lady Ann, il m'était impossible de rester éloigné de vous bien longtemps.

Il vérifia que la porte était refermée avant de continuer.

— Je vois d'après votre expression que vous avez des nouvelles pour moi. Vite, pendant que nous sommes seuls, qu'avez-vous découvert ?

Elle lui rapporta brièvement ce qu'elle avait appris sur la mort du vieux palefrenier Peter.

— Gabriel, il est mort sur la route de Darlton, la même nuit que celle où vous avez été agressé. Cela ne peut pas être un simple hasard. Je suis presque sûre que c'était lui, votre informateur.

— Et vous pensez que quelqu'un l'a empêché d'arriver à Darlton pour me rencontrer ?

— C'était un vieil homme, dit-elle avec prudence. Mais il n'avait jamais été malade de toute sa vie. Ce sont les gens de Lady Craster qui l'ont trouvé. Nous n'avons que leur parole quant à la véracité de son attaque d'apoplexie.

Elle secoua la tête, s'ordonnant de ne pas tirer de conclusions hâtives.

— J'ai peut-être trop d'imagination, ajouta-t-elle.

— Peut-être pas, répliqua Gabriel.

Elle serra ses mains l'une contre l'autre et plongea son regard dans le sien.

— Il a vécu ici toute sa vie, Gabriel. Il a certainement fallu quelque événement très sérieux et grave à ses yeux pour l'avoir perturbé à ce point. S'il pensait que mon père avait des ennuis, cela aurait pu être la cause, je pense.

Gabriel alla vers la cheminée, et se perdit dans la contemplation des flammes pendant un moment, avant de se retourner vers elle.

— Si le comte est impliqué dans cette histoire de documents volés, il serait plus sûr pour vous de quitter Masserton tout de suite.

— Certes, mais le vieux Peter a fait preuve envers moi de bien plus de gentillesse que je n'en ai jamais reçue de mes parents. Il m'a appris à monter à cheval, et Davy vient de m'apprendre que même après ma fuite il a gardé et entretenu ma selle, espérant que je reviendrais. Douze ans…

Elle se tut quelques instants pour se reprendre, puis se redressa et le regarda sans ciller.

— À présent, je ne suis plus tellement pressée de quitter Masserton. Je veux découvrir la vérité. Hester et moi allons fouiller de nouveau la maison de la cave au grenier. Si les documents sont ici, nous les trouverons ! Et si mon père est impliqué, eh bien, qu'il en soit ainsi.

— Nancy, soyez prudente. Cela pourrait être dangereux pour vous.

— Peut-être, mais je suis sur mes gardes désormais, et il reste encore des serviteurs de l'époque de mon enfance en qui j'ai toute confiance. De bonnes âmes, honnêtes, vers qui je pourrai me tourner si je devais avoir besoin d'aide. Je suis déterminée à le faire, Gabriel.

— Très bien, dit-il en se rapprochant. Mais je vous supplie de ne prendre aucun risque.

Son cœur se serra. Elle avait grandi en sachant qu'elle ne devait compter que sur elle-même et était habituée à se débrouiller seule face à l'adversité.

La sollicitude dont Gabriel faisait preuve la troublait.

Elle se sentait soudain faible et vulnérable. Elle avait peur pour sa propre sécurité, et c'était nouveau pour elle.

Comme si, pour la première fois depuis des années, elle avait une raison de vivre.

— Je vous demande pardon, milord, j'étais encore en train de prendre le petit déjeuner.

La voix essoufflée de Lady Craster qui venait d'entrer fit sursauter Nancy qui perçut quelque chose qui ressemblait beaucoup à une étincelle de regret dans les yeux de Gabriel avant qu'il se détourne d'elle.

— Alors je dois m'excuser, madame, d'être venu aussi cavalièrement.

Il lui embrassa les doigts avec une grâce experte. D'après la façon dont son hôtesse se détendit, Nancy comprit qu'il avait été pardonné.

Lady Craster l'invita à s'asseoir et lança un coup d'œil à Nancy.

— Lady Ann, avez-vous demandé quelque chose à boire pour notre invité ?

— Pas encore, madame, non. Je vous attendais.

Susan secoua la tête avant d'émettre un petit rire doux.

— Mais pourquoi, ma chère ? Vous savez que vous n'avez nul besoin de faire des cérémonies ici. C'est votre maison, désormais. N'oubliez pas que vous êtes ici chez vous, je vous en prie, et usez des domestiques à votre guise.

Elle alla tirer le cordon de la sonnette, tout en souriant à leur invité.

— Je suis certaine que Lord Gabriel apprécierait un breuvage chaud après avoir chevauché par une aussi froide matinée, n'est-ce pas, milord ?

Nancy se renfonça dans son siège et reprit son ouvrage tandis que Susan faisait la conversation. Elle était heureuse d'avoir eu le temps de lui raconter tout ce qu'elle savait, car ils n'auraient plus l'occasion de parler en privé. Les boissons furent apportées, et le comte les rejoignit. Il resta avec eux jusqu'au départ de Gabriel, une heure plus tard.

Laissant les dames seules dans le petit salon, il raccompagna son invité à la porte.

— Je crois finalement que vous êtes sage de ne pas nourrir d'espoirs en ce qui concerne Lord Gabriel, dit Susan dès que les deux hommes eurent quitté la pièce. Il est indubitablement très séduisant, mais bien que je ne le connaisse que depuis hier soir, il est clair à mes yeux que cet homme est volage.

— Comme vous le dites, dit Nancy en se levant. Si vous voulez bien m'excuser…

— Oh ! je vous en prie, ne partez pas tout de suite, ma chère ! Il y a une ou deux choses que vous pourriez faire pour moi.

Nancy écouta poliment Lady Craster énumérer une foule de tâches subalternes qui auraient facilement pu être exécutées par les domestiques. Cependant, elles se rapportaient pour la plupart aux rangements à effectuer après le bal de la veille, ce qui lui fournirait une autre occasion de parler au personnel et de circuler librement dans la maison pour fouiller encore. Elle n'émit donc aucune objection.

Elle remonta dans sa chambre, prit un tablier en coton pour protéger sa robe de jour en mousseline et se mit au travail.

Hester fouilla les chambres des domestiques au dernier étage et Nancy, chargée d'une pile de draps qu'elle pourrait brandir en guise d'excuse si elle se faisait surprendre, concentra ses efforts sur les chambres principales.

Il n'y avait rien dans la chambre de son père qui éveillât ses soupçons, mais elle savait que des documents se trouveraient plus logiquement dans son bureau, dans lequel elle n'osait entrer avant que le comte soit sorti de la maison.

La chambre de Lady Craster et sa garde-robe étaient impeccablement rangées, et après une inspection rapide et infructueuse, elle décida qu'elle emploierait mieux son temps en parlant aux domestiques. Alors qu'elle se dirigeait vers l'escalier principal, elle vit Lady Susan et le comte entrer dans la chambre bleue.

Elle s'arrêta juste à bonne distance de la porte ouverte pour ne pas être vue et tendit l'oreille.

La voix de Lady Craster lui parvint.

— C'est le motif que j'ai choisi pour cette chambre, milord. Qu'en pensez-vous ? La nuance de bleu sera parfaite pour s'assortir aux rideaux du lit et à ceux des fenêtres, que nous conservons. Donc cela représente une belle économie, ne trouvez-vous pas ?

— Mais je jurerais que c'est le premier échantillon que vous m'aviez montré, répondit-il.

— Mon cher Hugh, je vous assure qu'il est très différent. S'il vous convient, j'ai l'intention de le commander.

— Faites comme il vous plaira, Susan, je n'ai pas le temps pour ce genre de choses. Je veux sortir les chiens pour leur donner de l'exercice, pendant qu'il fait encore jour.

— Oh ! dites-moi qu'il vous plaît, mon chéri ! J'ai passé tant d'heures à me demander lequel serait le mieux, mais j'apprécierais grandement votre approbation avant de passer commande. Il vous plaît réellement, n'est-ce pas, Hugh, très cher ?

Nancy grimaça en entendant ce ton mielleux et enjôleur, mais son père fut manifestement conquis. Elle l'entendit glousser.

— Faites donc ce qui vous paraît le mieux, très chère.

Après tout, c'est vous qui payez. Et si vous pensez que cela en vaut la peine…

— Bien sûr que ça en vaut la peine, mon chéri ! Pensez comme ces chambres seront somptueuses quand nos invités y séjourneront ! Après notre lune de miel…, ajouta-t-elle d'une voix très douce proche du roucoulement.

Nancy se retira ; il n'y avait rien à apprendre là. Mais au moins, si son père sortait les chiens, elle pourrait fouiner dans son bureau sans crainte d'être surprise.

Le reste de la journée n'apporta rien de nouveau.

Elle trouva un prétexte pour se rendre dans le bureau de son père, s'entretint avec le personnel, mais n'apprit pas grand-chose d'intéressant. Elle obtint juste la confirmation de la date de la mort de Peter. Personne ne put lui en dire plus sur son décès, et ses questions au sujet de lady Craster tombèrent dans le vide. Les seuls serviteurs susceptibles de savoir quelque chose du passé de cette femme étaient Lucas, le palefrenier, et son cocher, qui étaient au service de Susan depuis des années. Mais comme ils la considéraient avec méfiance, elle n'osa pas les aborder.

Elle se sentait terriblement découragée quand elle retourna dans sa chambre pour se changer pour le dîner.

Hester, qui l'attendait avec impatience, avait visiblement du nouveau.

— Avez-vous trouvé quelque chose à l'étage des domestiques ?

— Non, Miss Nancy, rien, même si j'ai soigneusement tout fouillé, je vous le promets. Mais je ramassais les draps propres dans le séchoir quand l'un des palefreniers m'a abordée. Un homme aux cheveux gris, avec une dent de devant cassée.

— Davy ?

— Oui, c'est ça. Il a dit que le gentleman qui vous a rendu visite a un message pour vous. J'imagine qu'il voulait dire Mr Shaw.

— Lord Gabriel a été notre unique visiteur aujourd'hui, dit Nancy avec calme, mais sans pouvoir empêcher le rouge de monter à ses joues.

— Ah, bien. Davy a dit de vous dire que le gentleman ira à cheval à Garmore Hill tôt demain matin, si vous êtes libre de vous joindre à lui. À l'aube, a-t-il précisé. Il a insisté pour ajouter que c'était très secret, et que personne d'autre que vous ne doit le savoir.

Hester ne put retenir l'un de ses rares sourires.

— Je crois que ce palefrenier soupçonne une romance.

— C'est exactement ce que Lord Gabriel veut lui faire croire.

— Je le sais, madame, mais quiconque vous verrait ensemble comme je vous ai vus ces dernières semaines…

— C'était un plaisant interlude, Hester, la coupa Nancy. Mais je vous assure qu'il n'y a rien de plus que cela.

Elle se tourna vers le miroir. Avec ses cheveux en désordre qui s'échappaient de leurs pinces un peu partout et la saleté sur les joues, elle ressemblait plus à une fille de cuisine qu'à une lady.

Elle n'était en rien assortie à un lord, et encore moins à un fils de marquis.

— Je ne pourrais jamais être plus que cela, dit-elle en soupirant. Une cuisinière…

Même la robe qu'Hester lui avait sortie pour la soirée, en délicate soie lilas ornée de rubans tuyautés avec art, ne la fit pas davantage se sentir une lady. Elle était coûteuse, mais bien trop voyante pour son moral du moment, qui était au plus bas.

Un sac à pommes de terre lui aurait mieux convenu comme tenue.

Elle avait compromis son nom et sa réputation, et il n'y avait aucun moyen de racheter l'un ou l'autre. La bonne société considérerait toujours d'un mauvais œil une femme qui avait fui de chez elle et vécu pendant plus de dix ans on ne savait trop comment, sans la protection d'un mari ou d'un père.

Elle redressa les épaules. De toute façon, ces considérations n'auraient plus d'importance très bientôt. Quand tout serait terminé, elle retournerait à Prospect House, à son travail et à ses amis qui l'appréciaient.

Mais, pour le moment, elle avait un rôle à jouer et elle comptait bien l'interpréter au mieux. Elle quitta sa chambre tête haute et descendit rejoindre les autres pour le dîner.

Quand elle entra dans le salon, le regard plein de ressentiments de son père lui fit lever le menton un peu plus haut encore.

— Quoi, encore une autre robe ? Ton mari était sûrement bien nanti pour te vêtir aussi coûteusement.

— Mais peut-être pas avec une élégance du meilleur goût, semblerait-il, fit remarquer Susan en riant tout bas. Il était dans le commerce, n'est-ce pas ? L'argent ne peut jamais remplacer l'éducation et le raffinement. Ma propre famille peut retracer sa lignée sur des siècles. Nous sommes venus en Angleterre avec Guillaume le Conquérant.

— Peut-être parmi la cohorte disparate des pauvres hères qui subsistaient grâce à divers expédients en suivant les armées de conquête, murmura Nancy avec suavité.

— Surveille tes manières, ma fille ! aboya aussitôt le comte, tel un roquet.

— Mais pourquoi lui dire cela, milord ? Elle est adulte et sait se tenir, n'est-ce pas, Nancy ? Vous n'avez eu aucun doute sur son identité à son retour. Vous l'avez reprise dans votre giron. Elle peut donc ainsi réclamer son héritage.

Nancy leva les yeux, surprise, et rencontra le regard assassin de Susan.

— Votre père m'a informée ce matin du legs que vous a fait votre grand-mère. Trente mille livres ! s'exclama-t-elle en retroussant les lèvres. Je vous en prie, ne me dites pas que vous ne le saviez pas ?

Oh si, Nancy le savait ! Deux ans plus tôt, Mary lui avait appris la mort de leur grand-mère. Nancy lui avait répondu en lui demandant de ne plus l'évoquer. Un peu plus tard, il y avait eu des entrefilets dans les journaux, priant Lady Ann Chartell de contacter un office notarial de Londres afin d'apprendre de bonnes nouvelles, et elle pensa que la vieille dame l'avait mentionnée dans son testament. Mais elle avait gardé le silence et ne s'était pas manifestée. Durant son enfance, elle avait très peu vu Lady Elmstone et n'éprouvait pas de franche affection pour elle.

Elle n'avait aucun désir de prendre quelque chose à la famille qu'elle avait abandonnée.

— Je sais que Lady Elmstone est morte, c'est tout, répondit-elle posément.

— C'est tout ? se moqua le comte en l'imitant. Enfin, ma fille, elle t'a laissé une vraie fortune ! À condition que tu te manifestes moins de sept ans après son décès. Pour justifier sa décision, elle t'a qualifiée de « petite-fille négligée par ses proches ». Ah ! Dieu sait que je pourrais faire bon usage d'une telle somme !

Nancy était sur le point de lui dire qu'il pouvait en disposer, et avec sa bénédiction, mais elle se retint.

Elle s'était installée à Prospect House il y avait deux ans et ne désirait rien de plus que la vie modeste qu'elle y menait. Mais, ces derniers temps, elle ressentait une sorte d'impatience. Elle pourrait décider de vivre quelque temps à sa guise, et trente mille livres le lui permettraient.

— Si ma grand-mère avait voulu que vous ayez cet argent, père, elle vous l'aurait légué.

— Selon les termes du testament, cinq ans de plus de ton absence, et j'aurais pu réclamer le legs, expliqua-t-il en la foudroyant du regard. Je n'aurais jamais dû accepter ton retour en considérant que tu étais toujours ma fille !

Lady Craster posa une main sur son bras.

— Allons, mon cher, comment auriez-vous pu agir autrement ? Lady Ann aurait tout aussi bien pu être recueillie par des amis ou voisins dans les parages. Réfléchissez à l'image que vous auriez donnée, si vous aviez renié votre propre fille. Imaginez ce que les gens auraient pensé de vous. De nous.

— Oui, vous avez raison, concéda-t-il. Mais c'est extrêmement irritant que cette insolente ingrate hérite d'une somme pareille.

Il grommelait toujours quand Mickling vint annoncer le dîner.

Ils se rendirent à la salle à manger où Nancy, décidée à ne pas passer la soirée à échanger reproches et récriminations, fit de son mieux pour orienter la conversation. Elle y parvint fort bien, avec des sujets anodins tels que les variations du temps et les nombreuses invitations envoyées par des voisins depuis le bal.

Le comte s'en désintéressa bien vite et accorda toute son attention aux plats, tandis que l'humeur vindicative de Lady Craster laissa place à sa façade habituelle de douceur mielleuse. Elle daigna demander à Nancy quelles familles, selon elle, espéraient une visite matinale dans les jours à venir.

— Tout cela est bien ennuyeux, conclut-elle avec un soupir, mais j'imagine que cela doit être fait. Pas demain, cependant. J'ai des choses à faire. Et le Dr Scotton doit venir. J'espère que vous n'avez pas oublié, milord, que le docteur vient vous examiner, dit-elle en se tournant vers le comte.

— Le Dr Scotton ? Qui est-ce ? demanda Nancy. Qu'est-il arrivé au Dr Gough ? Il a toujours été notre médecin de famille.

Le comte émit un reniflement de mépris.

— Un simple médecin de campagne, qui n'est pas au fait des méthodes modernes. Scotton a un cabinet à Lincoln, et est mieux formé pour traiter ma goutte. J'espère qu'il va venir tôt, car je voudrais sortir les chiens dans la matinée.

— Je tiens énormément à ce que vous restiez en bonne santé, mon cher, assura Lady Craster en recouvrant sa main de la sienne.

Elle lui adressa un sourire faussement tendre qui donna la chair de poule à Nancy.

— Le bien-être de milord est très important pour moi, tout comme pour vous, Lady Ann. Je vous serais très obligée, ma chère, si vous pouviez attendre le Dr Scotton demain et le conduire directement à la chambre de votre père.

— Bien sûr, Susan.

— Vous êtes très bonne. Bien, maintenant autre chose. Avec le temps qu'il fait, nous ne pouvons pas demander à ce pauvre homme de faire ce déplacement difficile pour une simple visite, et de se risquer à circuler de nuit pour rentrer, aussi ai-je décidé que nous lui proposerions la chambre rose. Certes, elle est un peu exiguë, mais je suis certaine qu'elle conviendra pour une nuit. Lady Ann, j'aimerais que vous vous assuriez que la literie a été aérée et qu'il disposera de tout ce dont il aura besoin pour son confort. J'aurais aimé remplacer la tapisserie fleurie sur les murs avant que quiconque occupe de nouveau cette chambre, elle est tellement passée, ajouta-t-elle avec un soupir.

— Chaque chose en son temps, ma chère, répliqua le comte en reprenant une tranche de rôti. Nous ne pouvons pas avoir toutes les chambres en rénovation en même temps, voyez-vous. Et ce n'est qu'un médecin, après tout. Mais pour gagner du temps, vous pourriez peut-être choisir aussi un échantillon pour cette chambre avant que Hewitt ne reprenne son catalogue.

— Oh non, milord ! Cette chambre demande une rénovation tout à fait différente !

Susan pinça les lèvres et poursuivit sur un ton réprobateur.

— J'avais demandé à Hewitt de venir demain dans la matinée et de prendre mes commandes en personne, mais je viens d'apprendre qu'il ne le fera pas. Il ne s'aventurera pas hors de Lincoln à moins de pouvoir faire le trajet en voiture, a-t-il expliqué en guise d'excuse. Il craint de monter à cheval dans la neige. C'est extrêmement contrariant. Comme si c'était insurmontable de venir à cheval ! Je suis tentée de lui envoyer Lucas avec mes instructions…

Le comte posa ses couverts.

— Pardon ? Pourquoi devrions-nous subir l'inconvénient d'envoyer un serviteur jusqu'à Lincoln et nous priver de ses services ici alors que ce marchand de rien du tout a promis de venir ? Oublie-t-il que nous sommes les clients ? s'exclama-t-il. Je ne l'autoriserai pour rien au monde.

— Mais, milord…

— Ma chère Susan, un jour ou deux de plus ne changeront rien. Pourquoi remuer ciel et terre pour une chose aussi futile ?

Nancy fut envahie d'une joie malsaine en voyant son père tenir tête à sa dulcinée. Sous prétexte d'hésiter entre les pommes au four et la tarte au citron, elle regarda Lady

Craster ravaler sa rage afin de ne pas offrir une mauvaise image d'elle-même.

Elle fut presque déçue de la voir se reprendre rapidement et répondre avec un petit rire.

— Vous avez tout à fait raison, mon cher. Une journée de plus importe peu. En fait, ajouta-t-elle vivement, ce sera pour le mieux. Le Dr Scotton occupant la chambre rose, Hewitt n'aurait de toute façon pas pu la voir et faire son estimation. Et il le faudra, vous le savez, afin de prendre les mesures pour calculer la quantité exacte de papier dont nous aurons besoin pour cette pièce.

— Je ne vois pas du tout pourquoi cette chambre devrait être rénovée, grommela le comte. Tous ces chichis et tergiversations sur les motifs, les nuances et les tapisseries ! Que d'ennuis !

Nancy baissa le nez sur son assiette tandis que son père et Lady Craster continuaient à vaguement se chamailler. Arguant de la fatigue du bal, elle s'excusa dès que le repas fut terminé, et alla se coucher, en espérant que, même si la neige était trop dense pour permettre au marchand de papier peint de venir de Lincoln, le temps serait assez dégagé demain pour qu'elle puisse sortir à cheval et aller retrouver Gabriel.

Elle mourait d'envie de le voir, et était assez honnête pour reconnaître que ce n'était pas seulement pour parler des documents volés. Le revoir au bal, et le fait qu'il ait annoncé la courtiser officiellement, même si ce n'était qu'un prétexte pour leur permettre de mener leur enquête plus facilement, avait fait remonter tous les désirs qu'elle s'était efforcée de réprimer. Sa voix, grave et séductrice, ses yeux bleus à l'éclat dérangeant éveillaient tous ses sens.

Elle se pelotonna dans son lit en essayant de maîtriser son excitation à la perspective de retrouver Gabriel.

La gelée nocturne scintillait sous les premiers rayons du soleil quand Nancy se mit en route sur la jument baie de son père.

Elle n'avait eu aucune difficulté à se lever aux aurores car elle avait une fois de plus très mal dormi. Se lever et s'habiller en vue de son rendez-vous avait donc été un soulagement.

Davy avait amené sa monture suffisamment à l'écart de la maison pour qu'ils ne dérangent pas les autres serviteurs, et elle était partie délicieusement euphorique à l'idée de ce qui l'attendait.

Il y avait toujours une épaisse couche de neige là où la route était bordée d'arbres, mais lorsqu'elle passait entre des champs ou des prairies, elle était plus dégagée. Nancy s'autorisait alors de petits galops.

Les hauteurs de Garmore Hill se trouvaient à mi-chemin entre Masserton Court et la propriété des Blicker. Quand elle s'en approcha, elle retrouva la colline telle que dans ses souvenirs, en partie boisée et offrant de belles perspectives sur la campagne environnante. Elle trotta sur le chemin qui y montait en pente douce, et quand elle s'approcha du sommet, un cavalier solitaire sortit du couvert des arbres.

Son cœur fit des bonds et elle esquissa un sourire. Elle veilla toutefois à adopter un ton léger et amical.

— Lord Gabriel ? Quelle plaisante surprise !

— Oui, n'est-ce pas ? Quelle coïncidence de vous retrouver ici !

Elle éclata de rire.

— Je venais souvent ici à cheval quand j'étais enfant. C'est un endroit de pique-nique très prisé en été, mais complètement déserté en hiver. C'est cependant un bon choix. Quiconque nous verrait ici penserait que nous nous sommes rencontrés par hasard.

— On pourrait aussi penser que je sauterais sur l'occasion pour badiner avec vous.

— Et, bien évidemment, c'est ce que vous faites avec toutes les femmes, n'est-ce pas ?

Il lui adressa un sourire charmeur.

— Bien sûr ! C'est pourquoi vous me permettrez de vous attirer sous le couvert des arbres, où nous pourrons parler sans être observés.

Ils guidèrent leurs chevaux dans un petit bosquet, à l'abri des regards inquisiteurs, et quand Gabriel suggéra qu'ils mettent pied à terre et marchent un peu, elle acquiesça aussitôt. Elle attendit qu'il arrive à côté d'elle, puis ôta son pied de l'étrier et se laissa glisser dans ses bras.

Ce fut la chose la plus naturelle du monde de lever la tête vers lui et de lui sourire. Il l'embrassa aussitôt. Il avait les lèvres froides, mais son baiser l'embrasa tout entière et elle lui répondit avidement.

Tout fut instantanément oublié, et le désir libéré par ce baiser passionné lui tourna la tête.

Elle gémit quand il y mit un terme et l'entendit soupirer en réponse.

— J'aimerais vous prendre ici, tout de suite, murmura-t-il tout en lui effleurant délicatement les yeux et les joues de ses lèvres.

Elle désirait cela autant que lui, à tel point que tout son corps la faisait souffrir à cette idée. Elle suffoqua quand il commença à lui embrasser le visage puis, avec un nouveau soupir, il la relâcha. Elle se cramponna à lui un instant, de crainte de s'effondrer sans son soutien. Dieu du ciel, elle était comme une poupée de chiffon, tant le désir la dévorait ! Elle en tremblait presque.

Depuis quand en était-elle arrivée là, à laisser un homme exercer un tel pouvoir sur elle ?

Il lui adressa un sourire contrit.

— Je suppose que nous devrions consacrer toute notre attention à des questions plus urgentes.

— Oui, il le faut.

Elle fit taire en elle la petite voix dépravée qui lui susurrait qu'elle préférerait de loin qu'il lui fasse l'amour. Tout cela était censé n'être qu'une brève liaison, un flirt un peu poussé. Et c'était ce qu'ils voulaient tous les deux. Tout ce qu'ils pourraient avoir, l'un comme l'autre.

Elle reconnut la lueur taquine familière dans son regard.

— Peut-être un jour, à une autre saison, dit-il.

Dans une autre vie ! songea-t-elle aussitôt.

— Peut-être.

Il lui fallut rassembler tout ce qu'il lui restait de volonté, et il lui en restait fort peu, pour lui répondre avec un sourire enjôleur, sans oublier un instant que lorsque tout serait terminé ils repartiraient, chacun de son côté. Il l'oublierait bien vite et elle… Eh bien, elle aurait toujours les souvenirs de leurs nuits passées ensemble.

Il lui prit la main pour la poser sur son bras et ils commencèrent à marcher.

Nancy l'observa discrètement. Il arborait un air extrêmement sérieux, et elle envia sa capacité à passer si aisément du plaisir aux affaires. Il fallait qu'elle fasse de même.

Après tout, les soupçons autour de Masserton Court, l'implication possible de son père dans ce trafic de documents volés, la mort du vieux Peter étaient assez graves pour qu'elle leur accorde toute son attention.

Ces pensées la calmèrent aussitôt.

— Vous n'avez trouvé aucune trace des documents volés dans la maison ? demanda-t-il.

— Non, rien, répondit-elle en soupirant. Je ne peux croire que mon père soit mêlé à ce genre d'histoires.

— À son insu, peut-être. Et la seule livraison de Londres récemment l'a été pour Lady Craster ?

— Oui.

Penser que son père pouvait se faire duper était un piètre réconfort, mais Nancy s'y raccrocha.

— On a livré sa robe de bal. J'ai essayé de retrouver l'emballage pour voir si je pouvais y découvrir quelque indice supplémentaire, autre chose que les adresses et les noms que je vous ai fournis, mais les domestiques m'ont dit qu'il avait été brûlé. Si les documents ont été transmis avec cette livraison, il est très possible qu'ils repartent de la même façon.

— En effet. C'est non seulement possible, mais fort probable. Je voudrais que nous puissions attendre jusqu'à ce que j'aie pu en apprendre davantage sur la firme de transport et livraisons Meldrew and Sons de Londres, afin que nous soyons plus assurés de nos soupçons et que je puisse envoyer le capitaine Graves et ses hommes fouiller la maison de fond en comble. Mais je dois procéder avec prudence. Le problème est que la neige est en train de fondre. Quand les documents auront été déplacés, nous ne pourrons peut-être plus jamais établir la connexion. Et nous pourrions aussi les perdre complètement. S'ils atteignent les Pays-Bas, les conséquences seront dramatiques.

Nancy s'arrêta et réfléchit un instant.

— Peut-être devriez-vous enquêter aussi sur Mr Hewitt, qui est un des fournisseurs de papiers peints de la Cour, suggéra-t-elle. Lady Craster était furieuse qu'il ne vienne pas ce matin pour récupérer l'album d'échantillons. Bien plus contrariée que la situation ne l'exige, me semble-t-il. Et quelque chose d'autre m'étonne. La chambre bleue est toujours fermée à clé quand Lady Craster n'y est pas. Pourquoi quelqu'un voudrait-il garder fermée à double tour une chambre vide ?

— Si j'étais Hewitt et si j'étais impliqué dans ce trafic, je voudrais entrer en possession de ces documents le plus rapidement possible, remarqua Gabriel. Il attend peut-être que les routes entre Lincoln et les ports de la côte soient dégagées.

Nancy laissa échapper un petit sifflement d'exaspération.

— La chambre bleue est la seule pièce de la maison qu'Hester et moi n'avons pu fouiller. C'est Lady Craster qui en a la clé.

— Êtes-vous en train d'essayer de me faire comprendre que vous ne comptez pas au nombre de vos talents celui de crocheter les serrures ? lui demanda-t-il sur un ton taquin.

— Je serais bien incapable de faire cela ! Et vous ?

— En fait, je sais le faire, murmura-t-il. C'est une technique très utile à connaître pour séduire une dame.

Nancy se sentit s'empourprer en lisant le message très clair de ses yeux rieurs. Sachant à quoi ce genre de commentaires pouvait vite mener, elle se détourna rapidement.

Elle dut cependant s'avouer que cela diminua un peu la tension de la situation.

— Vous êtes sans vergogne, le réprimanda-t-elle. Et je ne peux croire que vous recouriez à d'aussi viles tactiques pour arriver à vos fins.

— Eh bien, non, répondit-il. Jusqu'à aujourd'hui, cela ne m'a pas été nécessaire. Les dames m'ouvrent volontiers leur porte.

Elle ne put s'empêcher de pouffer.

— C'est tout à fait éhonté ! Je vous prie de vous concentrer maintenant sur le problème de ces documents disparus.

— Je vous demande pardon, dit-il humblement.

Elle le regarda d'un air soupçonneux, mais il semblait redevenu tout à fait sérieux, aussi reprit-elle le fil de son exposé.

— Il y a une autre possibilité. Lady Craster a prié un

certain Dr Scotton de venir examiner mon père aujourd'hui. Une précaution, dit-elle, mais c'est un nouveau médecin de sa connaissance. Elle a persuadé mon père de cesser de faire appel à l'excellent Dr Gough, qui vit à Darlton et qui suivait notre famille depuis que j'étais bébé. Je ne sais rien de ce nouveau médecin, si ce n'est qu'il a un cabinet à Lincoln, mais il me semble étrange de le faire venir d'aussi loin sans une bonne raison. Il est censé passer la nuit à Masserton Court, ce qui n'est pas déraisonnable, étant donné le mauvais temps actuel.

— Alors, il est possible aussi qu'il soit le porteur des documents. Je vais demander à John de se renseigner sur cet homme.

— Oh ! J'ai horreur de me montrer soupçonneuse et de me méfier de tout le monde ! s'exclama-t-elle en secouant la tête.

— Je sais, ma chère, dit Gabriel en la prenant dans ses bras. Cela me déplaît aussi terriblement de ne pouvoir me fier à personne.

— Alors pourquoi menez-vous ces activités secrètes, Gabriel ? lui demanda-t-elle en plongeant son regard dans le sien. Est-ce pour l'argent ?

Il eut un large sourire.

— Je ne suis peut-être pas riche comme Crésus, mais je ne suis pas non plus dans le besoin ! Je dispose d'une fortune personnelle très confortable, Dieu merci, qui me permet de vivre comme je l'entends. Pour répondre à votre question, non, l'argent n'est pas ma motivation principale. J'avais besoin d'occupation et de stimulation dans ma vie. L'Église ne m'a jamais tenté. J'ai essayé l'armée, mais il y avait beaucoup trop de contraintes. Ce que je fais désormais me fournit le moyen d'aider mon pays, tout en me donnant l'opportunité d'utiliser mes talents. Et il y a une part de danger qui m'empêche de sombrer dans l'ennui. Cette vie m'a parfaitement convenu.

Il s'arrêta un moment avant de reprendre pensivement.

— Jusqu'à aujourd'hui.

— En êtes-vous fatigué ?

— Peut-être.

Il la regarda avec une expression énigmatique. Elle fut incapable de la déchiffrer, mais il semblait extrêmement sérieux, ce qui la troubla et la mit mal à l'aise.

Ou peut-être était-ce seulement le sifflement soudain du vent glacé dans les branches.

Elle leva les yeux vers le ciel, où le soleil commençait à monter.

— Susan – Lady Craster — m'a demandé d'accueillir le docteur à son arrivée. Je ferais donc mieux de rentrer.

— Bien sûr.

Ils retournèrent à l'endroit où ils avaient attaché leurs chevaux et Gabriel l'attira dans ses bras pour un dernier baiser. Elle resta contre lui un moment, la tête posée contre son épaule.

— Quand vous reverrai-je, Gabriel ?

— Ce soir.

Il sourit quand elle le dévisagea, surprise.

— Le comte ne vous a-t-il rien dit ? Je l'ai croisé hier par hasard. Enfin, c'est ce que je lui ai laissé croire. Je ne peux que bénir John Thoresby pour ses scrupuleuses observations des moindres habitudes de tous les habitants de Masserton Court et ses rapports extrêmement précis… Votre père m'a aussitôt invité à chasser avec lui. Il m'a proposé de venir ensuite dîner à Masserton.

— Il ne m'en a rien dit.

— Je crois qu'il me voit comme un prétendant potentiel.

— C'est tout à fait possible. Je sais aussi qu'il serait

heureux de me voir repartir de chez lui. Le plus tôt serait le mieux à ses yeux.

— Et vous êtes en train de me fréquenter en cet instant même, vous ferai-je remarquer, dit-il avec un soupçon d'ironie.

— Je ne crois pas que Susan partage son optimisme, répliqua-t-elle avec un rire désabusé. Elle vous prend pour un débauché, un libertin qui mène une vie de plaisir à Londres sans s'engager avec quiconque. Même si elle m'a conseillé de faire tout mon possible pour vous prendre dans mes filets. Elle voudrait elle aussi me voir hors de son chemin, voyez-vous, ajouta-t-elle en se mettant en selle.

— Vous lui faites de l'ombre, c'est cela ?

Nancy s'esclaffa sincèrement.

— Une grande perche comme moi ? Je ne crois pas. Elle craint peut-être l'influence que je pourrais avoir sur mon père, quoique j'en doute fort. Il ne s'intéresse absolument pas à ce que je pense, et ce n'est pas nouveau.

— Ou alors elle craint peut-être que vous découvriez quelque chose qu'ils préféreraient garder secret.

— Comme le trafic de documents volés, par exemple. Mais cela me paraît toujours hautement improbable. Je n'aime pas cette femme, certes, mais quelle raison aurait-elle de se livrer à ce genre d'activités ?

— Je n'en sais rien, mais tout ce que j'ai vu et entendu indiquerait avec une grande probabilité que Masserton Court sert de relais au transit des documents.

Gabriel avait tenu la tête du cheval pendant qu'elle s'était installée en selle. Il vérifia ensuite la courroie de l'étrier et la sous-ventrière pour être sûr que tout était bien ajusté.

— Je pense qu'il est fort probable que les documents soient cachés dans cette pièce qui est toujours fermée à clé, et plus encore qu'ils quitteront Masserton Court demain. Si je ne peux pas trouver l'occasion de fouiller cette chambre quand je viendrai dîner ce soir, il faudra que je revienne plus tard dans la nuit. Je prendrai la précaution de prévenir les Blicker de ne pas m'attendre, au cas où je serais obligé de le faire. Et il faudra que vous fassiez en sorte qu'une porte d'entrée ne soit pas verrouillée.

Il posa la main sur son genou. Malgré les plis de la lourde étoffe de ses jupes, elle sentit sa chaleur et sa force. Elle avait envie de s'abandonner aux souvenirs de cette même main glissant sur sa peau nue, et elle eut quelque difficulté à revenir à leur conversation.

— Je peux le faire, assura-t-elle en se mordant la lèvre. Si vous trouviez les documents dans la maison, y a-t-il quelque chose que nous puissions faire pour protéger mon père ?

— Je ferai ce que je peux. Vous avez ma parole. Je suis désolé que vous vous soyez trouvée mêlée à tout cela.

— Je le suis aussi. Mais même si vos théories sont complètement fausses, la mort de Peter suffit pour éveiller les soupçons, dit-elle en rassemblant ses rênes. Je crois qu'il se passe quelque chose à Masserton Court, et je veux savoir ce que c'est.

Chapitre 13

Nancy se hâta de rentrer à Masserton Court, où le majordome l'accueillit à l'entrée. Il l'informa avec une légère note d'anxiété, inhabituelle dans son ton d'ordinaire imperturbable, que le petit déjeuner était terminé et que le comte souhaitait la voir sur-le-champ.

Elle hocha la tête et partir à sa recherche, constatant que le nœud familier qui lui serrait l'estomac était revenu, exactement comme lorsque, enfant, elle était convoquée pour être réprimandée et punie pour une bêtise quelconque.

Elle se reprit vivement. Elle était désormais adulte, et n'avait plus à répondre de ses actes devant son père.

Le comte se trouvait dans le salon en compagnie de Lady Craster.

— Où étais-tu donc passée, bon sang ? s'exclama-t-il dès qu'il la vit.

Elle écarquilla les yeux devant cette agressivité soudaine et fit un geste pour montrer ses vêtements.

— Bonjour, père, dit-elle en appuyant ses mots pour lui faire subtilement remarquer sa grossièreté à son égard. Comme vous le voyez d'après ma tenue, je suis sortie à cheval. J'ai emmené votre jument jusqu'à Garmore Hill. Je suis désolée si vous vouliez la monter…

— Mais, ma chère, vous n'étiez pas accompagnée, intervint Lady Craster d'un ton dégoulinant d'hypocrisie.

Et si vous aviez chuté, sans personne pour vous porter assistance ?

Nancy lui lança un regard froid.

— J'ai toujours monté seule.

— Tu as toujours été trop indépendante pour ton propre bien ! éructa son père. Susan te cherchait. Je ne t'ai autorisée à rester ici que parce qu'elle a parlé en ta faveur…

Lady Craster émit un petit rire perlé et posa une main apaisante sur la manche de son père.

— Ne vous mettez pas dans tous vos états, je vous en prie, mon cher. Lady Ann, vous devez comprendre qu'il est naturel que votre père s'inquiète pour vous. À l'avenir, vous ne sortirez plus sans palefrenier.

— Comme vous voulez. Si vous pensez que vous pouvez vous passer de l'un d'eux, puisque Peter n'est plus là, dit-elle en se tournant alors vers son père. Que lui est-il arrivé, père ? Davy m'a simplement informée de son décès.

— Une vilaine affaire, répondit son père en secouant la tête. Très vilaine. Le pauvre bougre est sorti un soir et n'est jamais revenu. On l'a retrouvé le lendemain matin, sur la route, gelé sur place.

Son père n'avait jamais été du genre à dissimuler ses sentiments, et elle était certaine de la sincérité de la tristesse qu'il manifestait. Cela lui procura un léger réconfort.

— Mais ce n'est pas pour cela que nous souhaitions vous parler, intervint Susan. Votre père est sur le point d'aller chercher son fusil…

— Oh ! Le Dr Scotton est donc déjà là ? Vous a-t-il examiné, père ?

— Bah ! Je n'ai pas le temps d'attendre cet homme !

L'éclat colérique dans les yeux de Susan confirma les soupçons de Nancy selon lesquels le docteur avait été mandé à la demande de celle-ci, et non à celle du comte.

— Non, il n'est pas encore là, bien sûr. Il n'aurait pu arriver ici de si bon matin en partant de Lincoln. Il aurait été obligé de se mettre en route avant le lever du jour, continua-t-il.

— C'est pour cela que vous devez être disponible quand il va arriver, dit Susan en adressant un sourire glacial à Nancy. Je vais être très occupée aujourd'hui, et il faudra tenir compagnie au docteur, répondre à ses demandes. Il pourra examiner votre père avant le dîner. Cela ne devrait pas prendre trop de temps.

— Alors si vous voulez bien m'excuser, je vais aller me changer.

— Oui, c'est ça, grommela son père. Et encore une chose. J'attends Lord Gabriel ce soir. Je l'ai invité à venir dîner après notre partie de chasse, n'est-ce pas, Susan ?

Lèvres pincées et mâchoire crispée, Lady Craster semblait moins que ravie de l'invitation lancée par le comte, mais elle fit des efforts pour se montrer complaisante.

— Nous vous laissons seulement entendre, ronronna-t-elle telle une chatte prête à sortir ses griffes à tout moment, que vous devriez vous préparer à ce que nous ayons de la compagnie pour le dîner.

— Et que je devrais être vêtue selon la circonstance ? suggéra Nancy.

Le regard désapprobateur de Susan sur sa tenue d'équitation coupée pour accentuer toutes ses courbes gracieuses n'avait pas échappé à Nancy et elle ajouta, malicieusement :

— Mr Hopwood aimait toujours à me voir habillée dans le meilleur style qui soit.

— Lord Gabriel est habitué à fréquenter les cercles les plus selects, dit Susan en la détaillant de nouveau, son regard s'arrêtant cette fois sur les gros boutons et la profusion de galon argenté ornant sa veste d'inspiration masculine. Quelque chose d'un peu moins... exubérant conviendrait. Sa Seigneurie vient à un dîner impromptu, à la fortune du pot. Nul besoin donc de trop s'habiller parce que, même si le docteur est là, le dîner sera informel. Vous ne voulez certainement pas que Lord Gabriel ait une mauvaise image de vous.

— Et il ne doit pas s'imaginer que tu accepterais moins que le mariage, grommela le comte. Ravenshaw a une réputation de dangereux séducteur.

N'ayant nulle envie qu'on la mette en garde contre la réputation de Gabriel, elle répondit sèchement.

— Merci de m'en avertir, mais je pense m'en être rendu compte par moi-même. Je ne suis plus une pauvre jouvencelle naïve. Bien. Si je veux être prête à recevoir le Dr Scotton, je dois y aller.

Là-dessus, elle sortit vivement du salon et se hâta de monter à l'étage, tremblant presque en raison du trop-plein d'émotions qui l'assaillaient.

Elle savait fort bien que sa tenue d'équitation était trop extravagante, conçue pour attirer l'attention et susciter des commentaires et s'y attendait donc. Il ne fallait surtout pas qu'elle oublie son rôle et laisse son émotivité prendre le dessus.

Ce qui l'avait choquée et surprise surtout avait été sa réaction à la désapprobation de son père. Elle ressentait la détresse et toutes les émotions d'une enfant en colère qui tentait de soutirer un signe d'affection à ses parents négligents et qui, au lieu de cela, ne faisait que s'attirer leurs critiques.

Elle avait pourtant cru être aujourd'hui bien au-delà de ces atteintes !

Quand elle avait décidé de retourner à Masserton Court, elle n'avait pas imaginé qu'elle pourrait être à ce point affectée par le passé. Elle avait pensé que toute la souffrance, la colère et la solitude avaient disparu. Mais elles étaient toujours bien là, renforcées par la présence de Lady Craster qui obtenait toutes les marques d'affection et les attentions de son père.

Ses seuls moments de réconfort au cours des dernières semaines avaient été ceux passés en compagnie de Gabriel. Et ceux-là n'étaient que temporaires, elle le savait parfaitement.

Lorsque sa mission ici serait terminée, il passerait à autre chose. De son côté, elle retournerait à sa vie de Prospect House.

— Et plus vite ce sera, mieux cela vaudra ! marmonna-t-elle en entrant en trombe de sa chambre, et en lançant sa cravache et ses gants sur une chaise.

Mais, quelque part, ces paroles sonnaient faux.

Nancy revêtit une robe de jour sobre en batiste verte et descendit aux cuisines pour informer la cuisinière qu'il y aurait deux invités pour le dîner, et sélectionner pour l'occasion quelques plats sortant de leurs menus quotidiens.

Elle en remontait quand elle entendit des bruits annonçant une arrivée. Un coup d'œil rapide dans le hall le lui confirma. Un gentleman était en train d'ôter un chapeau à large bord et un épais pardessus.

Le majordome avait reçu ses instructions, et savait donc que faire du visiteur attendu par Lady Craster. Aussi se hâta-t-elle de se rendre dans le petit salon pour y recevoir le Dr Scotton.

Elle fut soulagée de voir qu'Hester s'y trouvait déjà, occupée à tricoter tranquillement une paire de chaussettes. En la voyant entrer, elle posa son tricot.

— Ainsi, notre visiteur est arrivé ? demanda-t-elle.

— Mickling est en train de lui montrer sa chambre,

dit Nancy en s'asseyant à côté d'elle. Avez-vous pris ma broderie ? Passez-la-moi, je vous prie. Je veux offrir la parfaite image du bonheur domestique.

Elle eut à peine le temps de faire le premier point que le visiteur fut annoncé. Elle se leva pour le saluer, en tendant la main.

— Ah ! s'exclama-t-il en s'avançant vers elle, l'air ravi. Lady Ann, je suis votre plus fidèle serviteur, madame. Lady Craster m'a tant parlé de vous !

Nancy fut un peu surprise d'entendre ce genre de compliments, exagéré à son goût de la part d'un parfait inconnu, mais elle parvint à répondre calmement sans le laisser paraître.

— Bonjour, docteur. Je regrette que mon père soit sorti pour le moment, et que Lady Craster ait des engagements. Elle vous prie de recevoir ses excuses et nous rejoindra dès que possible.

— Ah, oui, elle m'a fait part de cette éventualité dans son billet. C'est une femme extraordinairement active. Je ne peux exprimer à quel point je l'admire. Quelle magnifique vitalité ! Quel enthousiasme !

Nancy resta silencieuse et observa le médecin tandis qu'il s'inclinait sur sa main.

C'était un homme aux cheveux grisonnants, de haute taille, relativement corpulent, vêtu simplement d'une veste d'équitation marron, avec pantalon assorti et bottes hautes. Il émanait également de lui une impression de puissance, et derrière son franc sourire elle crut déceler un regard calculateur.

Elle était heureuse qu'Hester soit avec elle.

Elle lui présenta le docteur, et ils s'assirent en attendant que Mickling leur apporte de quoi se désaltérer.

— J'ai cru comprendre que c'est votre première visite à

Masserton Court depuis un certain temps, Lady Ann ? dit le docteur. Une absence de plusieurs années, il me semble.

Il ajouta, sur le ton de la confidence :

— Lady Craster m'en a expliqué les circonstances, voyez-vous, sachant que si je dois traiter le comte, il vaut mieux que je connaisse tous les faits concernant l'histoire familiale. Cela doit être un réconfort pour vous d'être réconciliée avec votre père.

— Oui, en effet.

— Et vous êtes veuve vous-même. Mes condoléances, madame.

Tant de familiarité agaça un peu Nancy. Si Susan n'avait pas informé le docteur sur ce point, son père pouvait tout aussi bien l'avoir fait. Les médecins recueillaient souvent les confidences les plus intimes de leurs patients.

— Oui. Mon mari est mort il y a quelque temps.

— J'imagine que sa famille a été bonne pour vous.

— Mr Hopwood n'avait pas de famille, docteur. J'étais tout pour lui.

Les mensonges sortaient de sa bouche avec bien plus de facilité que lorsqu'elle les avait débités à son père. Ou à Gabriel. Elle aurait préféré ne pas penser à lui, car elle mourait d'envie qu'il soit auprès d'elle en cet instant pour la soutenir.

— Oh ! Pas de famille du tout ? Et vous n'avez pas d'enfants, continua le docteur en secouant la tête. Cela doit être triste pour vous.

— Étant donné que mon mari était commerçant, je pense que le comte considère plutôt comme une bénédiction le fait que je n'aie pas eu d'enfants.

Elle en avait assez de parler d'elle-même et changea subtilement de sujet de conversation. Elle l'interrogea sur lui-même et il se montra fort désireux de se raconter, détaillant ses activités à son cabinet de Lincoln, avant d'aborder des sujets plus superficiels qui firent passer le temps jusqu'à ce qu'elle puisse lui faire gagner sa chambre.

Elle lui suggéra de s'y reposer jusqu'au dîner, mais il éclata de rire à cette proposition.

— Je ne me repose jamais pendant la journée, Lady Ann. Quand je serai changé j'aimerais parcourir la bibliothèque de Sa Seigneurie, si je le puis.

— Certainement, monsieur. Je vais m'assurer que l'on y a fait un bon feu.

— Et peut-être voudrez-vous m'y rejoindre. J'ai apprécié notre conversation, et aimerais la poursuivre. Je suis certain que nous aurions énormément de choses à nous dire.

Mais c'en était trop pour Nancy.

Elle déclina poliment l'invitation et quand le valet fut venu pour accompagner le docteur jusqu'à sa chambre elle se laissa aller dans son fauteuil avec un soupir théâtral.

— Dieu merci, c'est fini ! Je suis extrêmement furieuse contre ma future belle-mère qui a insisté pour que je divertisse ce bon docteur.

— Je pense que vous vous en êtes très bien tirée, la complimenta Hester. Selon moi, il est bien trop inquisiteur.

— Je suppose que c'est en accord avec sa vocation de s'intéresser aux gens.

— Il ne m'a pas plu, Miss Nancy.

— À moi non plus, mais mon père semble approuver ce choix. Cela me conviendrait tout à fait de découvrir qu'il est ligué avec Lady Craster, continua-t-elle en baissant la voix. Mais je pense que je prends mes désirs pour des réalités, malheureusement.

— C'est possible, milady, renchérit Hester. Je ne peux m'empêcher de penser que Mr Shaw a pu se tromper dans cette affaire de documents volés. Nous n'avons trouvé aucun signe qu'il se passe quelque chose de suspect à Masserton Court.

— Si ce n'est le trépas du vieux Peter.

Hester fit un signe de dénégation.

— Même ce drame peut facilement s'expliquer, avec le temps glacial qu'il faisait ce soir-là.

— Et le fait que cela se soit produit la même soirée que celle où nous avons trouvé Lord Gabriel dans le bosquet ? insista Nancy.

— Peut-être y avait-il une bande de maraudeurs sur les routes cette nuit-là, qui ont causé des troubles à plusieurs endroits. Cela ne veut pas dire pour autant que c'est lié à une conspiration.

Voyant qu'elle n'était pas convaincue, Hester poursuivit.

— J'admets ne pas me sentir à l'aise ici, mais c'est plus en raison de la manière dont vous traitent le comte et sa fiancée qu'à cause de malversations que nous aurions repérées. Je pense qu'il est temps pour nous de faire nos bagages et de nous en aller, madame. Et ça, c'est un fait très concret.

Nancy était encline à penser comme sa compagne, mais elle décida de ne pas l'inquiéter plus encore en lui révélant l'intention qu'avait Gabriel de fouiller la chambre bleue le soir même. S'il n'obtenait aucun résultat, il devrait alors aller enquêter ailleurs.

Et s'il découvrait les documents dans cette chambre, cela mettrait de toute façon aussi un terme à leur liaison. Il fallait que cela arrive, mais elle ne pouvait s'empêcher d'éprouver de la tristesse à cette idée.

Heureusement, elle se reprit vite, en se rappelant qu'elle avait déjà tracé ses plans pour l'avenir.

— Vous avez raison, Hester. Il n'y a aucune raison pour que nous restions ici plus longtemps. Nous commencerons à faire nos bagages aujourd'hui même. Vous avez ma permission de préparer les malles. J'annoncerai demain à mon père que je quitte Masserton Court.

La courte journée d'hiver se terminait quand Gabriel accompagna Lord Masserton au château pour le dîner.

Les chiens du comte avaient levé de nombreux oiseaux, et comme Gabriel avait laissé son hôte en tirer la majorité, le comte était d'excellente humeur. Quand ils arrivèrent, on le conduisit jusqu'à une chambre d'amis afin qu'il puisse faire un brin de toilette, pendant qu'un valet brosserait son pardessus.

Il fit son entrée au salon un peu plus tard, relativement présentable.

Il y trouva son hôte et son hôtesse, ainsi qu'un homme vêtu sobrement, qu'il supposa être le Dr Scotton dont lui avait parlé Nancy.

— Lord Gabriel ! s'exclama Lady Craster en s'avançant main tendue, un sourire étudié aux lèvres. Comme il est agréable que vous ayez pu vous joindre à nous ! Lord Masserton m'a dit que vous aviez fait tous deux une belle partie de chasse aujourd'hui.

Il lui effleura les doigts de ses lèvres.

— En effet, madame. Une journée de chasse des plus agréables.

Quand il se redressa, elle retint sa main un peu plus que nécessaire et leva ses magnifiques yeux bleus liquides vers lui. Une invite, aucun doute là-dessus. Pour essayer d'éclipser Nancy, se dit-il en souriant intérieurement.

Elle n'y parviendrait pas. Ses goûts le portaient désormais vers un type de femme très différent. Avec des courbes pleines, des cheveux sombres…

Il se tourna avec courtoisie vers le Dr Scotton quand le comte le lui présenta

— Enchanté, milord.

En dépit de sa corpulence, le docteur s'inclina selon l'étiquette et, quand Gabriel lui demanda s'il était là en qualité de médecin, il rit chaleureusement.

— Par précaution, mon cher monsieur, par précaution seulement. En tant que médecin de Sa Seigneurie, j'aime à m'assurer qu'il se porte bien.

— Ma très chère Susan insiste pour que le docteur me voie à intervalles réguliers, n'est-ce pas, Scotton ?

Le comte éclata d'un rire tonitruant et indiqua Lady Craster d'un signe de tête.

— Cela ne me sert à rien de lui dire que je n'ai jamais été malade un seul jour de ma vie, si ce n'est quelques crises de goutte.

— Crises qui vous rendent extrêmement grincheux, se plaignit Lady Craster en lui donnant une petite tape affectueuse sur le bras avec son éventail.

Le Dr Scotton rit poliment au diapason, et se tourna vers la porte qui venait de s'ouvrir.

— Ah ! et voici Lady Ann ! Nous sommes maintenant au complet.

Nancy s'arrêta un instant sur le seuil. Discrètement, sans en avoir l'air, Gabriel savoura le moindre détail de sa silhouette.

Elle ressemblait à un ange farouche, dans une robe de soie fauve dont la coupe était destinée à souligner ses formes. Comme il convenait à une veuve, elle était ornée de dentelle noire, mais en touches discrètes. Elle ne portait pas de fichu sur les épaules, et le fin liséré de dentelle bordant son décolleté attirait l'attention sur sa poitrine généreuse. Ses cheveux sombres avaient été lustrés sans doute par de nombreux coups de brosse et arrangés en boucles lâches remontées sur sa tête, avec une longue mèche brillante laissée libre sur son épaule. Des diamants scintillaient à ses oreilles, mais au lieu d'un collier coûteux elle avait choisi de nouer un simple ruban noir autour de son cou.

Jamais il ne l'avait trouvée si désirable.

Tandis qu'elle entrait dans la pièce, Gabriel alla vers elle. Elle le regarda les yeux brillants, mais pas de plaisir. De toute évidence quelque chose, ou quelqu'un, l'avait contrariée.

— Lady Ann, vous êtes… sublime, dit-il en portant sa main à ses lèvres, tout en murmurant : Essayez-vous d'éblouir le bon docteur ?

Elle se retint d'éclater de rire, et répondit tout aussi bas :

— Mon père et Susan m'ont laissé entendre qu'il fallait que je porte quelque chose de très simple ce soir.

— Et au lieu de cela vous avez choisi la création la plus spectaculaire.

Le sourire qu'elle lui adressa était plein de malice.

— Toutes les robes de Mrs Hopwood sont spectaculaires ! Si j'en crois son expression, Susan me l'arracherait sur-le-champ, si elle le pouvait ! Êtes-vous choqué ? lui demanda-t-elle avec un clin d'œil.

— Pas du tout. Même si j'avoue que j'aimerais bien faire la même chose. Mais pour une raison toute différente.

Nancy rougit et éclata de rire. Elle secoua la tête et répondit à plus haute voix pour que tout le monde entende cette fois.

— Je crains que vous ne soyez un incorrigible séducteur, Lord Gabriel !

Il inclina la tête, un sourire aux lèvres tandis qu'elle s'éloignait.

— Lady Ann, venez vous asseoir à côté de moi et

racontez-moi donc vos messes basses avec Lord Gabriel, minauda Lady Craster.

Gabriel ne fut pas trompé par le ton jovial de Lady Craster. Elle ne parvenait pas à dissimuler ses coups d'œil agressifs depuis l'entrée de Nancy.

— Eh bien, madame, je ne faisais que prier Sa Seigneurie de m'excuser de m'être un peu trop habillée pour ce soir. Je lui expliquais que je n'ai rien de plus simple pour un paisible dîner en famille.

Nancy s'assit à côté d'elle et arrangea ses jupes avec exagération, apparemment inconsciente des regards noirs de son père, tout comme du déplaisir de Lady Craster.

Le Dr Scotton rit tout doucement et engagea la conversation avec son hôtesse.

Par bonheur, le dîner fut vite annoncé.

Tandis que Gabriel escortait Lady Craster à la salle à manger, son petit démon personnel l'incita à lui faire remarquer comme Lady Ann était superbe ce soir.

— Cette femme a tant de vitalité et d'esprit ! ajouta-t-il. Elle doit vous être d'une délicieuse compagnie.

— En effet, répondit-elle en grinçant pratiquement des dents. Nous devons espérer que cette énergie compensera le fait que nous sommes un nombre impair à ce dîner.

— Ma chère Lady Craster, intervint le docteur qui avait entendu, avec deux tels joyaux à notre table, comment pourrions-nous estimer qu'il manque quelque chose à cette assemblée ?

À table, Nancy croisa le regard de Gabriel pour un bref instant d'humour partagé.

Elle était placée à côté du Dr Scotton, et Gabriel l'observa tandis qu'elle conversait avec lui.

Cette femme était réellement un joyau. Elle pouvait rivaliser avec n'importe quelle beauté de Londres. Ses cheveux luxuriants brillaient à la lueur des bougies, et son profil, avec son petit nez droit et son menton volontaire, était absolument parfait. Certes, elle n'était pas menue, mais il était grand lui-même et quand elle était dans ses bras elle avait la taille idéale pour poser la tête contre son épaule.

Il se souvint des quelques fois où elle l'avait fait, avec ses boucles qui lui chatouillaient le menton.

Bon sang, s'il n'avait pas été un célibataire endurci, il aurait même pu être tenté de…

— … Ne croyez-vous pas, Lord Gabriel ?

La voix de Lady Craster le tira de sa rêverie. Il fut contraint de s'excuser et de la prier de répéter sa question, mais il se consola avec la pensée que sa distraction la convaincrait plus encore de son intérêt pour Nancy.

Nancy fut soulagée que les messieurs ne s'attardent pas trop longtemps à boire leur porto au fumoir ce soir-là. Restée seule avec Susan au salon, elle s'attendait à ce que cette dernière lui reproche d'avoir choisi de porter la robe en soie fauve pour ce dîner. Au lieu de cela, Lady Craster décida de manifester son déplaisir en l'ignorant. Elle prit un numéro du *Lady's Magazine* et feignit de le lire en détail à la lumière d'un chandelier.

Cependant, quand le comte revint avec ses invités, Lady Craster quitta vivement son fauteuil, déclarant avec entrain qu'elle ne les attendait pas avant une heure au moins.

— Ce satané docteur ne m'a pas autorisé plus d'un verre de porto, bougonna le comte.

— Allons, allons, milord ! Vous savez que c'est pour votre bien, si vous voulez éviter une crise de goutte douloureuse. Je suis certain que personne ici ne le souhaite, n'est-ce pas, Lady Ann ?

Le docteur prit un siège à côté de Nancy et lui adressa un sourire patelin.

— De plus, Lord Gabriel et moi étions impatients de retrouver les dames.

Le médecin engagea la conversation avec elle et l'accapara volontairement. Il lui posa des questions sur son mariage et son enfance. Répugnant à ajouter des détails à l'histoire qu'elle avait déjà fabriquée de toutes pièces, elle lui répondit précautionneusement, en détournant habilement ses questions les plus indiscrètes.

Intérieurement, elle soupira de soulagement lorsqu'un domestique apporta le plateau du thé, lui fournissant opportunément un prétexte pour échapper à la curiosité du médecin en faisant le service.

Elle commençait à s'inquiéter : Gabriel n'avait pas eu la moindre occasion de s'éclipser pour aller fouiller la chambre bleue, et elle n'avait pas pu non plus lui parler en privé, ce qu'elle devait absolument faire s'il devait revenir à Masserton Court en pleine nuit.

Elle resta près du plateau, et quand Susan eut rempli les tasses, elle porta la première au docteur, puis retourna en prendre deux autres, une pour elle-même et une pour Gabriel qui avait traversé le salon pour aller se poster devant une fenêtre dont les rideaux n'avaient pas été tirés. Il contemplait la nuit d'un air songeur.

— Dites-moi, Lady Ann, y a-t-il plus beau qu'un paysage d'hiver au clair de lune ?

— C'est beau, en effet, quand on l'observe depuis le confort d'une pièce bien chauffée, répondit-elle en lui tendant sa tasse de thé.

— Vous avez l'esprit pratique avant tout, je l'avais déjà remarqué, dit-il en gardant le dos tourné à l'assistance. Quelle porte peut-on me laisser ouverte cette nuit ? ajouta-t-il dans un murmure.

Nancy vint à ses côtés, tout près, comme si elle contemplait également la vue.

— Une porte de service qui donne sur le jardin est du côté de la buanderie, à l'arrière de la maison. Vous pourrez laisser votre cheval non loin de là en toute sécurité. Personne ne circule là après le crépuscule.

— Bien. Peut-être Mrs Yelland pourrait-elle huiler les gonds et la poignée.

— J'ai déjà pris cette précaution moi-même, lui dit-elle avec un petit sourire. Je pense qu'il vaut mieux ne pas impliquer Hester dans tout ceci. Je lui ai dit de ne pas m'attendre pour se coucher. Je serai là pour vous faire entrer.

Du coin de l'œil, elle repéra un mouvement dans la pièce. C'était le Dr Scotton qui venait vers eux. Elle haussa donc légèrement la voix.

— La lune est belle, ce soir, et le ciel est clair. Vous serez bien éclairé pour rentrer, milord.

Il lui répondit sur le même ton.

— En effet. Je serai à ma porte à 2 heures du matin, pas plus tard.

— Deux heures ? gloussa le docteur. Dieu du ciel, milord, j'avais cru comprendre que vos amis n'habitaient pas à plus de deux miles d'ici ! Vous serez dans votre lit bien avant 2 heures, n'ayez aucune inquiétude !

Il secoua la tête en riant.

— Ah, vous, les gens de la haute société, avec vos mœurs de citadins amateurs de nuits blanches ! Je suis désolé de vous décevoir, mais le comte et sa fiancée ne veillent pas jusqu'à des heures aussi tardives qu'il est à la mode de le faire à Londres.

— Et Lord Gabriel ne voudra certainement pas veiller très tard non plus, d'ailleurs, intervint Lady Craster en les rejoignant. Le comte vient de me dire que vous partiez pour le nord demain, milord.

— Vous partez ? s'exclama Nancy, incapable de se retenir.

— Mais oui. Ne vous l'avais-je pas dit, Lady Ann ?

Son ton innocent agaça Nancy. Elle savait qu'il devait partir, mais l'entendre de la bouche de Susan avait été un coup douloureux.

— Maintenant que les routes sont dégagées, je peux repartir, ajouta-t-il.

— Bien sûr, dit Susan en lançant un regard triomphant à Nancy. Lord Gabriel ne peut s'attarder ici par caprice, Lady Ann. Il a des obligations envers sa famille, quand bien même il aurait grand désir de rester.

— Certainement. J'ai des obligations.

Venait-elle d'apercevoir une infime lueur d'excuse dans ses yeux ? Était-il en train de lui rappeler qu'il devait faire son devoir ? Nancy le savait, évidemment. Ne lui avait-il pas affirmé clairement ce matin même que leur idylle était terminée ?

— Mais il n'est pas encore très tard. Ce serait dommage de mettre un terme à cette charmante réunion, remarqua alors le docteur, avec un sourire ravi. Profitons donc du reste de la soirée ! Je n'ai pas souvent le privilège de me trouver en aussi bonne compagnie ! Lady Ann, peut-être voudriez-vous chanter pour nous, avant que nous ne nous retirions pour la nuit, demanda-t-il en se tournant vers elle. Vous pourriez peut-être nous faire faire de doux rêves en nous interprétant une berceuse.

Elle fut choquée par cette suggestion.

— Oh ! non, je ne le pourrais pas, répondit-elle. Cela fait si longtemps que je n'ai pas chanté…

— Vous êtes trop modeste, madame. Lady Craster

m'a dit vous avoir entendue chanter et jouer ici sur ce magnifique piano Broadwood.

— Mais je ne le fais que pour moi, monsieur, et je suis bien incapable de m'accompagner suffisamment bien pour satisfaire un auditoire.

— Dans ce cas, laissez-moi jouer pour vous, proposa Gabriel. Je suis tout à fait expérimenté, savez-vous, et j'aimerais beaucoup vous entendre chanter. Allons au piano-forte. J'ai vu qu'il y a une pile de partitions sur une console à côté, ainsi que des chansons dans un recueil qui porte votre nom.

— Il est toujours là ? s'exclama-t-elle, surprise. Je l'ai compilé il y a bien des années de cela. Depuis bien trop longtemps pour que je puisse me souvenir des paroles des chansons !

Les yeux de Gabriel brillèrent quand il trouva le moyen de la contredire.

— Alors vous pourrez les lire par-dessus mon épaule tandis que je jouerai. Venez, je suis certain que nous allons trouver une chanson qui nous conviendra à tous deux.

Il lui passa la main sous le coude pour l'entraîner et gratifia le docteur de son irrésistible sourire.

— Si vous voulez bien nous excuser, monsieur…

— Gabriel, laissez-moi ! le supplia-t-elle tandis qu'ils se dirigeaient vers le piano-forte. Je ne veux ni jouer ni chanter.

— Oh ! Mais pourquoi ? Je croyais que toutes les dames appréciaient les occasions de se mettre en valeur.

— Pourquoi croyez-vous que je ne joue que lorsque je suis seule ? répondit-elle avec brusquerie. Mon père n'est pas du tout mélomane, sa fiancée non plus. Ils s'ennuieraient à mourir en m'écoutant.

— Mais le Dr Scotton en a très envie. Pour, euh… l'aider à s'endormir.

Elle gloussa malgré elle et se sentit un peu mieux, mais elle était néanmoins décidée à résister.

— Je suis certaine qu'il pourra très bien s'endormir sans cela.

— Mais comment pouvez-vous manquer de cœur au point de décevoir ce pauvre homme, alors qu'il semble tellement épris de vous ?

— Très facilement, voyez-vous ! lança-t-elle. Le « pauvre homme », comme vous dites, m'a suivie toute la journée à travers la maison, c'était insupportable !

Ils étaient arrivés devant la console et elle resta là, indécise, tandis que Gabriel regardait les partitions.

Quand elle était enfant, elle aimait beaucoup la musique, mais ne jouait qu'en secret, ou avec sa sœur. Elle se souvint que sa mère avait déclaré que, s'ils engageaient des sommes non négligeables afin de rémunérer un professeur de musique pour Mary, celui-ci pouvait en même temps s'occuper d'elle aussi. Son père s'était montré encore moins encourageant et enthousiaste, et n'avait pas caché son point de vue sur la question.

« Mary doit apprendre, bien sûr, mais Ann… Ann n'arrivera jamais à grand-chose. »

Elle ferma les yeux en essayant de chasser le souvenir de ces propos cruels. Si seulement il avait pu continuer à la considérer si peu digne d'intérêt quand elle était devenue jeune fille ! Si seulement le riche et libidineux vicomte Packington n'avait pas posé les yeux sur elle avec convoitise !

— Que pensez-vous de celle-ci ?

Elle rouvrit les yeux. Gabriel lui montrait le recueil ouvert.

— Vous l'avez intitulée la *Chanson de Laura*, mais je la connais mieux sous le titre de *Personne ne me commandera*.

Elle regarda la partition. C'était la dernière chose qu'elle avait écrite dans ce recueil, peu avant sa fuite. La chanson était censée être une mise en garde pour les jeunes ladies, car Laura avait terminé en « vieille fille aigrie ».

Plutôt que d'épouser l'homme que son père avait choisi pour elle, Nancy avait préféré risquer de connaître le même destin que Laura.

— C'est un peu trop proche de ma propre histoire, dit-elle en prenant le recueil pour le feuilleter quelques pages en arrière. Celle-ci conviendrait mieux, je crois. *La Douce Jenny, la jeune fille de la lande*.

Soudain gênée, elle rougit et lui rendit le recueil d'un geste brusque.

— Je préférerais ne pas chanter du tout ce soir, insista-t-elle.

— Mais vous le ferez quand même, n'est-ce pas ? demanda-t-il en lui lançant un regard d'encouragement. Si je joue, chanterez-vous ? Pour moi ?

Nancy hésita, alors qu'elle savait déjà très bien qu'elle ne refuserait pas.

L'occasion de chanter pour Gabriel, de faire de la musique avec lui, même pour une fois seulement, était bien trop tentante.

Il lut la réponse sur son visage et lui sourit. Sans un mot, il s'assit devant le pianoforte, plaça le recueil ouvert sur le porte partition et laissa courir ses doigts sur le clavier.

— *Les filles d'Écosse sont belles et libres*…, commença Nancy, regardant à peine la partition car les paroles lui revenaient toutes seules.

Sa voix s'affermit au fur et à mesure qu'elle reprenait confiance en elle et, à la fin de la chanson, elle se rendit compte qu'elle prenait plaisir à chanter de nouveau.

Ils enchaînèrent avec *Le Muguet*, puis *Robin Adair* puis, quand Gabriel suggéra un duo, elle accepta.

Il lui importait peu que son père soit en train de somnoler dans son fauteuil ou que Susan ait l'air de s'ennuyer. Alors que les chansons se succédaient, elle oubliait son public, oubliait tout, si ce n'était le plaisir de chanter, sa voix se mêlant à la voix de ténor de Gabriel tandis que la musique s'enroulait en volutes autour de l'histoire de deux amants, séparés puis réunis.

Sans réfléchir, à la fin de la chanson, elle posa la main sur sa robuste épaule. Et tandis que les dernières notes s'envolaient elle prit conscience du fait qu'elle souriait. Elle s'en voulut aussitôt car elle se trouva très niaise de réagir de la sorte.

— Oh ! *bravo*, Lady Ann ! *Bravo*, milord ! Quelle belle interprétation !

Le Dr Scotton applaudit avec enthousiasme tandis que le comte se réveillait en sursaut sous l'effet du coup de coude que lui donna Susan.

— Euh... Quoi ? Ah, oui ! Très bien, très bien.

Surprise et enchantée qu'ils aient si bien joué en duo, Nancy répondit par un regard radieux au sourire que Gabriel lui adressait.

— Je suis impressionnée, milord, murmura-t-elle. N'y a-t-il aucune limite à vos talents ?

— Merci. On considère généralement que je suis plutôt habile de mes mains.

Elle faillit presque s'étrangler à cette allusion et eut le plus grand mal à ne pas perdre contenance tandis qu'elle s'écartait du pianoforte.

— Dieu du ciel, il est presque minuit ! s'exclama Susan. Comme le temps passe vite !

Elle se leva, indiquant ainsi clairement la fin de la soirée.

— En effet, dit Gabriel, et je dois partir.

Il salua le docteur d'un signe de tête, avant de se tourner vers Nancy.

— Lady Ann.

Elle lui tendit la main. Toujours euphorique après leur duo, elle répondit impulsivement.

— Merci. À vrai dire, je ne pensais pas me divertir autant ce soir.

Il lui embrassa les doigts, articula : « 2 heures » en silence et se retourna pour prendre congé de son hôte et de son hôtesse. Il partit ensuite rapidement, et Nancy ne put que soupirer.

— Quelle charmante soirée ! lança Lady Craster quand la porte se fut refermée sur lui. Il est bien dommage que nous soyons désormais privés du plaisir des visites de Lord Gabriel, dit-elle avec un sourire condescendant adressé à Nancy. Je vous avais prévenue, ma chère, de ne pas nourrir d'espoirs le concernant.

— Un homme tout à fait charmant, fit remarquer le docteur. Mais je crains qu'on ne puisse se fier à lui, ajouta-t-il en riant. Ces hommes aisés sont tous les mêmes, Lady Ann. Ils font de très agréables compagnons, mais ne se rangent jamais.

— C'est exactement ce que je lui ai dit, renchérit Susan en rejoignant Nancy pour lui prendre le bras. Il est temps de nous retirer, ma chère.

Elles sortirent ensemble, mais dès qu'elles eurent quitté le salon, Nancy se dégagea doucement.

Susan fit un petit « tsst ».

— J'espère que vous ne prenez pas trop à cœur la mise en garde du docteur, ou la mienne, dit-elle. Vous êtes restée en dehors de la haute société un long moment et, en tant que veuve, je crains que vous ne soyez sensible aux charmes de ce genre de séducteur.

— Je vous remercie, mais vos conseils ne sont pas nécessaires, répliqua Nancy, en relevant le menton.

Quoique je me demande si Lord Gabriel est vraiment si redoutable que cela.

— Oh ! il l'est, ma chère croyez-moi ! J'ai déjà croisé ce genre d'hommes ! fit Susan avec un petit rire entendu. Et quand bien même il aurait une réputation irréprochable, vous êtes veuve d'un commerçant. Jamais les Baxenden n'approuveraient une telle union, quelle que soit votre richesse.

— J'en suis fort consciente.

Susan avait tout à fait raison.

Nancy se rappelait parfaitement la manière dont la haute société, qui n'appréciait pas les riches veuves de commerçants, l'avait tenue à l'écart quand elle se livrait à sa mascarade à Londres. Les gens estimaient qu'elle avait été souillée par le monde du commerce, mais la réalité était de loin bien pire. Car si la bonne société considérait que la moindre relation avec le commerce était dégradante, que penserait-elle alors d'une femme qui avait gagné sa vie en tant que cuisinière ? Le legs important de sa grand-mère la rendait certes désormais acceptable pour un gentleman désargenté, mais pour un fils de marquis, lui-même disposant d'une confortable fortune ? Impensable !

Et elle n'y avait jamais aspiré, se répéta-t-elle une fois encore. Elle n'avait jamais demandé plus à Gabriel que d'être son amant un court moment.

Sentant les larmes lui monter aux yeux, elle prit congé de Lady Craster et se précipita vers sa chambre.

Chapitre 14

Allongée dans son lit, Nancy attendait que la maison soit parfaitement silencieuse. Elle suivait le mouvement des aiguilles de la pendule de sa chambre à la lueur de sa bougie, 1 heure, 1 h 30… Elle tendit l'oreille, mais n'entendit rien. Même le bruit familier du bois de charpente qui craquait d'ordinaire la nuit s'était arrêté.

Elle se glissa hors de son lit, enfila ses pantoufles en chevreau et s'enroula dans un châle. Après avoir ouvert doucement la porte de sa chambre, elle jeta un coup d'œil dans le couloir pour s'assurer qu'il était désert. Elle connaissait suffisamment la maison pour éviter les lames de parquet qui grinçaient, et le clair de lune qui filtrait à travers l'œil-de-bœuf de l'escalier lui suffit pour se déplacer sans bougie.

Quand elle arriva à la porte donnant sur le jardin, elle la déverrouilla doucement et attendit.

Elle entendit une pendule sonner l'heure quelque part à l'étage, et presque avant la fin du carillon la poignée de la porte tourna. La porte s'ouvrit en silence, et Nancy poussa un petit soupir de soulagement quand Gabriel entra.

Dans la pénombre, Gabriel discerna une forme spectrale. Nancy. Alors que ses yeux s'habituaient à l'obscurité, il vit sa magnifique chevelure libre sur ses épaules, et constata qu'elle ne portait guère plus qu'un châle sur sa fine chemise de nuit. Il ne put s'empêcher de lui tendre les bras.

Après une infime hésitation, elle se jeta contre lui. Ses lèvres étaient si douces qu'il fut terriblement tenté de la porter jusqu'à son lit. Elle avait quitté Dell House il y avait deux semaines à peine, et elle occupait ses pensées en permanence. C'était impossible, bien sûr. Il avait des ordres. Mais plus tard, peut-être, quand tout serait terminé, il viendrait la chercher.

Ce fut elle qui mit fin à leur baiser. En entendant le petit soupir qu'elle poussa, il ne put se retenir de la taquiner.

— Vous ai-je manqué ? chuchota-t-il.

Même dans l'obscurité, il fut certain qu'elle rougissait. Elle ne répondit rien, le repoussa, et lui fit signe de la suivre. Sans un mot, elle prit sur une console du hall l'un des petits bougeoirs utilisés pour se rendre dans les chambres et un nécessaire pour allumer la bougie.

Elle le conduisit à l'étage, puis le précéda dans les couloirs menant à la chambre fermée à clé.

— Avez-vous besoin que j'allume la bougie ?

Elle était si près de lui qu'il sentit son souffle sur sa joue.

— Non.

Il sortit son trousseau de crochets de sa poche. Il ne lui fallut qu'un instant pour trouver le bon, le glisser dans la serrure et le tourner en douceur pour déverrouiller la porte. Après un léger déclic, celle-ci s'ouvrit et ils se faufilèrent à l'intérieur.

Nancy referma la porte et s'y adossa.

— Ainsi, vous ajoutez l'effraction à vos talents, murmura-t-elle. Quelle carrière riche et variée, milord !

Il lui sourit sans retenue.

— Pendant mon court passage dans l'armée, j'ai eu

sous mes ordres un ou deux soldats, euh… peu communs, qui m'ont enseigné certaines choses utiles.

Elle émit un petit « tsst » faussement indigné tandis qu'elle allumait la bougie. Cela contribuait pauvrement à l'éclairage déjà fourni par le clair de lune, mais cette lueur ne serait pas remarquée dans le cas où quelqu'un passerait devant la porte.

Il balaya la pièce du regard. Elle avait été débarrassée de presque tous ses meubles, et de larges pans de mur étaient désormais nus, pâles dans la pénombre. D'après la forte odeur de peinture, il en déduisit que les boiseries venaient d'être rafraîchies.

Nancy lui montra une commode à la façade bombée, recouverte d'une housse de protection, avec un gros paquet posé sur le dessus.

— L'album d'échantillons, chuchota-t-elle. Emballé, prêt à être réexpédié à Lincoln.

Glissée sous la ficelle nouant le paquet se trouvait la lettre d'instructions pour Hewitt and Sons. Gabriel la prit pour la soupeser.

— Hum… C'est trop léger et trop fin pour contenir les documents. Il serait plus logique qu'ils soient dissimulés dans l'album lui-même. Approchez un peu la bougie.

Il défit la ficelle avec un soin extrême et retira l'emballage en toile cirée, pour découvrir un grand album cartonné sur la couverture duquel était imprimé le nom de la maison *Hewitt, Papiers Peints et Manufacture de Papier Mâché* avec de nombreuses fioritures. Il feuilleta les carrés d'échantillons de papiers peints qui avaient été reliés avec soin pour former l'album, et eut un petit hochement de tête satisfait. Il sortit d'entre les pages une liasse de feuilles rigides, pliées et attachées ensemble par un ruban rouge scellé à la cire.

— Victoire ! s'exclama-t-il.

Nancy regarda fixement le cachet qui scellait le ruban. Jusqu'à cet instant précis, elle n'avait jamais réellement cru que les documents volés pouvaient se trouver à Masserton Court, et elle sentit un frisson lui parcourir la colonne vertébrale. Comment son père pouvait-il être impliqué dans tout ceci ? Il ne risquerait certainement pas en toute connaissance de cause le déshonneur, la disgrâce et l'exécution. Il ne manquait certes pas de défauts, mais il était d'une honnêteté scrupuleuse et n'avait jamais enfreint la loi.

Et cependant, la preuve était là…

Elle porta sa main devant sa bouche, en proie à une légère nausée.

— Nancy ? fit Gabriel qui la scrutait attentivement. Allez-vous vous trouver mal ?

Sa réflexion eut l'effet souhaité.

— Non, bien sûr que non, dit-elle en reprenant sa respiration avant de lever la bougie un peu plus haut. Continuez.

Il prit son canif, en chauffa la lame au-dessus de la flamme de la bougie et fit doucement sauter le sceau. La première feuille était vierge, simplement destinée à protéger l'ensemble. Gabriel examina le tout. Nancy jeta un coup d'œil par-dessus son épaule, mais les caractères minuscules et serrés dansèrent devant ses yeux, et elle ne put rien déchiffrer.

— Est-ce ce que vous cherchiez ? demanda-t-elle dans un souffle. Ce sont bien les plans et documents volés ?

— Oh oui ! dit-il d'un ton sinistre.

Elle réprima une nouvelle vague de nausée, et Gabriel reprit la parole avec douceur, tout bas.

— Je n'aurais pas dû vous entraîner là-dedans. Oh ! Nancy, vous devez regretter de m'avoir rencontré !

Elle fit un signe de dénégation.

— Je préférerais que tout cela n'ait pas lieu, mais que je le sache ou non ne ferait aucune différence. Que va-t-il se passer maintenant ?

— Je vais emporter ces documents à Londres. Quant à l'album d'échantillons, il doit continuer son chemin comme si de rien n'était, en espérant que personne n'aura l'idée de vérifier son contenu avant son transport. Le capitaine Graves pourra ensuite appréhender son transporteur et tous ses comparses.

— Dont mon père.

— Oui. Je suis vraiment désolé.

Pendant un bref instant de folie, elle envisagea de supplier Gabriel de détruire les documents, de tout oublier, et de s'enfuir avec elle. Il ne le ferait pas, évidemment. Les traîtres à l'Angleterre devaient être arrêtés, elle le savait fort bien, et il était impossible d'agir autrement.

Quoi qu'il en soit, elle n'arrivait toujours pas à croire que son père puisse être un traître. Peut-être Gabriel lui laisserait-elle le temps de le prévenir, afin qu'il ait la possibilité de quitter le pays...

Gabriel était en train de refaire le paquet à l'identique.

— Il faut remplacer les documents par quelque chose d'équivalent, dit-il avant de les glisser dans son pardessus. Au cas où quelqu'un déciderait de vérifier qu'ils sont toujours dans l'album.

Elle alla vers la petite table près de la fenêtre où les notes et papiers personnels de Susan étaient éparpillés. Elle les examina rapidement à la lueur de la bougie, et en sélectionna quelques-uns qu'elle apporta à Gabriel.

— Voilà. Prenez ceux-ci. Tout est adressé à Lady Craster, il n'y a aucune mention de mon père, ajouta-t-elle sans pouvoir réprimer le tremblement de sa voix qui trahissait son soulagement.

— Je ferai tout mon possible, Nancy, mais je ne peux pas promettre de le laisser en dehors de cette affaire.

— Je comprends. Le mieux qu'il pourra faire sera de plaider l'ignorance. Il passera au pire pour un imbécile. C'est toujours mieux que passer pour un traître.

Elle poussa les feuilles entre les mains de Gabriel. Elles étaient légèrement plus petites que les originaux, mais une fois pliées et enveloppées des feuilles vierges de couverture, elle ne discerna pas de différence notable.

Gabriel replaça le ruban puis chauffa le dos du cachet de cire avec précaution avant de l'apposer sur le ruban comme auparavant et de remettre le paquet à sa place entre les échantillons de papier peint.

Quelque part dans la maison le parquet grinça, faisant sursauter Nancy.

Elle prit le bras de Gabriel.

— Vous devriez partir. Il est vital que vous fassiez sortir ces plans de la maison. Laissez-moi terminer ici.

— Non, je vais le faire. J'ai mémorisé la manière dont le paquet était confectionné et attaché, lui dit-il avec un sourire rassurant. Rien ne presse, je ne peux pas partir pour Londres avant l'aube, et je dois aussi m'entretenir avec le capitaine Graves.

Les nerfs déjà très éprouvés, Nancy eut l'impression que cela prenait une éternité pour refaire l'emballage de toile cirée à l'identique. Elle souffla la bougie avant qu'ils ne quittent la pièce et attendit anxieusement que Gabriel verrouille de nouveau la porte de la chambre bleue.

Elle essaya de calmer sa respiration saccadée tout en sachant qu'elle ne se détendrait pas tant qu'il n'aurait pas quitté la demeure. Elle flageolait sur ses jambes en redescendant l'escalier pour lui montrer le chemin, mais n'oublia pas de redéposer le bougeoir et le nécessaire d'allumage sur la console du hall afin que personne ne remarque que l'on s'en était servi.

Gabriel s'arrêta devant la porte du jardin.

— Merci, dit-il doucement. Je vous suis plus redevable que je ne saurais le dire.

— J'ai fait ce qui devait être fait. Je serais plus heureuse si nous n'avions pas découvert que mon père est impliqué.

— Je ferai ce que je peux pour lui, vous avez ma parole.

À court de mots, elle hocha la tête en silence. Il la prit dans ses bras et l'embrassa violemment. Elle répondit de la même manière, puisant du réconfort dans ce baiser, sachant que ce serait le dernier. Puis, à regret, elle se dégagea de son étreinte.

— Partez, maintenant. Apportez ces documents à Londres au plus vite.

Il lui prit les mains.

— Venez avec moi ! l'exhorta-t-il. Vous n'êtes pas en sécurité, ici. Je peux venir vous chercher à la première heure et vous emmener à Londres, ajouta-t-il en lui serrant les doigts à les écraser. Je veux que vous soyez avec moi, Nancy. Nous nous entendons bien tous les deux.

Elle tenta en vain de ravaler la boule qui s'était formée dans sa gorge. Elle voulait tellement partir avec lui, mais à quel titre ? En tant que maîtresse ? Une parmi les douzaines dont il avait parlé… Quand il se lasserait d'elle, elle ne doutait pas qu'il la rétribuerait généreusement, mais ce n'était pas ce qu'elle voulait.

Elle avait apprécié sa compagnie, les souvenirs de leurs journées et de leurs nuits étaient bien préservés dans sa mémoire, prêts à revenir la réconforter dès qu'elle serait triste. Mais il valait mieux qu'ils arrêtent tout maintenant, pendant qu'elle pouvait encore s'en aller tête haute, même si son cœur était meurtri.

Elle s'obligea à rire et força son ton jovial.

— Nous nous entendions bien en effet, c'est on ne peut plus vrai. Mais nous étions bien d'accord tous les deux pour que ce ne soit qu'une courte liaison, jusqu'à la fonte des neiges.

Elle regarda derrière lui. Les champs étaient encore blancs en partie, mais désormais parsemés de plaques sombres où la neige avait disparu.

Le signe de la fin.

— Ne vous inquiétez donc pas pour moi, Gabriel, je ne suis pas en danger. J'ai l'intention de repartir pour Prospect House dès ce matin. Et comme ni mon père ni Lady Craster ne veulent de moi ici, il est fort peu probable qu'ils s'opposent à mon départ.

Gabriel la dévisageait intensément, et elle avait très peur de flancher s'il ne partait pas très vite. Elle abandonnerait les derniers vestiges de son orgueil et se jetterait dans ses bras.

Elle le poussa donc légèrement, avant d'ajouter d'un ton sec :

— Allez, milord, en route. Faites votre devoir pour le roi et notre pays !

Il hésita un moment, comme s'il allait dire quelque chose, puis il se fondit dans l'ombre.

Nancy le regarda s'éloigner, gravant sa silhouette dans sa mémoire : les larges épaules, la démarche assurée, l'éclat d'un rayon de lune sur ses cheveux, et la vapeur de son souffle dans l'air nocturne.

Elle lui cria intérieurement de se retourner, de lui offrir un dernier sourire, mais il ne ralentit pas l'allure. Il repartait dans son monde, et elle, de son côté, allait vite retrouver le sien.

Tout à coup, elle prit conscience de l'air glacial qui la

pénétrait jusqu'aux os à travers son fin vêtement de nuit et frissonna. Elle referma la porte et remit les verrous en place.

Il n'y avait aucune raison pour qu'ils se revoient.

Gabriel galopait en s'éloignant de Masserton Court, au rythme syncopé que les sabots de son cheval martelaient sur le sol gelé.

Il avait atteint son objectif : récupérer les plans volés et découvrir de quelle manière ils quittaient le pays. Il avait déjà informé ses supérieurs de la Couronne à propos de Meldrew, le transporteur-livreur de Londres, et pouvait désormais transmettre l'information sur le marchand de papiers peints au capitaine Graves. Ce dernier pourrait intercepter la voiture de Hewitt lorsqu'elle prendrait le chemin de la côte, et il ne doutait pas un instant que l'album d'échantillons venu de Masserton serait parmi les marchandises, ainsi que les documents incriminant Lady Craster.

Alors qu'il aurait dû se féliciter pour cette mission bien menée, il ne cessait de penser à Nancy, comme à quelque chose qu'il aurait laissé en suspens. Il revit la dernière image qu'il avait d'elle, pâle et éthérée comme un spectre sur le seuil de la porte.

Il éclata de rire. Il n'y avait rien d'éthéré chez Nancy ! Leurs nuits passées ensemble avaient été enflammées, en dépit du temps glacial. Il se souvenait de la sensation délicieuse éprouvée lorsqu'il la tenait dans ses bras, brûlante et passionnée, de la façon dont leurs corps se mêlaient et se fondaient l'un dans l'autre, comme deux sublimes parties d'un tout.

Comment pouvait-on se rassasier de cela ?

— Ah, je voudrais…

Il pinça les lèvres pour s'empêcher de monologuer dans la nuit glacée. Bon sang, il devenait sentimental à l'excès ! Jamais encore il n'avait regretté la fin de ses liaisons. Jamais. À trente-cinq ans, il était bien trop ancré dans ses habitudes pour en changer maintenant.

Nancy avait raison, leur liaison avait été un interlude plaisant, destiné à faire oublier les jours de neige. Si elle ne regrettait pas leur séparation, il ne le devrait pas lui non plus. Le printemps allait arriver, la haute société regagnerait Londres pour la saison, et il y aurait pléthore de jeunes beautés pour le tenter.

Quelques mois en ville, et tout cet épisode, ainsi que Nancy, ne seraient plus qu'un vague souvenir.

Il enfonça son chapeau plus fermement sur sa tête et continua à galoper dans la nuit.

Quand il arriva à Hollybank, un valet ensommeillé lui ouvrit la porte et il se hâta vers sa chambre en silence. Il y trouva John en train de somnoler dans un fauteuil.

— Enfer et damnation ! Pourquoi êtes-vous resté à veiller pour moi, John ? s'exclama-t-il en lui posant la main sur l'épaule pour le réveiller. Vous savez très bien que je peux me préparer tout seul pour aller me coucher !

— Oui, milord, je le sais.

Thoresby bâilla sans retenue et se leva. Il alla tisonner les braises dans la cheminée pour les raviver.

— Avez-vous trouvé ce que vous cherchiez ? demanda-t-il.

— Oui, répondit Gabriel en tapotant la poche de son pardessus.

Pourtant, il ne se sentait pas vraiment heureux. Pour la première fois il n'éprouvait pas la satisfaction qui accompagnait habituellement la conclusion et le succès d'une mission. Mais il était épuisé et mit cela sur le compte de la fatigue.

— Quelques heures de sommeil, et nous serons en route pour Londres, dit-il.

— Vous aimerez sans doute savoir ce que j'ai appris à Lincoln aujourd'hui…

Gabriel se frotta les yeux. Il était soudain écœuré de toute cette affaire.

— Demain, John, si vous voulez bien, répondit-il sèchement. Je suis fourbu, et j'ai besoin de dormir.

Le léger raidissement de John après cette rebuffade le calma aussitôt et il tendit la main vers lui dans un geste d'excuse.

— Pardonnez-moi, mon ami. C'était déplacé de ma part. Mieux vaut me le dire maintenant, vous avez raison.

Il fit signe à John de reprendre sa place et s'assit au bord de son lit.

— Je doute que ce soit important, milord, cela ne fait qu'en rajouter un peu à ce que nous savons déjà. J'ai découvert que Lady Craster a vécu plusieurs années à Lincoln, avant son mariage. Il semblerait qu'elle ait eu de la famille là-bas à une certaine époque. Et j'ai appris qu'elle y a fait une visite à la fin du printemps dernier, juste avant de partir pour Brighton.

— Où elle a fait la connaissance de Lord ~Masserton, compléta Gabriel. Cela suggérerait donc qu'elle avait prémédité de le séduire.

— C'est exactement ce que je me suis dit, milord. Masserton Court est idéalement situé pour les contacts de Lady Craster à Lincoln.

— Et personne ne se poserait de questions sur le fait qu'une lady commande ses robes à Londres et se les fasse livrer. Elle fait donc arriver les documents en toute tranquillité par ce moyen, bien cachés dans une robe. Ensuite Hewitt prend le relais, et ils atteignent la côte sans encombre, puis les Pays-Bas enfin, grâce aux albums de papiers peints.

Thoresby hocha la tête.

— Et dire que pendant tout ce temps, nos gens surveillaient les ports de la côte sud ! Ils nous ont bien égarés, n'est-ce pas, en choisissant Lincoln, en dehors de toute logique.

— Et le Dr Scotton ? demanda Gabriel. Avez-vous trouvé quoi que ce soit de suspect de son côté ?

— Non, rien. Il a un cabinet à Lincoln depuis des années et y est très respecté. Il dirige un asile d'aliénés privé avec un associé dans les faubourgs de la ville, qui héberge également des malades mentaux nécessiteux, pris en charge par la paroisse.

Gabriel émit un reniflement sceptique.

— Cela ne prouve pas ses compétences, pas plus que cela ne nous renseigne sur sa personnalité. Cependant, il est peu probable qu'il veuille mettre en péril ce revenu lucratif en prenant des libertés avec la loi. Et il est possible que Lady Craster ait connu ce docteur quand elle vivait à Lincoln, ce qui l'aura incitée en toute confiance à le recommander à Masserton. Non, c'est Hewitt qui nous intéresse, puisque les documents étaient dans l'album de sa firme. Le capitaine Graves pourra se concentrer sur lui demain.

Il se leva et s'étira.

— Merci, John. Si votre rapport est terminé, je vous souhaite bonne nuit. Nous avons un long voyage à faire demain, et nous avons tous deux besoin de repos.

— Et après Londres, milord, repartirons-nous vers le nord ?

— Et pourquoi diable ferions-nous cela ? s'exclama Gabriel, conscient de la chaleur qui lui montait aux joues.

Comment cet homme pouvait-il savoir qu'il avait songé à rejoindre Nancy à ce Prospect House dont elle avait parlé à plusieurs reprises ? Même si tout était terminé entre eux, il voulait voir où elle vivait, et s'assurer qu'elle était en sécurité.

John le regarda d'un air innocent.

— Pour rendre visite à votre père, monsieur. À Alkborough.

— Oh !

Gabriel ne crut pas un instant que c'était ce que John avait voulu dire, mais il n'allait pas en discuter avec lui maintenant.

— Non. Nous resterons à Londres jusqu'à la fin de l'hiver. J'ai eu largement ma part de froid et de contrées perdues dans le nord !

Nancy vérifia une seconde fois les verrous avant de repartir vers sa chambre. Elle avait demandé à Hester de la réveiller à la première heure, aussi valait-il mieux qu'elle essaye de dormir un peu. Elle avait prévu de quitter Masserton Court très tôt dans la matinée et de prendre la première voiture en direction du nord.

La lune était désormais au plus haut, et brillait tant sur les premières marches de l'escalier que Nancy, perdue dans ses pensées, ne remarqua pas la lueur de la bougie sur le palier au-dessus d'elle quand elle commença à monter. La voix hargneuse de son père la surprit tant qu'elle faillit rater une marche.

— Que diable fais-tu donc, ma fille ?

Elle s'arrêta et se cramponna à la rampe, le cœur battant si fort qu'elle crut même défaillir.

— Monte ici, tout de suite !

Une main toujours sur la rampe, Nancy gagna rapidement le palier. Trois personnes l'y attendaient : son père, Susan et le Dr Scotton, qui tenait un bougeoir pris dans sa chambre.

Nancy s'adossa à la balustrade et resta devant eux, bras croisés. Elle ne trahit pas même par un frémissement de paupières son malaise à les voir tous habillés à une heure aussi tardive.

— Je croyais que vous vous étiez tous retirés, dit-elle.

— Nous étions encore au salon, aboya son père. Nous allions nous retirer, en effet, quand un courant d'air soudain nous a avertis qu'une porte quelque part dans la maison avait été ouverte sur l'extérieur. Quel manque de chance pour toi, ma fille !

— Lady Ann ! s'exclama le docteur avec un air désapprobateur. Nous sommes obligés de vous demander ce que vous faisiez dehors à une heure pareille.

— N'est-ce pas évident ? renchérit Susan d'un ton méprisant. Elle était avec son amant, quelque part dans les dépendances.

Nancy la défia du regard. Il fallait qu'elle donne à Gabriel le temps de s'éloigner, et s'ils pensaient qu'elle l'avait retrouvé en pleine nuit pour batifoler, c'était parfait. Ils n'iraient pas imaginer qu'il avait pu s'emparer des documents et ne se lanceraient pas à sa poursuite.

Elle resserra son châle contre elle, attirant involontairement l'attention sur sa tenue.

— Et si tel était le cas ? Cela ne vous regarde pas.

— Ravenshaw ! éructa le comte. Quel chien bâtard !

— Je ne suis plus une enfant, et je suis veuve, fit-elle tranquillement remarquer. Tout comme Lady Craster.

— Susan et moi sommes fiancés. Tu es bien stupide si tu t'imagines que te donner à Ravenshaw comme une vulgaire catin le poussera à t'épouser !

— Non, je n'imagine pas cela. Et je ne faisais que me divertir. Je n'ai aucune envie de me marier.

— Oh ! vous êtes sans vergogne et dépravée ! s'exclama le Dr Scotton. Quelle façon de remercier votre père de sa gentillesse !

— Sa gentillesse ? Depuis que je suis revenue à Masserton, j'ai davantage été traitée en servante qu'en fille de la maison !

— Mais une fille qui a perdu sa réputation, lui rappela Susan d'une voix mielleuse.

— Oui, grommela le comte. Et aussi sacrément ingrate.

Nancy leva le menton. Plus ils restaient là se disputer, plus Gabriel serait en sécurité.

— Ingrate ? Comment cela ?

Susan répondit à la place de son père.

— Votre père vous a recueillie, vous a montré qu'il était désireux de vous pardonner vos errances passées, même celle d'avoir terni l'image de votre famille en épousant un commerçant.

— Oui, bon sang ! L'honneur de la famille compte-t-il si peu pour toi ? lui demanda le comte.

— Peut-être auriez-vous préféré que je choisisse d'exercer une profession subalterne, suggéra-t-elle. Dans des cuisines, par exemple.

— J'aurais préféré apprendre que tu étais morte ! rugit-il. Au moins tout cela m'aurait-il été épargné. Tu continues à me faire honte.

— Vous n'avez plus aucune autorité sur moi !

— Si, tant que tu es sous mon toit, ma fille !

— Eh bien, ce ne sera plus pour très longtemps, rétorqua-t-elle, à deux doigts de perdre son sang-froid. Il est clair que mon retour n'a pas été couronné de succès. Je vais faire mes bagages, et je partirai demain matin.

Alors qu'elle pensait que cette annonce enchanterait

Lady Craster, elle fut surprise de constater que celle-ci ne paraissait pas satisfaite.

Le Dr Scotton leva la main en un geste d'apaisement.

— Je crains que nous nous soyons tous laissés un peu emporter, Lady Ann. Peut-être devrions-nous reprendre cette discussion au petit déjeuner demain matin.

— Il n'y a rien à ajouter, répondit Nancy. Mais je suis d'accord, retirons-nous, il est temps.

Sur ces mots, elle passa devant le petit groupe et regagna sa chambre, en priant pour que Gabriel soit en sécurité, et impatiente de voir l'aube arriver afin de pouvoir à son tour quitter définitivement cette détestable maison.

Nancy laissa Hester terminer ses bagages et descendit pour le petit déjeuner vêtue de la tenue de voyage en velours vert bronze qu'elle portait à son arrivée. Elle était déterminée à partir le plus rapidement possible, et si son père ne l'autorisait pas à utiliser l'une de ses voitures pour se rendre à Tuxford où elles prendraient la voiture pour le nord, elle enverrait Davy en louer une.

Susan et son père étaient déjà attablés, et elle fut soulagée de constater qu'il n'y avait aucun signe du Dr Scotton. Le comte était de toute évidence de mauvaise humeur, et son arrivée n'interrompit pas le flot de récriminations qu'il déversait sur sa fiancée.

— Je ne vois pas pourquoi il vous fallait envoyer votre serviteur Lucas jusqu'à Lincoln avec cet album d'échantillons ! Il aurait été beaucoup plus simple d'attendre que Hewitt vienne ici le récupérer.

— Je vous l'ai dit, mon cher lord, plus vite la commande sera passée, plus vite la chambre bleue sera de nouveau utilisable.

Ainsi l'album avait été expédié, et l'air satisfait de

Susan indiquait qu'elle n'avait aucun soupçon quant au remplacement des documents. C'était là au moins une bonne nouvelle, songea Nancy en prenant place à table.

Susan la dévisagea avec froideur.

— Bonjour, Lady Ann, dit-elle en lui avançant la cafetière. Je suis heureuse de voir que vous avez daigné vous joindre à nous.

Nancy attendit que son père la salue en se servant du café, mais il se contenta de la regarder d'un air renfrogné et mécontent. Elle prit une part de cake, et but son café en s'efforçant d'ignorer sa méchante humeur.

— Puis-je avoir la voiture, père, afin de me rendre à Tuxford avec Hester ce matin ?

Son père continua à la regarder en silence, et ce fut Lady Craster qui répondit.

— Je suis certaine que cela peut être arrangé. À quelle heure souhaitez-vous partir ?

— Dès que possible. Hester termine les bagages en ce moment même.

— Disons midi ?

— Je préférerais avant, précisa Nancy en se resservant du café.

Les événements de la nuit l'avaient fatiguée, et elle se sentait amorphe. Elle espérait qu'un peu plus de café la revigorerait.

— Je crains que ce ne soit pas possible, dit Susan. Lucas est parti à Lincoln et ne rentrera pas avant midi.

— Il y a d'autres serviteurs aux écuries qui pourraient préparer la voiture, répliqua Nancy. Davy, par exemple.

— Nous verrons cela. Ma chère Lady Ann, vous êtes très pâle, ce matin. Et vous avez très peu mangé. Reprenez donc du cake. Ou un peu de pain beurré.

— Non, merci.

Elle n'avait absolument pas faim, mais se sentait extrêmement fatiguée.

— Je crois que je vais…, commença-t-elle.

Elle posa les mains sur la table, mais n'eut pas la force de se lever. Elle se sentait l'esprit embrumé, et cela lui aurait même coûté trop d'efforts de parler.

Elle se laissa aller contre le dossier de sa chaise et ferma les yeux.

Les quelques heures de sommeil que Gabriel avait pu s'accorder lui parurent loin d'être suffisantes, mais il descendit par courtoisie pour prendre son petit déjeuner avec ses hôtes et prendre congé d'eux.

Lord et Lady Blicker étaient déjà installés dans la salle à manger et impatients de savoir comment s'était déroulé son dîner à Masserton Court.

Il leur relata la soirée en détail, évitant de mentionner Nancy plus d'une seule fois, alors qu'elle occupait toutes ses pensées. Il essaya de ne pas la revoir entrer dans le salon avec sa robe de soie qui chatoyait à la lueur des bougies, accentuant chacune de ses courbes et gestes gracieux. Ni de se remémorer son apparition éthérée en robe de nuit vaporeuse, ses boucles cascadant librement sur ses épaules, et cette envie qu'il avait eue de plonger les mains dans sa chevelure et de l'attirer contre lui pour se perdre en elle.

Non, il ne devait pas penser à Nancy.

Ces pensées l'avaient distrait de la conversation et il fut obligé de s'excuser auprès de Lady Blicker et de lui demander de se répéter.

Les yeux pleins de bienveillance de cette dernière pétillèrent aussitôt.

— Je disais que nous ne serions pas offensés si vous

décidiez de séjourner à Masserton Court lors de votre prochaine visite, plutôt qu'à Hollybank.

Gabriel sourit poliment et était sur le point de changer de sujet, mais son hôte prit les devants.

— Oui, Lady Ann est devenue une bien belle femme. Accomplie, et excellente cavalière, si je me souviens bien. Un beau parti pour n'importe quel homme !

— D'autant plus qu'elle vient d'hériter de la fortune de sa grand-mère, ajouta Lady Blicker.

— Oh ! vraiment ? s'exclama Gabriel avant d'avoir pu se retenir.

Il l'ignorait totalement, mais était fort heureux si c'était vrai. Pour le bien de Nancy.

— Vous ne le saviez donc pas ? lui demanda son hôtesse en le dévisageant d'un air surpris. Tout le monde en a fait des gorges chaudes dès que la nouvelle a été connue, il y a déjà un bon moment de cela. Lady Elmstone lui a laissé une coquette somme à sa mort, même si à l'époque personne ne savait où était cette pauvre jeune fille, ni même si elle était toujours en vie.

— Trente mille livres ! gloussa Lord Blicker. Ça a dû être un sacré coup pour le comte de voir revenir Lady Ann après toutes ces années. Je ne doute pas qu'il devait imaginer que l'argent lui reviendrait, car il y avait un certain délai pour réclamer l'héritage. Et sans nouvelles de sa fille depuis si longtemps, il était donc sûr qu'il lui reviendrait !

Le petit déjeuner de Gabriel prit un goût de cendres quand il comprit les implications de cette nouvelle. Une veuve sans scrupule, un comte impécunieux qui n'avait jamais montré la moindre affection envers sa fille, et un médecin en affaires avec un asile.

Il pouvait se tromper, cependant… Il pria pour avoir tort d'échafauder ce genre de scénario sordide, mais comprit en cet instant qu'il était hors de question qu'il s'en aille et laisse Nancy livrée à son destin.

Chapitre 15

Nancy se réveilla lentement.

Elle avait mal à la tête, et la bouche désagréablement sèche. Quand elle ouvrit les yeux, la lumière la blessa et elle les referma bien vite. Puis elle les rouvrit pour regarder autour d'elle et essayer de rassembler ses pensées floues.

De toute évidence, c'était la fin de la matinée. Avait-elle trop dormi ? Non, puisqu'elle portait sa tenue de voyage, et s'était donc apprêtée à partir. La mémoire lui revint lentement, et elle eut vite la conviction qu'elle avait été droguée. Peut-être quelque chose dans son café ? Elle se força à se remémorer les derniers événements. Susan avait-elle bu du café de la même cafetière ? Elle crut se souvenir que non. Elle avait été la seule à en boire.

La porte s'ouvrit et Nancy réussit à articuler un simple nom.

— Hester ?

— Mrs Yelland est partie, dit Susan en s'approchant d'elle, accompagnée du Dr Scotton. Stobbs, ma première femme de chambre, la remplacera et s'occupera de vous pour le reste de votre séjour ici.

— Partie ? répéta Nancy, surprise, en dévisageant sans comprendre sa nouvelle femme de chambre qui s'était avancée et lui fit une révérence.

— Quand elle a appris votre comportement indécent,

elle a décidé qu'elle ne pouvait plus rester à votre service, lui expliqua Susan. Bien, le Dr Scotton vous a préparé une décoction.

— Je ne veux pas de remède, protesta Nancy. Et il n'est pas mon médecin.

— Votre père m'a chargé de vous traiter, Lady Ann, dit celui-ci d'un ton autoritaire. Vous êtes de toute évidence très perturbée.

— Alors, laissez-moi me reposer !

Le docteur s'approcha, un petit verre à la main. Nancy sentit des effluves de clou de girofle et de cannelle dans le breuvage qu'il lui présentait.

— Allons, allons, madame, ceci vous fera du bien…

— Je n'en veux pas ! s'écria-t-elle en se précipitant hors de son lit, essayant de faire obéir ses jambes défaillantes. Où est Hester ? J'insiste pour la voir. Sur-le-champ !

— Lady Craster vient de vous l'expliquer, elle est partie, dit le docteur en faisant le tour du lit pour s'approcher d'elle.

— Qu'avez-vous fait d'elle ? Elle ne me quitterait jamais !

Elle tenta de le contourner, mais la femme de chambre la saisit immédiatement par le bras. Comme elle protestait, le Dr Scotton tendit le verre à Susan et l'attrapa brusquement en lui plaquant les bras le long du corps. Nancy se débattit vigoureusement, affolée, mais elle n'était pas de taille à lutter contre trois personnes, et elle s'étrangla quand Susan lui fit boire le verre de laudanum de force.

— Je suis profondément désolé de constater que Lady Ann est de toute évidence hystérique, dit le docteur tandis qu'on la reconduisait vers son lit. Ceci est en accord avec les observations que j'ai faites hier, à la demande de Sa Seigneurie. Il vaut mieux la confier à mes bons soins, j'en suis certain.

Épuisée par les efforts qu'elle venait de faire, Nancy resta recroquevillée sur son lit tandis que les trois personnes dans la pièce la surveillaient. Elle n'avait pas la moindre idée de la quantité de drogue qu'elle avait ingérée, mais ils attendaient visiblement qu'elle s'endorme, aussi ferma-t-elle les yeux. Elle sentait l'hébétude la gagner, mais elle s'efforça de la combattre. Elle devait absolument, avant de sombrer de nouveau dans l'inconscience, tenter de comprendre ce qu'ils se disaient.

— Le comte et moi sommes pleinement en accord avec vous, bien sûr... Mais en ce qui concerne la situation légale ? demanda Susan en prenant des détours.

— Les avocats du comte vous conseilleront, évidemment, mais je pense que vous pouvez être tranquille sur ce point, Lady Craster. Vous m'avez déclaré que cette dame n'a pas de parents du côté de son mari, et étant revenue dans la demeure de son père, elle s'est placée sous sa protection et sa responsabilité. Quant à son état mental, nous ne devons pas tabler sur mon seul jugement. Mon associé va l'examiner également. Je suis tout à fait certain que son diagnostic sera le même que le mien, dans ce cas précis. Il faut assurer sa sécurité jusqu'à ce qu'elle soit complètement rétablie.

Il laissa paraître une légère hésitation avant de conclure.

— Si jamais elle se rétablit.

— Merci, docteur. Je suis certaine que le comte ne sera que trop heureux de vous dédommager pour toute votre peine.

Un silence se fit. Nancy entrouvrit un œil et constata qu'ils étaient autour de son lit à l'observer. Elle resta bien immobile, en respirant lentement, comme si elle était endormie.

— Peut-être pourriez-vous prier le comte de faire avancer la voiture maintenant, madame, murmura le docteur.

— Je préférerais attendre encore un peu, dit Lady Craster à voix très basse, et Nancy fut certaine que cette phrase avait été accompagnée d'un sourire glacial. Lucas va rentrer de Lincoln d'un instant à l'autre, et j'aimerais qu'il vous accompagne. Juste au cas où vous auriez, euh… besoin d'assistance. Il est de toute confiance, alors que certains des serviteurs de milord sont depuis de trop longue date au service de la famille et pourraient se montrer réticents.

— Je comprends parfaitement, madame.

— Bien. Retournons au salon. Le comte doit être impatient d'entendre votre diagnostic. Ma femme de chambre peut veiller ici…

Ils la laissaient. Nancy pensa que si elle restait seule avec la femme de chambre elle pourrait avoir raison d'elle. Elle devait rester bien tranquille et écouter les bruits qu'ils feraient à leur départ.

Mais avant même qu'ils aient atteint la porte, elle sombra dans l'inconscience.

Tout était très calme quand Nancy se réveilla. La lumière déclinait. Ce devait être la fin de l'après-midi, et de la courte journée d'hiver. Elle regarda autour d'elle avec précaution. Elle était seule.

Se débattant contre son hébétude et sa faiblesse, elle quitta son lit et tituba vers la table de toilette.

Il restait de l'eau dans la cruche et elle en but autant qu'elle put, puis versa le reste dans la cuvette et s'aspergea le visage. Cela l'aida un peu, mais elle avait de grandes difficultés à réfléchir et à avoir des pensées cohérentes. Elle alla vers la porte et tenta de l'ouvrir, mais elle était verrouillée. Elle savait que sa fenêtre était trop haute pour lui permettre de s'enfuir par là. Peut-être pourrait-elle crocheter la serrure, comme avait fait Gabriel. Gabriel, qui devait désormais être arrivé à Londres. Trop loin pour la sauver.

Ce genre de pensées ne t'aidera pas, se rabroua-t-elle. *Réfléchis, Nancy !*

Elle trouva une épingle à chapeau sur la table de toilette et essaya de la plier en deux, mais après plusieurs minutes d'efforts infructueux, elle abandonna et alla s'asseoir sur son lit.

Qu'était-il arrivé à Hester ? L'avaient-ils vraiment convaincue de partir ? C'était une amie et une compagne, plus qu'une employée, et Nancy était convaincue qu'on n'aurait pas réussi à la persuader de partir de sa propre volonté. Quoique, si Hester avait nourri des soupçons, elle aurait pu feindre d'être choquée du comportement de sa maîtresse, et accepter de partir pour aller chercher de l'aide ensuite.

Cette idée donna un peu d'espoir à Nancy, mais ce n'était que conjectures et elle ne voulait pas les prendre pour argent comptant.

Elle se frotta les bras. Elle était seule. Si elle voulait survivre, il fallait donc qu'elle réussisse seule.

Elle plaqua les mains sur ses tempes qui battaient douloureusement. Qu'avaient-ils prévu de lui faire ? Susan avait demandé la voiture. Le docteur avait dit qu'elle serait confiée à ses soins. Son cabinet était à Lincoln. L'emmenait-il chez lui ? Comment l'avait-il qualifiée ? D'hystérique. Et Susan avait parlé de le dédommager.

Tout cela n'avait pas de sens, mais son esprit embrumé n'arrivait pas à voir plus loin.

Elle entendit des voix et regagna vite son lit. Si elle pouvait les convaincre qu'elle dormait encore, ils ne lui administreraient pas davantage de laudanum. Elle ferma les yeux et ne broncha plus. La serrure cliqueta, et des pas résonnèrent sur le parquet.

Elle entendit la voix revêche de son père.

— Elle dort encore. Combien lui en avez-vous donné ?

— Suffisamment, murmura le docteur. Dans des cas tels que celui-ci, milord, c'est parfois inévitable, quand le patient devient violent.

— Je ne voudrais pas que les domestiques pensent que je l'oblige à aller avec vous contre sa volonté.

— C'est pour cela que la voiture nous attend discrètement aux écuries, et que nous l'y conduirons nous-mêmes, expliqua patiemment le docteur. Parfois, les vieux domestiques attachés à leurs maîtres peuvent être assez bouleversés par ce genre de choses. Il sera bon que vous les informiez du départ de votre fille pour ma clinique vous-même, officiellement, une fois que nous serons partis, en leur faisant comprendre que nous n'agissons que pour le bien de Lady Ann.

— Il faudra aider le docteur, milord. Elle est très grande, et je ne peux pas la porter moi-même, intervint la femme de chambre de Lady Craster, de sa déplaisante voix de crécelle.

— Oh ! Très bien, Stobbs, je vais le faire, même si je n'aime pas beaucoup que vous vous permettiez de me donner des ordres ! Mais il faudra quand même qu'elle marche, répliqua le comte. Personne ici n'est assez fort pour la porter.

Il la secoua sans ménagement.

— Ann, Ann ! Allez, ma fille, debout !

Elle se tourna et gémit en clignant exagérément des yeux comme si elle n'avait qu'un désir, se rendormir.

— Hester, marmonna-t-elle. Où est Hester ? Qu'avez-vous fait d'elle ?

— Elle est en sécurité, grogna le comte. Elle sera relâchée quand tu seras là où nous allons te mettre.

Le docteur émit un petit toussotement gêné.

— Si vous lui prenez un bras, milord, nous la ferons descendre par l'escalier des domestiques.

Nancy gémit bruyamment et s'appuya de tout son poids sur les deux hommes tandis qu'ils la faisaient sortir de la chambre. Elle essayait désespérément de faire fonctionner son cerveau ralenti mais n'arrivait à penser qu'à Gabriel. Gabriel l'aiderait, s'il savait. Peut-être quelqu'un, un domestique qui l'avait connue enfant, lui enverrait-il un message s'il comprenait ce qui lui arrivait. Malheureusement, ils ne croisèrent pas âme qui vive dans l'escalier, et les couloirs étaient tout aussi déserts. Elle n'avait personne à appeler à l'aide. Elle se laissa peser plus encore sur son père et le docteur. Si elle ne pouvait rien faire d'autre, au moins leur donnerait-elle le plus de mal possible pour se débarrasser d'elle !

Ils la traînèrent à moitié vers une porte de service, et le long d'une allée peu fréquentée qui conduisait aux écuries.

Elle garda la tête basse, mais l'air frais commençait à lui éclaircir l'esprit et elle en inspira de profondes bouffées.

— On y est presque, Dieu merci, hoqueta le comte. Susan a donné à Lucas des instructions pour faire préparer la voiture. Plus vite vous la bouclerez, docteur, mieux cela vaudra.

La boucler ! Ils allaient l'enfermer quelque part. Un frisson glacé courut le long de son dos. Susan avait parlé de dédommagement… Enfin, elle comprenait ! Ils avaient proposé un pot-de-vin au docteur pour qu'il la déclare folle. Et celui-ci avait accepté sans scrupule. Une fois le diagnostic officiel posé, elle serait au-delà de toute aide possible.

Ils étaient arrivés aux écuries et elle découvrit la voiture qui attendait, avec Lucas près de la portière ouverte.

Lady Craster se tenait à ses côtés, vêtue d'une redingote bleu pâle bordée de fourrure blanche, les mains enfoncées dans un élégant manchon en duvet de cygne. Elle surveilla les alentours quand Nancy fut amenée dans la cour.

— Ah, vous voilà, Lady Ann ! Je me suis dit que j'allais venir vous voir partir, dit-elle avec un sourire aussi glacial que le temps d'hiver. Afin de vous faire mes adieux, ma chère. Nous ne nous reverrons jamais.

Tous les vagues doutes que gardait encore Nancy furent alors balayés, et une fureur absolue la gagna.

— Non !

La rage lui donna la force de se lancer dans une dernière lutte désespérée, et elle tenta de se libérer de ses accompagnateurs. Pris par surprise, le comte la lâcha en titubant en arrière. Stobbs se précipita à la rescousse, mais Nancy la frappa de sa main libre et la femme de chambre recula en chancelant, les mains pressées sur son nez ensanglanté.

— Au secours ! Que quelqu'un me vienne en aide ! cria-t-elle, tout en essayant de se libérer de la poigne de fer du docteur.

Le comte ne fit aucune tentative pour la saisir de nouveau et elle l'interpella.

— Père, par pitié, dites-lui de me lâcher !

Il lui fit un signe de dénégation de la tête.

— Tu as attiré cela sur toi toute seule, ma fille, avec ta vie dissolue et ta désobéissance acharnée ! Tu n'as que ce que tu mérites !

— Cela suffit ! s'exclama Susan, impatientée. Lucas, aidez le docteur à la faire monter dans la voiture. Cette femme est visiblement très troublée.

Le palefrenier attrapa le bras de Nancy sans ménagement tandis que le docteur de son côté raffermissait sa prise en haletant.

— Allons, milady, vous feriez mieux de venir sans résister.

— Certainement pas ! hurla-t-elle.

Ils la traînaient vers la portière, et elle s'épuisait. Elle lança un dernier cri désespéré.

— Aidez-moi ! Davy, Davy, au secours !

Lucas partit d'un rire sauvage.

— Appelez Davy tant que vous voulez, milady. Il a eu son compte, j'y ai veillé. Il ne vous aidera pas.

— Non, mais moi je vais le faire !

Chapitre 16

Gabriel !

Sa voix avait porté comme un coup de clairon, faisant stopper net tous les protagonistes. Cette voix, elle l'aurait reconnue entre toutes.

Nancy releva la tête et le vit arriver dans la cour, suivi par une douzaine de soldats en uniformes rouges. Il se porta aussitôt à ses côtés. Un immense soulagement la submergea, même si elle se débattait encore pour retrouver sa clarté d'esprit.

— Vous étiez en route pour Londres, dit-elle. Que…

Elle se tut dès qu'elle comprit son regard d'avertissement et son infime signe de tête lui signifiant de se taire.

Le comte s'avança, fulminant.

— Ce qui se passe ici ne vous regarde en rien, milord.

— Vraiment ? En êtes-vous certain ? répliqua Gabriel, pas le moins du monde impressionné. J'ai pourtant bien le sentiment que Lady Ann est contrainte de faire quelque chose contre sa volonté.

— C'est ma fille, je vous le rappelle. Je pense donc savoir mieux que vous ce qui lui convient.

— Ils ont l'intention de me faire enfermer ! s'écria Nancy, tout en se débattant contre ceux qui la retenaient toujours. Ils ont offert un pot-de-vin au docteur pour qu'il me déclare folle !

Scotton commença à protester, mais Gabriel leva la main pour le faire taire.

— Écoutons donc ce que cette lady veut nous dire, si vous le voulez bien.

Il les toisa de toute sa hauteur.

— Et je vous suggère également de la lâcher, ajouta-t-il sur un ton qui n'admettait pas de réplique.

Lucas et le docteur obtempérèrent et reculèrent. Restée sans soutien, Nancy vacilla de manière inquiétante. En deux pas rapides, Gabriel fut à ses côtés.

— Tout va bien, dit-il en l'entourant de son bras. Je vous tiens.

Elle se cramponna à lui, se sentant soudain vidée de toute son énergie. Craignant de s'évanouir, elle fit appel à toute sa volonté, car il était impératif qu'elle lui raconte très vite tout ce qui s'était passé.

— Ils m'ont droguée, expliqua-t-elle. Au petit déjeuner ce matin. Du laudanum dans mon café, je crois.

Elle commença à se sentir un peu mieux. Se redressant brusquement, elle foudroya le comte du regard.

— Je n'arrivais pas à comprendre pourquoi vous vouliez faire une chose pareille à votre propre fille. Mais je viens de comprendre que c'est parce que vous convoitez les trente mille livres que m'a laissées ma grand-mère ! Vous vouliez me faire interner dans un asile de fous. Une fois que j'aurais été déclarée irresponsable, vous auriez eu les mains libres pour contester ma position légitime de légataire et capter cet héritage.

— Quelle absurdité, ma fille ! s'exclama le comte. Tout cela n'est qu'un ramassis d'élucubrations. Elle a perdu l'esprit, c'est évident, pour échafauder une telle théorie, ajouta-il à l'intention de l'assistance.

— Au contraire ! Mes idées redeviennent parfaitement claires, malgré votre tentative d'empoisonnement au laudanum ! répliqua Nancy.

Avec Gabriel à ses côtés, sa force et son courage lui revenaient rapidement.

— Ma sœur m'a envoyé une copie des dernières volontés de ma grand-mère. Je ne les ai lues qu'une fois, mais je me souviens très bien de ce qui y était mentionné. Il était dit qu'au cas où je serais dans l'incapacité de réclamer mon héritage, ou le refuserais, il serait versé à mon parent vivant le plus proche, à commencer par mon ascendant, expliqua-t-elle.

Le visage de son père était devenu cramoisi de rage et il l'interpella agressivement.

— Et pourquoi n'aurais-je pas cet argent ? Tu n'as rien fait pour le mériter !

— Mon cher Hugh, nous perdons notre temps, intervint Lady Craster. Toutes ces allégations sur l'héritage ne sont que pures fariboles. Lord Gabriel, je vous assure qu'il ne se passe rien ici qui soit sujet à caution. Le Dr Scotton pense simplement qu'il serait bon pour Lady Ann de s'éloigner pendant un certain temps de Masserton Court et de se reposer. Pensez-vous avoir sur ce sujet plus de connaissances que les médecins, milord ? lui demanda-t-elle avec un rire perlé. Je crois que vous avez outrepassé vos devoirs de gentleman, milord, en intervenant dans une affaire strictement familiale sans y être convié.

— Nous verrons cela, répliqua Gabriel en serrant davantage Nancy contre lui pour la rassurer. Mes propres médecins examineront Lady Ann si nécessaire, même si je pense qu'elle n'en a nul besoin. Nous verrons ce qu'en dira le magistrat. Je suis certain que nous aurons des témoins pour attester de la parfaite santé mentale de Lady Ann.

— Oh ! mon Dieu, Hester ! J'ai failli l'oublier ! s'écria Nancy en posant la main sur son torse. Ils ont dit qu'elle n'était plus à Masserton Court, qu'elle était partie. Mais nous sommes très liées, et elle ne m'aurait jamais laissée seule ici. Ensuite, mon père a dit… Ils l'ont emprisonnée, Gabriel ! Elle doit être enfermée quelque part dans la maison.

— Très bien. Nous allons la trouver. Capitaine ?

Il jeta un coup d'œil à l'officier, qui envoya immédiatement deux de ses hommes fouiller la maison.

— Cette fois, c'en est trop ! aboya Susan. Je ne vois pas la nécessité d'impliquer les soldats dans nos affaires domestiques !

— Le capitaine Graves et ses hommes sont ici pour une tout autre affaire, répliqua sèchement Gabriel. Et qui vous concerne de près, madame. Non seulement vous avez encouragé le comte à spolier sa fille de son héritage, mais vous l'avez aussi dupé avec vos menées traîtresses et vos mensonges hypocrites.

— Euh… Que… Qu'est-ce à dire ? balbutia le comte, interloqué.

— Elle s'est servie de vous, Masserton. Ses complices à Londres lui envoient ici des documents volés au gouvernement, afin qu'ils soient expédiés ensuite hors du pays par ses soins. Tout cela transite discrètement par votre respectable demeure, qui se trouve être au-delà de tout soupçon pour qui enquêterait.

Lady Craster éclata de rire.

— Lord Gabriel est doté d'une imagination particulièrement fertile. Il n'a aucune preuve de ce qu'il avance, ajouta-t-elle en souriant au capitaine. Vous pouvez fouiller Masserton Court de fond en comble, avec ma bénédiction. Vous ne trouverez rien ici qui soit susceptible de m'incriminer.

— Elle a raison, intervint Nancy. L'album d'échantillons

où sont cachés les documents a été rapporté à Lincoln ce matin même.

Gabriel hocha la tête.

— Et en ce moment, il est sans aucun doute en route vers un petit port discret de la côte.

— Et alors ? rétorqua Lady Craster en haussant les épaules. Je ne suis pas responsable des affaires de ce marchand, cela ne me concerne en rien. Il fait ce qu'il veut de ses albums.

— Mais au lieu des plans volés que vous aviez dissimulés, dans un paquet soigneusement ficelé, entre les pages de l'album qui nous intéresse, celui-ci contient désormais plusieurs de vos factures et quelques exemplaires de votre correspondance privée. Votre nom figure sur tout cela. Je me suis chargé de la substitution, ajouta imperturbablement Gabriel. Je vous précise que c'était dans la chambre bleue.

Lady Craster, qui jusque-là avait joué à l'innocence indignée, blêmit d'un coup. Gabriel lui asséna alors la conclusion.

— Quant aux documents volés que j'ai récupérés, ils sont en route pour Londres, où ils seront restitués au ministère dont ils relèvent.

Il perçut le regard interrogateur et inquiet de Nancy, et lui adressa un léger sourire.

— John Thoresby les a emportés, sous escorte militaire, lui murmura-t-il en aparté.

Lucas ne put s'empêcher de grommeler.

— Nous avons été roulés, milady !

— Tenez votre langue ! lui intima Lady Craster. Il n'y a aucune preuve que je sois mêlée à cela.

— Cela me désole de vous contredire, milady, dit Gabriel, mais j'ai appris ce matin de la bouche du capitaine Graves qu'on a arrêté à Whitehall un employé de bureau subalterne. Un vilain petit homme avide qui s'apprêtait à voler des documents au ministre, et qui a été pris en flagrant délit. Son cousin est un certain Samuel Meldrew, un transporteur-livreur sous contrat avec plusieurs maisons de confection de Londres, dont celle de Mrs Wells. Votre modiste, milady. Elle a confirmé avoir expédié plusieurs robes ici, à Masserton Court, et les dates de vos commandes coïncident parfaitement avec celles des vols de documents. C'était un jeu d'enfant pour Meldrew de cacher les documents dans les cartons des robes. Après les avoir réceptionnés ici, à Masserton Court, vous les passiez à Hewitt, sous couvert des travaux de rénovation que vous aviez entrepris et qui nécessitaient de nombreux allers et retour de ce marchand de papiers peints entre Masserton Court et Lincoln.

— Qu'est-ce que c'est que cette histoire ? demanda le comte. Je ne comprends rien !

— Le beau-frère de Hewitt est un marchand de Bruxelles, spécialisé dans les produits de luxe, continua Gabriel. Il commercialise les papiers peints de la firme Hewitt aux Pays-Bas. Il est aussi farouchement opposé à son dirigeant, Guillaume Ier, et au nouveau régime. Ce sont des gens qui sont prêts à payer de fortes sommes pour obtenir ces documents qui, s'ils étaient divulgués, discréditeraient notre gouvernement et menaceraient la paix fragile en Europe. C'est le but qu'ils recherchent. Je sais également, après enquête, que la fortune de Lady Craster a considérablement décru cette année, après de très gros retraits en argent liquide dont l'usage n'a pas été découvert. N'est-ce pas exact, madame ? On peut donc penser que votre argent finançait en partie ces manœuvres.

— Susan ? Traître à son pays ? s'exclama le comte, stupéfait.

— Oui, Lord Masserton, affirma Gabriel. Votre fiancée

a passé ces derniers mois à soi-disant choisir, avec force hésitations, des papiers peints pour des rénovations. Mais chaque fois qu'elle renvoyait un album d'échantillons à Hewitt, il contenait entre ses pages des documents volés, comme je viens de l'expliquer.

Lady Craster laissa échapper un petit rire de dérision.

— Quelle absurdité ! Enfin, Hugh, vous ne croyez tout même pas de tels mensonges ?

Nancy s'adressa alors à son père.

— Vous lui avez permis de remplacer une bonne partie de vos plus anciens serviteurs, et vous l'avez laissée placer les siens aux écuries. Ce sont eux qui ont tué le vieux Peter. Ils l'ont attaqué et laissé délibérément mourir de froid.

Le comte fit un signe de dénégation.

— Non, ma fille. Personne ne ferait une chose pareille, c'est inconcevable !

— Comme l'a confirmé le Dr Scotton, votre fille est hystérique, intervint Susan. Pour l'amour du ciel, milord, laissez le docteur conduire Lady Ann à l'asile où elle sera correctement soignée. Seul un esprit dérangé peut échafauder d'aussi horribles théories, nous venons de le dire !

— Je suis bien d'accord, Lady Craster. Nous parlons d'un esprit dérangé, remarqua Gabriel. Seulement, dans ce cas précis, l'esprit dérangé n'est pas celui de Lady Ann. C'est le vôtre ! Vos hommes de main ne se sont pas contentés d'assassiner Peter, ils ont tenté de me faire subir le même sort, tandis que j'enquêtais à Darlton.

— Alors c'était vous, le type bizarre mal fagoté qui posait toutes ces questions à la taverne ! s'exclama Lucas.

Dévisageant Gabriel d'un air horrifié, il recula d'un pas. Lady Craster lui lança un regard d'avertissement, puis se tourna vers le comte.

— Mon cher lord, cela n'a pas de sens ! s'écria-t-elle. Tout ceci a été concocté par votre fille et son amant pour me discréditer. Elle a fabriqué toute cette histoire par pure jalousie !

Nancy faillit s'étrangler de rage face à un tel aplomb.

— Peter avait prévu de rencontrer Lord Gabriel à la taverne de Darlton la nuit où ils ont été tous deux attaqués. Ce qui se passait à Masserton Court le perturbait et l'inquiétait. Il voulait se confier à quelqu'un.

Puis elle vit du coin de l'œil quelqu'un qui sortait de l'écurie en titubant.

— Demandez donc à Davy, si vous ne me croyez pas ! ajouta-t-elle après l'avoir reconnu.

— N'ouvre pas la bouche, pas un mot ! hurla Lucas en direction du vieux palefrenier qui, le visage ensanglanté, s'adossa lourdement à la porte. Je savais qu'on aurait dû t'achever, en même temps que l'autre vieux.

Le comte, qui était resté figé, muet et stupéfait, sembla soudain rependre vie.

— Assassiné ? Le vieux Peter ? Et vous, Susan, traître à notre pays ? Mon Dieu, madame, vous me décevez au plus haut point !

Comme il s'approchait d'elle, elle sortit un petit pistolet à crosse d'argent de son manchon et le mit en joue.

Il s'arrêta net.

— Avez-vous perdu la tête, Susan ? Vous… Vous m'aimez. Nous allons nous marier.

— Nous marier ! s'esclaffa-t-elle avec un rire cruel qui résonna dans la cour. Cela n'a jamais fait partie de mes plans. M'unir avec un vieux balourd campagnard tel que vous ? Quelle plaisanterie !

— Mais… Mais nous sommes fiancés. Tout le monde le sait !

— Vos voisins, certes, puisque vous avez insisté pour donner ce bal afin de l'annoncer. Mais en dehors de ces gens, je ne vois personne d'autre. Nous n'avions rien officialisé.

— Mais, et nos projets ? insista-t-il, ébahi. Vous vouliez être comtesse. Et avoir des enfants. Vous m'avez promis un héritier.

— Des enfants ! De vous ? éructa Susan avec une grimace de dégoût. Il n'a jamais été question que je porte votre enfant.

— Mais si ! Par Dieu, madame, vous avez assez partagé mon lit pour cela, et vous m'avez assuré que vous pouviez me donner un garçon. Croyez-vous que je vous aurais laissée diriger ma maison à votre guise si vous ne le pouviez pas ?

— Espèce de pauvre imbécile crédule ! Il y a des moyens pour éviter d'avoir un enfant ! lança-t-elle en glissant un coup d'œil au docteur qui semblait de plus en plus mal à l'aise.

Elle reporta son attention sur le comte avec une moue de mépris et lança, pleine de morgue.

— Vous étiez le moyen pour arriver à mes fins, mon cher Hugh. Il me fallait une maison près de Lincoln, c'est tout, et vous étiez… pratique.

Le comte, qui grommelait en se dandinant d'un pied sur l'autre tel un ours furieux, poussa tout à coup un hurlement de rage. Nancy laissa échapper un petit cri d'effroi quand Susan leva son pistolet et le visa au cœur.

— Un pas de plus, et je tire ! l'avertit-elle. Et je sais me servir de ceci.

Le capitaine Graves s'avança de quelques pas, mais Gabriel lui fit signe de reculer. Il écarta doucement Nancy, puis se dirigea vers Susan.

— Ne soyez pas stupide, Lady Craster. Il y a ici une douzaine d'hommes en armes. Vous ne gagnerez rien en faisant couler plus de sang.

Il s'approcha plus encore de l'arme mortelle pointée vers lui.

— Donnez-moi cette arme, reprit-il en tendant la main.

Le temps sembla soudain se suspendre. Personne ne bougeait.

Nancy retint son souffle et garda les yeux braqués sur le visage de Susan alors que Gabriel restait fermement planté devant elle, calme et résolu. Certes, il paraissait invincible, mais il n'était fait que de chair et de sang.

Elle avait très peur que Susan tire sur lui par pur dépit.

Finalement, après un silence qui sembla avoir duré une éternité, Susan haussa les épaules et lui tendit le pistolet.

Une vague de soulagement submergea Nancy qui crut entendre un soupir collectif traverser la cour.

— Merci, milord, dit le capitaine Graves en s'avançant. Sergent, faites monter ces gens dans la voiture. Caporal, vous resterez sur le siège extérieur et vous vous assurerez que le cocher ne tente rien. Nous les conduisons tous au château de Lincoln, où ils seront emprisonnés.

Susan leva les yeux vers Gabriel.

— J'imagine que vous travaillez pour les services spéciaux de la Couronne… C'est ce que j'ai déduit quand je vous ai vu arriver suivi des soldats. Si je vous avais tué, j'aurais été dans de vilains draps, je suppose. Vous êtes certainement haut placé, étant donné le genre de missions que l'on vous confie. Parce que, pour sa part, le pauvre Hugh ne mérite même pas une balle, ajouta-t-elle avec mépris.

Le comte se tourna vers elle, fou de rage.

— Ah non ? Et vous, espèce de…

Le capitaine Graves le saisit par le bras sans ménagement.

— Venez, milord. Montez dans la voiture, je vous prie.

— Quoi ? Vous ne pouvez pas m'emmener ! Je ne sais rien de toute cette affaire !

— Le magistrat en décidera à Lincoln après vous avoir entendu, milord, répliqua le capitaine, poli mais imperturbable.

Le comte fut emmené, mais s'arrêta pour protester quand il comprit qu'il devrait voyager dans le même véhicule que le palefrenier et la femme de chambre de Lady Craster. Ce ne fut que lorsque le sergent pointa son fusil vers lui qu'il monta en grommelant.

Le capitaine Graves se tourna ensuite vers Lady Craster.

— Milady…

— Oui, oui, j'arrive, dit-elle avant de lancer une dernière pique à Gabriel. Tout bien réfléchi, j'aurais dû menacer de tirer sur Lady Ann. Vous auriez fait n'importe quoi pour la sauver, n'est-ce pas, milord ? demanda-t-elle en éclatant de rire. Vous avez eu un coup de foudre au premier regard, c'est cela ? Et il est clair que ce sentiment est réciproque. Dommage… Je me serais volontiers divertie avec vous, s'il n'était pas évident que vous êtes amoureux fou de cette femme.

Lady Craster alla vers la voiture et Gabriel resta figé sous le choc.

Il avait l'impression qu'il venait de recevoir un violent coup de poing dans le ventre. Était-il amoureux de Nancy ? Était-ce cela, cette impression dérangeante qu'il lui manquait quelque chose quand ils étaient séparés ?

Mais ils étaient seulement amis. De bons amis. C'était la raison pour laquelle il avait fait passer Nancy avant ses ordres et s'était précipité à Masserton Court lorsqu'il avait compris qu'elle avait sans doute besoin d'aide.

Cela ne signifie pas que je suis amoureux d'elle, se dit-il. *Je ferais cela pour n'importe lequel de mes amis*.

Il regarda en direction de Nancy. Elle n'avait pas pu

ne pas entendre les paroles de Lady Craster, et il vit qu'elle le dévisageait, très pâle. En fait, elle paraissait absolument horrifiée.

Il ressentit un nouveau coup, cette fois comme une attaque sournoise dans les côtes.

— Tout le monde est dans la voiture maintenant, Lord Gabriel, lui annonça le capitaine Graves. Mon sergent va rester ici avec quelques hommes pour assurer la sécurité dans la maison, et continuer les recherches. Le reste de ma troupe escortera les prisonniers à Lincoln.

— Oui, bien sûr, capitaine. Merci. Je vous suis dans un moment.

Malgré son esprit en ébullition, il était parvenu à répondre calmement. L'amour ? Il avait passé l'âge pour ce genre d'émotions ! Cela ne pouvait être vrai.

Lady Craster avait été abusée par ses talents de comédien quand il avait exagérément badiné avec Nancy pour donner le change et justifier ses visites.

Le bruit de la voiture et de la troupe qui s'éloignaient s'atténua peu à peu. Davy étant parti se faire soigner aux cuisines, Gabriel et Nancy se retrouvèrent seuls dans la cour. Elle lissait ses manches, comme pour ôter les traces des mains brutales qui l'avaient maintenue, mais elle semblait troublée et distraite.

Il eut envie de la prendre dans ses bras et de l'embrasser pour qu'elle perde cet air soucieux, mais quand il s'approcha, elle se tendit plus encore.

Son étreinte ne serait de toute évidence pas bien accueillie, aussi s'abstint-il de tout geste vers elle.

— Vous sentez-vous assez bien pour aller à Lincoln aujourd'hui ? lui demanda-t-il. Il vous faudra faire une déposition pour que ce qu'ils ont tenté de vous faire soit consigné.

— Le dois-je vraiment ? fit-elle en serrant ses bras

autour d'elle. Je préférerais ne pas porter d'accusations contre mon propre père.

— Après ce qu'il vous a fait, je pense que vous ne lui devez rien, mais je comprends, assura-t-il en haussant les épaules. Laissons-le mariner en cellule avec les autres pendant un moment. Le capitaine Graves les interrogera sur les crimes les plus graves, meurtre et trahison. Vous serez peut-être appelée en tant que témoin, mais si nous réussissons à persuader les complices de Lady Craster d'avouer, ce ne sera pas nécessaire.

— S'il le faut, j'accomplirai mon devoir, dit-elle en frissonnant. Je sais qu'il y aura un procès, et je crains que les agissements de mon père et son manque d'argent ne soient des circonstances aggravantes…

— Il n'y a rien qui prouve que votre père connaissait les activités clandestines de Lady Craster. Elle nous l'a d'ailleurs pratiquement confirmé elle-même tout à l'heure, et devant témoins. Il y a donc de fortes chances qu'il échappe à une sentence sévère.

Elle lui posa la main sur le bras.

— Vous ferez de votre mieux dans son intérêt, n'est-ce pas, Gabriel ?

— Vous avez ma parole. Et je suis optimiste quant à l'issue de l'affaire. Il n'est pas le premier homme à avoir perdu la tête pour une jolie femme et pris pour argent comptant tout ce qu'elle a voulu lui faire croire.

Si elle remarqua l'autodérision dans ces dernières paroles, elle n'en montra rien.

— Merci, dit-elle avant de se détourner. Excusez-moi, je dois retrouver Hester.

— Nancy !

Il ne pouvait pas rester ainsi sans rien faire. Il fallait qu'il parle.

— Ce que Lady Craster a dit pour nous…

Elle s'arrêta avant de lui répondre sur un ton léger sans se retourner.

— Oh ! mon Dieu, je n'ai pas relevé ! Susan se délecte à créer des problèmes et à distiller son venin. Je vous en prie, ne pensez pas que je vais prendre le voile à cause de vous, Gabriel.

Il essaya de sourire, mais son insouciance habituelle l'avait abandonné.

— J'aimerais seulement croire que je vais vous manquer un peu.

Elle tourna la tête et lui laissa entrevoir son ravissant profil.

— Vous me manquerez, bien sûr, répondit-elle avec cette fois une légère impatience. Nous avons passé de bons moments, n'est-ce pas ? Mais ça n'a jamais été destiné à durer, et il y a fort à faire maintenant. Vous avez votre mission à terminer, et moi je dois rentrer à Compton Parva.

— Vous allez retourner à Prospect House ?

— Oui, pendant un certain temps. Mais quand j'aurai reçu le legs de ma grand-mère, je pense que j'ouvrirai mon propre établissement. Acheter aussi une petite maison, peut-être. Et j'écrirai un livre sur la gestion rationnelle d'une maison. J'ai toujours voulu le faire, voyez-vous, et mon séjour ici, à Masserton Court, m'a convaincue qu'il trouverait un public. Les repas n'y sont plus aussi bons que dans mon souvenir. La cuisinière n'a même pas de recette correcte pour le cake, j'ai dû lui montrer comment faire ! Et bon nombre des nouveaux domestiques ne savent absolument pas quelles tâches accomplir, ni dans quel ordre. Mais c'est sans doute parce que Mrs Crauford est trop âgée aujourd'hui pour les diriger efficacement. Le rôle de l'intendance est essentiel pour le bon fonctionnement d'une maisonnée…

— Bon sang, Nancy, ça suffit !

Elle se retourna alors pour le regarder, les yeux agrandis d'inquiétude, et il lui tendit la main.

— Nancy, cela n'a pas à se terminer ainsi entre nous. Je veux…

— Ah ! vous êtes là, Miss Nancy ! Dieu soit loué ! s'exclama Hester en arrivant dans la cour, coupant Gabriel.

Nancy se tourna vers sa compagne avec soulagement, et courut la prendre dans ses bras.

Quoi que Gabriel ait été sur le point de lui dire, elle ne voulait pas l'entendre. Elle avait essayé de rassembler ses pensées depuis le départ de Susan. Elle savait très bien ce que lui dictait son cœur depuis un certain temps, mais que Gabriel soit amoureux d'elle était impensable. Impossible.

Et pourtant…

Si tel était le cas, s'il se croyait épris d'elle, alors tout était cent fois pire.

Mais, surtout, elle craignait que les paroles de Susan aient convaincu Gabriel de la demander en mariage. Elle devrait refuser, même si cela lui briserait le cœur. C'était une chose de jouer la comédie en se faisant passer brièvement pour une veuve respectable, mais en tant qu'épouse de Lord Gabriel c'en serait une toute autre. La vérité sur sa vie devrait être révélée. Comment elle avait vécu, travaillé… Même si elle n'avait pas honte de ce qu'elle avait fait pour survivre, la haute société aurait quant à elle une opinion bien différente sur ses actes et ses choix. On se moquerait sous cape de Gabriel, on le prendrait pour un écervelé énamouré et stupide d'avoir épousé une femme qui n'avait été guère plus qu'une domestique pendant ces douze dernières années.

— Oh ! ma chère madame ! s'écria Hester en la

serrant très fort. Je m'en suis tellement voulu de m'être laissé tromper ainsi ! Cette pimbêche qui clame être la première femme de chambre de Lady Craster m'a fait monter dans les greniers de l'aile est sous un prétexte, et j'y ai été enfermée, là où personne ne pouvait m'entendre ! Je n'avais pas de craintes pour moi-même, car elle m'avait dit qu'on ne me ferait aucun mal et que je serais libérée dès que vous seriez enfermée dans l'asile du docteur. Mais j'étais terriblement inquiète pour vous !

Hester continua à débiter des propos sans suite tant elle était éprouvée, mais Nancy l'écoutait à peine. La serrant toujours dans ses bras, elle jeta un coup d'œil à Gabriel.

Il lui avait raconté que son père souhaitait qu'il prenne épouse et s'installe, mais le marquis de Baxenden serait peu enclin à penser que la fille prodigue d'un comte en disgrâce serait un bon parti pour son fils.

Elle serait mise à l'écart, et Gabriel serait humilié.

Fermant très fort les yeux, elle ravala les larmes qu'elle sentait monter. Même si par miracle elle était acceptée en tant que son épouse, ils ne se connaissaient que depuis quelques semaines. Son affection pour elle ne durerait pas. Elle ne supporterait pas de la voir décliner, ni de le voir trouver des prétextes pour passer des journées et des semaines loin d'elle. Et encore moins de devenir l'épouse type de la bonne société qui fermait les yeux sur les infidélités de son mari.

Elle chuchota des paroles apaisantes à l'oreille d'Hester, puis se redressa, et prit une longue inspiration avant de s'adresser à Gabriel.

— Merci, milord. Tout ira très bien maintenant qu'Hester est à mes côtés. Vous feriez mieux de suivre le capitaine jusqu'à Lincoln et d'aller faire votre rapport au magistrat.

Elle se concentrait pour lui paraître chaleureuse et enfin soulagée après ces épreuves. Elle s'obligea à répondre à son regard interrogateur avec un sourire, et pria pour qu'il s'en aille avant que le poids qui l'oppressait de plus en plus inexorablement ne l'étouffe, et qu'elle ne laisse couler devant lui les larmes qui s'ensuivraient aussitôt.

Il finit par s'incliner devant elle.

— Très bien, milady. Je vous souhaite une bonne journée.

Il se détourna et s'éloigna sur ces mots.

Les éclats rieurs qui scintillaient en permanence dans ses yeux bleus avaient disparu, mais ils reviendraient. Les souvenirs de leur idylle d'hiver s'effaceraient de son esprit dès qu'il aurait élu une autre maîtresse. Quant à elle…

Dès qu'il fut hors de vue, accablée de douleur elle posa la tête sur l'épaule d'Hester et pleura à chaudes larmes.

Chapitre 17

La vue depuis la chambre de Nancy à Prospect House était en général plaisante, mais en cette morne matinée de printemps, le paysage du Yorkshire lui paraissait sinistre et peu accueillant. Une couche de nuages gris persistait très bas au-dessus des champs, et la pluie qui tombait avec constance martelait le toit.

Nancy se détourna de la fenêtre en soupirant.

Cela faisait quatre mois qu'elle avait vu Gabriel pour la dernière fois, et il lui manquait plus que jamais.

Parfois elle regrettait de ne pas s'être rendue à Londres pour le procès de Lady Craster et ses complices, même si elle n'y avait pas été appelée en tant que témoin.

Au moins l'aurait-elle entraperçu, même si elle n'aurait pas voulu que lui la voie.

Elle soupçonna qu'il avait usé de son influence à son sujet, et elle était certaine qu'il l'avait fait pour son père. Ce dernier avait été largement brocardé dans la presse. Mais, ayant été considéré par la justice avant tout comme un pauvre imbécile crédule berné par une femme retorse, il avait été acquitté. Le comte s'était retiré à Masserton Court pour soigner ses blessures d'amour-propre.

La lettre que Nancy lui avait envoyée avait reçu une réponse acerbe, lui prouvant qu'il n'était en rien reconnaissant à Gabriel de ses efforts à son égard et ne voulait rien comprendre.

Elle savait qu'elle devrait remercier ce dernier pour ses interventions, au nom de son père, quand elle lui écrirait. Et elle le ferait, se promit-elle, ses mains se portant instinctivement à son ventre.

Il fallait qu'elle le fasse, bien sûr, mais pas encore. Pas déjà. Pas tant qu'elle souffrait encore tant.

Gabriel était sa première pensée quand elle se levait le matin, et sa dernière avant de s'endormir. Son sourire et ses taquineries lui manquaient. Et ses étreintes, la nuit.

Afin d'oublier, elle s'étourdissait de travail dans la maison, mais les choses avaient changé durant sa longue absence.

Lors de son retour, elle avait constaté qu'elle avait été remplacée aux cuisines par une cuisinière très compétente. Sachant qu'elle ne souhaitait pas passer le reste de ses jours à Prospect House, elle avait donc décliné l'offre d'y reprendre sa position de responsable des cuisines. Elle bricolait donc de-ci de-là, aidant où c'était nécessaire. Dieu merci, il y avait toujours fort à faire.

Tout le monde avait accueilli son retour avec joie, mais elle s'aperçut vite que si l'on appréciait sa compagnie, lui demandait conseil et était reconnaissant de son aide, Prospect House avait fort bien survécu sans elle.

Pour tout dire, on n'avait plus réellement besoin d'elle ici.

Hester non plus, qui logeait avec une veuve à Compton Parva. Les deux femmes étaient devenues très amies, et même si elles étaient toujours très heureuses de voir Nancy, elles avaient leur propre vie pour être assez occupées.

Nancy réalisa avec tristesse que personne n'avait plus besoin d'elle, nulle part.

— Je crains d'être devenue très vaniteuse, marmonna-t-elle entre ses dents. Qu'il est stupide d'être si déprimée, simplement parce que je ne suis pas essentielle au bonheur de quiconque !

Ce qui rendait les choses encore pires, c'était la gentillesse de tous. On la traitait comme une convalescente qui aurait besoin d'être dorlotée.

Nancy n'avait raconté son aventure dans le Lincolnshire qu'à son amie Mrs Russington, en lui faisant jurer de la garder en confidence. Molly n'avait pas soufflé mot, mais tout le monde à Prospect House se doutait qu'il s'était passé quelque chose pendant ses mois d'absence.

Étant femmes, elles pensent toutes que cela a dû être une romance, songea-t-elle avec amertume tout en descendant l'escalier. *Plus vite je me trouverai une maison, mieux cela vaudra. Quelque part où je pourrai être malheureuse en paix !*

Elle soupira. Ce projet devrait attendre.

Molly lui avait déconseillé de déménager de Prospect House, du moins pas avant un moment, et Nancy savait que c'était un conseil avisé. Dans les quelques mois à venir, elle aurait besoin d'être entourée de ses amies.

Elle se plaqua un sourire sur le visage et se rendit aux cuisines où Martha, la nouvelle cuisinière, était déjà en train de préparer le petit déjeuner.

— Ah, bonjour, madame !

Martha l'accueillit avec un sourire et un geste de sa cuiller à porridge. Elle avait été domestique de haut rang chez un baronnet fortuné, jusqu'à ce qu'elle succombe aux avances de son fils et héritier, avant d'être jetée à la rue après qu'il avait obtenu ce qu'il voulait.

Elle craignait un peu Nancy, et ce matin-là, comme toujours, elle lui demanda si elle voulait faire quelque chose en particulier à la cuisine. Et, comme toujours, Nancy lui répondit qu'elle était à sa disposition.

— Eh bien, il ne reste plus beaucoup de cake, et vous

avez des doigts de fée pour la pâte, Miss Nancy. Je vous serais très obligée d'en refaire un. Ou peut-être deux de plus, pour vendre au marché demain, si vous avez le temps.

— J'ai tout le temps du monde, répondit Nancy en essayant de ne pas avoir l'air de laisser entendre que c'était une pénitence.

Elle passa un tablier sur sa robe très simple et commença à rassembler ses ingrédients. Elle se décida pour un cake aux amandes. Et peut-être des petits biscuits ronds pour le marché. Prospect House se finançait en partie grâce aux produits de sa ferme et de tout ce qu'il était possible de préparer et vendre au marché hebdomadaire. Et Dieu savait qu'il y avait peu à vendre à cette période de l'année.

En prenant le bocal de fruits secs, elle se souvint de Gabriel en train de voler une poignée de raisins secs à Dell House. Et elle réalisa à quel point elle l'aimait déjà en cet instant, alors qu'ils ne se connaissaient que depuis quelques jours.

Où était-il, maintenant ? se demanda-t-elle. En ville, en train de badiner avec les jolies débutantes qui arrivaient pour la saison ? Ou peut-être avait-il déjà trouvé une maîtresse qu'il avait promptement installée dans une petite maison discrète en ville. Une maîtresse qui passerait ses journées à lui faire l'amour, pas des biscuits à vendre au marché.

La dernière arrivée parmi les résidentes de Prospect House, une petite bonne minuscule dans les derniers mois de sa grossesse, fit irruption dans la cuisine, une main protégeant son ventre proéminent.

— Excusez-moi, Miss Nancy, il y a un gentleman qui veut vous voir.

Nancy s'arrêta d'incorporer le beurre à la farine. Son cœur se mit à cogner douloureusement dans sa poitrine, et elle sentit le sang refluer de ses joues.

Martha se retourna de son fourneau, lui jeta un rapide coup d'œil et interrogea la bonne.

— Merci, Dolly. Vous a-t-il donné son nom ?

— Oh ! Zut, j'ai oublié de demander ! lança-t-elle en portant sa main à sa bouche, contrite.

Martha la réprimanda gentiment, mais adressa un sourire rassurant à Nancy.

— C'est sûrement quelqu'un que nous connaissons, Miss Nancy. Sans cela, Moses ne l'aurait pas laissé entrer.

L'accès à Prospect House était très surveillé par ce dernier, car les résidentes couraient toujours le risque de représailles éventuelles de leurs anciens employeurs. Aussi Moses, leur homme à tout faire, veillait-il au grain avec efficacité. Le visiteur était donc certainement une de leurs connaissances.

— Oui, bien sûr, je fais confiance à Moses, dit-elle.

Les doigts tremblants, elle prit un couteau pointu et commença à racler la pâte qu'elle avait sur les mains.

— Je vais monter voir. Est-il au salon ?

— N… Non, Miss Nancy, je l'ai laissé attendre dans le hall.

— Alors remontez tout de suite, Dolly, et conduisez-le au salon, lui ordonna Martha avec patience. Ensuite redescendez ici, et je vous donnerai un plateau de rafraîchissements à lui apporter. Que Dieu protège cette enfant, dit-elle quand la jeune fille fut repartie. Elle a tant à apprendre !

Elle s'approcha de Nancy et lui posa la main sur l'épaule.

— Allez-vous bien, ma chère ? Vous êtes blanche comme un linge. Dois-je monter rencontrer notre visiteur ? Il est fort probable que ce soit en rapport avec les affaires de Prospect House. C'est peut-être même le vieux Jem Cayton, qui vient voir si nous sommes prêts à lui acheter ses porcelets. Quoique je ne voie pas pourquoi Dolly l'aurait qualifié de gentleman… Il est vraiment rustique, cet homme-là !

— Moi non plus, dit Nancy en réussissant à sourire. Ne vous inquiétez pas, je vais aller voir dès que je me serai lavé les mains.

Martha avait raison, il était fort probable que ce soit un voisin, rien de quoi l'inquiéter. Cependant, la petite flamme d'espoir qu'elle avait enfouie depuis quatre mois avait refusé de s'éteindre.

Essayant de ne pas se presser, elle se lava les mains, ôta son tablier et vérifia sa coiffure d'un geste rapide. Elle surprit le regard entendu de la cuisinière et rosit aussitôt.

— Vous êtes ravissante, ma chère, dit Martha en la poussant hors de la cuisine. Arrêtez de lambiner, et allez-y donc !

Dans l'escalier, Nancy croisa Dolly qui revenait chercher le plateau et l'arrêta.

— Eh bien, avez-vous le nom du gentleman, cette fois ?

— Non, Miss Nancy. Je devais le lui demander ? Je ne savais pas, désolée.

Cachant son agacement et sa frustration, Nancy se dirigea vers le salon.

Elle s'arrêta devant la porte, redressa les épaules, puis entra tête haute.

La pièce semblait plus sombre que d'ordinaire, car une personne se tenait devant la fenêtre, masquant une bonne partie de la lumière. L'homme lui tournait le dos, mais impossible de ne pas reconnaître cette haute silhouette, ou cette large carrure. Ou encore ces longues jambes musclées, glissées dans des bottes d'équitation maculées de boue.

Lord Gabriel !

Combien de fois avait-elle rêvé de cette rencontre, et imaginé ce qu'ils se diraient ? Des salutations paisibles et amicales, des politesses banales sur leur santé. Elle lui dirait qu'elle n'attendait rien de lui, et que non, il ne lui avait pas du tout manqué.

Et voilà que maintenant, alors qu'il était éloigné d'elle de quelques pas seulement, toutes les phrases qu'elle avait inlassablement répétées l'abandonnaient. Elle se sentit contrariée et un peu énervée.

— Comment êtes-vous entré ici ? réussit-elle finalement à demander. Nous n'autorisons pas les gentlemen inconnus à pénétrer dans cette maison.

— Les gentlemen inconnus ? J'espère bien que non, vous avez totalement raison !

Il se détourna de la fenêtre et s'approcha d'elle. Elle songea étrangement en cet instant qu'elle avait eu raison de penser que la lueur malicieuse qui habitait ses yeux en permanence lui reviendrait. Elle était de nouveau là, faisant aussitôt battre son cœur de façon désordonnée, envoyant ces délicieux frissons la parcourir de la tête aux pieds.

Cette lueur ne fit cependant rien pour modifier son humeur. Comment osait-il venir ici, l'air si calme et posé, alors qu'elle ne savait plus que penser, ni comment penser tout court, d'ailleurs ?

— J'ai rencontré Mr et Mrs Russington hier, dit-il en s'approchant un peu plus. Je suis resté très discret, mais ils étaient déjà au courant de votre, euh… aventure l'hiver dernier.

La lueur devint de plus en plus amusée au fond de ses yeux.

— Mrs Russington a été extrêmement obligeante, et m'a donné un mot à remettre à la montagne de muscles qui garde votre porte, me garantissant libre accès à la maison.

— Elle n'avait aucun droit de le faire, grommela Nancy. Elle aurait dû m'écrire pour me demander la permission au préalable.

— Et sa missive aurait-elle reçu plus de réponses que la moindre de celles que je vous ai envoyées ? Ah oui ! continua-t-il tandis qu'elle le dévisageait, rien ne sert de prétendre que vous ne les avez pas reçues. J'ai payé grassement les messagers pour être certain qu'elles vous seraient remises en bonne et due forme, et chacun d'eux m'a juré de les remettre chaque fois en main propre à un membre du personnel de cette maison. À moins que vos amis ici ne soient singulièrement sournois et malhonnêtes, je suis à peu près certain qu'au moins certaines de mes lettres vous sont parvenues.

Elle détourna le regard, très vite.

— Oui, milord, je les ai reçues.

— Les avez-vous lues ?

— Seulement la première.

Elles étaient toutes attachées ensemble par un ruban et enfouies tout au fond d'un tiroir. Elle avait tout d'abord eu l'intention de les brûler, mais une action aussi radicale et quelque peu mélodramatique était vite devenue inenvisageable.

— Entre notre première rencontre et nos adieux, il s'est passé à peine trois semaines. Une brève incandescence, comme un feu d'artifice. Cela n'aurait jamais pu durer, dit-elle.

— Ne croyez-vous pas que nous devrions au moins essayer ?

Elle leva la main, comme pour se préserver d'un coup.

— Je vous en prie, Gabriel.

Il s'écarta et, pendant un instant atroce où son cœur cessa de battre, elle crut qu'il allait repartir. Au lieu de cela, il se mit à faire les cent pas.

— Ce n'est que lorsque Lady Craster l'a dit que j'ai réalisé à quel point je vous aimais.

Il s'exprimait comme s'ils discutaient de quelque chose d'aussi banal que le temps qu'il faisait.

— Je n'avais jamais éprouvé cela auparavant, voyez-vous, aussi n'ai-je pas compris tout d'abord. Oh ! j'ai été attiré par beaucoup de femmes, mais cela n'a jamais duré ! Elles n'ont jamais hanté mes rêves, et jamais leur absence ne m'a donné l'impression qu'il me manquait une partie de moi-même.

Il se rapprocha de nouveau de Nancy après ses déambulations et lui prit les mains.

— J'ai vécu ces derniers mois tel un automate. J'accomplissais mon devoir dans la journée, mais la nuit ! Oh ! Nancy, les nuits ont été si glacées et solitaires sans vous !

— Ah, cessez donc !

Elle n'avait pas la force de retirer ses mains des siennes, chaudes et enveloppantes, mais elle détourna le visage.

— Ne vous ai-je pas manqué ? lui demanda-t-il. Juste un peu ? Peut-être êtes-vous assez heureuse ici avec vos amis, à vous rendre utile ?

— J'ai été misérablement malheureuse, finit-elle par admettre.

Avec un soupir, il l'attira alors tout près de lui. Ses longs doigts lui prirent le menton et le relevèrent doucement afin qu'elle soit prête à recevoir son baiser, long, langoureux et exactement aussi excitant que dans ses souvenirs.

— Oh ! ma chérie, chuchota-t-il. J'avais tellement peur que vous m'ayez oublié.

— Non, non, bien sûr que non, mais je le devais.

Se séparer de lui et aller vers la fenêtre lui demanda un énorme effort.

La pluie s'était arrêtée, et elle put distinguer la plate-bande de jonquilles contre le mur au fond du jardin. Leur profusion pimpante et joyeuse semblait se moquer d'elle.

— Ne le voyez-vous pas, Gabriel ? Nous vivons dans des mondes tellement différents, vous et moi ! Il n'y a pas d'avenir pour nous. Nous ne pourrons jamais avoir plus que ces quelques semaines d'hiver à Dell House.

— Et pourquoi cela ? À moins que vous ne m'aimiez pas ?

Comme elle ne répondait rien, il continua.

— Je vous ai écrit pour vous l'expliquer, Nancy. Je veux que vous soyez ma femme. Pour que nous vivions le reste de notre vie ensemble.

Elle se tordit les mains, tellement que ses articulations blanchirent.

— Ce n'est pas possible. Je suis déchue, ma réputation est ruinée. Vous connaissez mon histoire.

— Vous avez fui votre foyer pour vous sauver d'un mariage contre nature, et avez survécu en travaillant honnêtement pour assurer votre indépendance financière. Je ne vois aucune disgrâce à cela.

— Ah bon ? La haute société ne sera pas de votre avis.

— Alors, que la haute société aille au diable !

Elle cligna des yeux rapidement, en fixant l'horizon grisâtre.

— Vous êtes très gentil, Gabriel. Mais il n'y a pas que mon passé pour me condamner. Mon père, le nom de ma famille sont désormais source de ridicule et de… de scandale.

— Les scandales s'oublient très vite, ma chère, croyez-moi.

Elle l'entendit marcher vivement vers elle. Puis il la prit par les épaules.

— Si vous vous inquiétez de ce que dira ma famille, je vous en prie, abstenez-vous-en. Ils seront tous ravis de me voir enfin l'anneau au doigt, et marié à une fille de comte de surcroît, mon père au premier chef.

Il continua, d'un ton amusé.

— Et marié à une femme avec une dot de trente mille livres, pas moins !

— Pas tout à fait, répliqua-t-elle, momentanément distraite. J'en ai donné la moitié aux bonnes œuvres, pour construire un autre Prospect House.

— Parfait, dit-il aussitôt. J'ai plus qu'assez pour nous deux.

Il la fit se tourner vers lui et lui prit les mains qu'il plaqua contre son torse, où elle sentit les battements réguliers de son cœur.

— Je n'ai pas besoin de votre argent, mon amour, et je n'en veux pas non plus. Mais je pense que vous serez plus heureuse de disposer de votre fortune personnelle. Je vous garantirai une indépendance financière. Nous pourrons le placer quelque part en banque, à votre nom, au cas où vous voudriez me quitter.

Elle protesta mollement, et il la serra plus fort.

— Si vous croyez que je vous offre une vie de parfaite oisiveté, madame, laissez-moi vous détromper. J'ai plusieurs propriétés, dans lesquelles j'ai très rarement séjourné. Elles profiteraient toutes grandement de votre expérience de l'intendance et de la gestion. Et si vous êtes toujours décidée à écrire votre livre, je ne vous en empêcherai pas.

— Oh ! Gabriel !

Elle le repoussa, mi-riant, mi-pleurant, tout en cherchant désespérément son mouchoir.

— Ce que j'essaye de vous dire, continua-t-il en la regardant avec un sourire hésitant, c'est que je vous veux, Nancy, ma chérie. À n'importe laquelle de vos conditions. De préférence comme épouse, mais je vous prendrai comme intendante, ou cuisinière s'il le faut. Et si vous êtes déterminée à conserver votre indépendance en créant vous-même votre propre établissement, ce que m'a révélé Molly Russington comme étant votre intention, alors peut-être me laisserez-vous vous rendre visite. En tant qu'ami, ajouta-t-il humblement. Si vous ne me permettez pas d'être votre amant.

— Oh ! ne voyez-vous donc pas à quel point c'est impossible ? Je vous en prie, Gabriel, arrêtez !

Elle s'essuya les yeux et, relevant la tête, vit qu'il la regardait d'un air si grave et si anxieux qu'elle se précipita vers lui en tendant les mains.

— Oh ! mon chéri, je ne pouvais supporter l'idée de vous revoir, sachant que je ne pourrais pas vous prendre dans mes bras. Ou vous conduire dans mon lit. Cela aurait été le plus grand tourment imaginable. D'où mon silence.

— Alors, épousez-moi, Nancy. Unissez votre destin au mien. Nous écumerons le monde, partagerons des aventures et vieillirons de la manière la plus indigne qui soit. Ou pas, si vous préférez une vie paisible, ajouta-t-il en l'attirant contre lui avant de lui replacer délicatement une petite mèche folle derrière l'oreille. Qu'en dites-vous, mon amour ? Mon père désespère de me voir faire un mariage respectable. Vous seriez la réponse à ses prières. Il veillerait à ce qu'aucun scandale ne nous soit attaché. Nous pourrions vivre dans l'une de mes propriétés, ou même à Dell House, si vous voulez être proche du comte.

Quand elle frissonna, il éclata de rire.

— Non, peut-être pas. Eh bien, si vous n'aimez aucune de mes demeures, nous achèterons quelque chose qui vous plaira où nous pourrons vivre et élever nos beaux enfants.

— Des enfants !

— Oui, dit-il en lui souriant tendrement. Ne vous ai-je jamais dit que je voulais des enfants ? Des douzaines ! Et ils courront partout dans la maison en semant la dévastation sur leur passage, grimperont aux arbres et trotteront dans le parc sur leurs poneys.

Son regard s'adoucit et il lui effleura la joue du bout des doigts.

— Ils ne seront pas ignorés de leurs parents et laissés aux soins des domestiques. Ni n'auront besoin de se réfugier dans les cuisines. Ils se joindront à nos aventures ou, si vous préférez, nous resterons chez nous et serons des modèles de bienséance et de respectabilité.

La petite voix du démon en elle la poussa à dire :

— Je préfère l'idée de m'embarquer dans une vie d'aventure.

— Alors c'est ce que nous ferons, ma chérie, dès que nous serons mariés. Souhaitez-vous un grand mariage, ou signer une licence avec dérogation spéciale ici, parmi vos amis, suffira-t-il ? Je veux faire de vous une honnête femme. Non, précisa-t-il en couvrant son visage de baisers, ce que je veux, c'est vous emmener sur le continent. À Paris, Rome, Naples et toutes les villes où je veux vous faire l'amour. Je veux ôter chaque pièce de vos vêtements et vous avoir nue toute la nuit dans mon lit. Le jour aussi, si vous voulez.

— Je crois qu'il nous faut une licence spéciale, car le temps est compté, dit-elle en lui prenant la main pour la poser sur son ventre.

Le ravissement qu'elle lut dans ses yeux fut sans équivoque quand il comprit ce qu'elle lui disait.

— Un bébé ! Êtes-vous sûre ?

Elle hocha la tête en rougissant et en riant.

— Oui, j'en suis sûre. L'un de vos souhaits s'est déjà réalisé. Mais ce n'est pas la seule raison pour laquelle nous devrions vite nous marier, murmura-t-elle en levant la tête pour atteindre ses lèvres, car je veux aussi toutes ces autres choses dont vous avez parlé. Et le plus vite possible !

Épilogue

Septembre 1817

Nancy était allongée sur une ottomane dans son petit salon. Elle revenait à peine de la nursery où elle avait nourri le jeune Master Gabriel, avant de le laisser s'endormir paisiblement sous le regard bienveillant de sa nurse.

Elle lisait un magazine qu'elle agita devant Gabriel quand il entra dans la pièce.

— Mon amour, avez-vous vu ce qui vient d'être publié dans *La Belle Assemblée* ?

Il se pencha pour l'embrasser et s'assit à ses pieds.

— Que disent-ils ?

Nancy commença sa lecture.

— « Naissances : à Ravenshaw Lodge, Hampshire, un fils à Lady Ann Ravenshaw. Ceci suit l'annonce parue plus tôt cette année dans le *Compton Parva Courier*, republiée ci-dessous pour nos lecteurs, du mariage de Sir Gabriel Ravenshaw, baronnet, récemment élevé à ce titre pour services rendus à la Couronne, avec Lady Ann Chartell, fille du neuvième comte de Masserton, à l'église All Souls de Compton Parva.

« En l'absence du père de la mariée, celle-ci a été conduite à l'autel par Mr Charles Russington devant une assemblée très fournie, où l'on comptait les parents du marié, le marquis et la marquise de Baxenden, et Lord Sanford, le frère aîné de Sir Gabriel. Entre autres invités, on aura remarqué la présence de Lady Aspern, sœur de Lady Ravenshaw, et de son époux Lord Aspern. »

Elle soupira.

— Je ne peux pas dire que je suis enchantée de voir notre vie privée ainsi étalée. La mention de notre mariage juste après celle de la naissance de notre enfant rend évident pour tous que j'étais enceinte quand nous nous sommes mariés.

— Mais que mes parents et mon frère soient cités rend également évident le fait que cette union a rencontré l'assentiment de ma famille, lui fit remarquer Gabriel. Cette publicité sera sans lendemain, ma chère. Ce sera vite oublié, assura-t-il en lui prenant le journal des mains. Cependant, vous allez devoir vous habituer à être sous l'œil du public, surtout quand votre livre sur la gestion et l'intendance rationnelle d'une maisonnée sera publié au printemps.

— Pourtant, Mr Murray a promis que mon nom n'apparaîtra pas.

— Et ce sera le cas. Cet ouvrage aura été officiellement rédigé par « Une lady », et Murray ne révélera votre identité qu'à une ou deux personnes, sous le sceau de la confidence, bien sûr.

— Et en quelques jours cela aura fait le tour de toute la ville de Londres ! Que c'est pénible !

Il l'attira contre lui après avoir posé le journal par terre.

— Pas du tout, dit-il. Je serai très fier d'être marié à un auteur célèbre.

Pendant les minutes suivantes, Nancy oublia tout hormis le plaisir d'être délicieusement embrassée par l'homme qu'elle aimait. Quand le baiser prit fin, il la tint confortablement blottie entre ses bras et ils restèrent silencieux un moment, à écouter un oiseau chanter devant la fenêtre.

Elle finit par prendre la parole d'une toute petite voix.

— Ce sera peut-être un désastre. Les cuisinières n'aimeront pas mes recettes, et les maîtresses de maison se vexeront de mes conseils.

— Ou peut-être rencontrera-t-il un tel succès que Mr Murray vous demandera un autre livre. Je pense avoir une solution pour remédier à votre inquiétude quant à l'avenir de votre publication. Nous pourrions commencer notre tour du continent plus tôt que nous l'avions prévu. Nous pourrions partir au printemps. Bébé Gabriel et sa nurse pourront voyager avec nous. En fait, il pourra avoir plusieurs personnes à son service, si vous le voulez. Et advienne que pourra quand nous rentrerons ! Je confesse que je suis impatient de vous emmener à Paris et à Rome, comme je vous l'ai promis.

Il l'attira sur ses genoux et lui chuchota à l'oreille :

— Et de faire toutes les autres choses dont je vous ai aussi parlé.

Nancy frissonna de plaisir à cette perspective. Elle lui passa les bras autour du cou et feignit un ton innocent.

— J'ai oublié ce que vous m'avez promis au juste, Gabriel. Quelque chose en rapport avec le fait de m'enlever mes vêtements…

Il la serra plus fort avec un petit grognement théâtral.

— Alors laissez-moi vous rafraîchir la mémoire, chuchota-t-il. Ma chère épouse dévergondée et dépravée, je suis tout à vous !

Retrouvez en mars,
dans votre collection

Les Historiques

Un Viking pour captif, de Harper St. George - N°900

SÉRIE : LES GUERRIERS D'ODIN - TOME 2

Royaume de Maerr, Norvège, IXe siècle

Deux ans après l'assassinat brutal de tous les membres de son clan ainsi que de son père, le roi Sigurd, Rurik sillonne l'Angleterre dans l'espoir de retrouver les responsables de ce massacre. Hélas, alors qu'il traque l'un des meurtriers, il est attaqué et fait prisonnier par une jeune lady au tempérament de feu répondant au nom d'Annis. Les interrogations se bousculent aussitôt dans l'esprit de Rurik : que lui reproche Annis et pourquoi semble-t-elle lui vouer une haine indicible ? Et, surtout, pour quelle raison s'évertue-t-elle à le garder en vie, comme si elle n'était pas tout à fait insensible à la puissance virile de son captif venu du Nord…

Union de convenance dans les Highlands, de Marguerite Kaye - N°901

Édimbourg, XIXe siècle

Veuve et sans-le-sou, Ainsley apprend avec stupeur que son défunt père a placé son héritage en fidéicommis, et qu'elle n'en touchera pas un centime avant ses quarante ans. Désemparée, elle ne sait plus vers qui se tourner pour implorer de l'aide. Aussi est-elle surprise de constater que son sauveur se présente sous les traits d'un parfait inconnu. Un certain Innes Drummond, héritier du domaine de Strone Bridge dans les Highlands. Un lord dont elle aurait volontiers reconnu les charmes, s'il ne l'avait pas soumise à un terrible chantage : il lui apportera le soutien financier dont elle a besoin à la seule condition qu'elle l'épouse et le suive sur ses terres…

Entre les mains du chevalier, de Nicole Locke - N°902

Angleterre, XIIIe siècle

Cressida Howe n'est pas une jouvencelle comme les autres : surnommée «l'Archer », elle a été formée par son père, Richard, sicaire de métier, à devenir une arme de guerre qui tue sans état d'âme à l'aide de son arc. Mais depuis que Richard lui a ordonné d'éliminer le chevalier Eldric de Hawksmoor, un espion du roi Edward, elle ne peut se résoudre à lui obéir. Car elle est secrètement amoureuse d'Eldric depuis qu'elle a partagé une danse avec lui à l'occasion d'un bal masqué. Contrainte à l'exil dans les quartiers malfamés de Douvres, elle survit tant bien que mal, jusqu'au jour où Eldric la retrouve et l'enlève, persuadé qu'elle cherche toujours à attenter à sa vie…

Le secret de lord Lynford, de Bronwyn Scott - N°903

SÉRIE : SEIGNEURS DE CORNOUAILLES- TOME 1

Londres, 1 823

Eaton Falmage, marquis de Lynford, a définitivement tiré une croix sur tout espoir de prendre un jour une épouse. Aussi est-il décidé de tirer profit de ce célibat imposé en faisant la cour à nombre de femmes, à commencer par Eliza Blaxland, une jeune veuve aux traits délicats et aux courbes affolantes. C'était compter sans la farouche réticence de cette dernière à se laisser faire la cour par un libertin tel que lui ! Une force de caractère qui, Eaton doit bien le reconnaître, attise encore plus sa curiosité et son désir… Des sentiments qu'il s'efforce de repousser, car il peut courir le risque de révéler son secret le mieux gardé à la belle Eliza…

Le chantage du Viking, Michelle Styles - N°904

Angleterre, IXe siècle

Brand Bjornson. Lady Edith maudit ce nom depuis que cet arrogant Viking s'est imposé chez elle. La mort tragique de son mari, parti au combat, lui faisait redouter l'arrivée des envahisseurs. Et voilà ses craintes confirmées : ce Bjornson voudrait la chasser du domaine qui appartient à sa famille depuis des générations ! Non, hors de question de laisser son héritage et ses gens à la merci de ce barbare. Edith compte rester coûte que coûte. Même si, pour cela, elle doit accepter les conditions honteuses de Bjornson : devenir sa concubine pendant un an…

L'héritière de Sainte-Colombe, de Carol Townend - N°905

SÉRIE : CHEVALIERS DES TERRES DE CHAMPAGNE - TOME 4

Champagne, 1 173

« Sortez ma fille de ce couvent, séduisez-la et arrangez-vous pour qu'elle vous épouse. » Lorsque le comte Faramus lui donne cet ordre scandaleux, Eric est stupéfait. Le vieil homme a-t-il perdu l'esprit ? Épouser la douce Roxane, à qui on lui défendait autrefois de parler, serait pour lui un honneur, mais pas sans son consentement ! Bien sûr, Eric sait qu'il a une dette immense envers le comte, qui l'a recueilli enfant et a fait de lui un chevalier. Il sait aussi que s'il n'épouse pas Roxane, Faramus sera contraint, pour garder son titre et ses terres, de la marier à l'intendant du château, un homme détestable qui la rendra malheureuse. Et ça, Eric ne le permettra jamais.

Les Historiques

HARLEQUIN

Réveillez la lady qui est en vous !